Métamorphoses
de la reine

Métamorphoses de la reine

여왕의 변신

Pierrette Fleutiaux

피에레트 플뢰티오
이상해 옮김

레모

소중한 도움을 준 카를 게르스트너와 늘 함께 있어준 크리스, 비크, 프로그에게 감사의 말을 전한다. 그들이 없었다면…… 여왕도 없었을 테니까.

작가의 말

많이 힘들었던 시기가 있었다. 그 시기에 나는 문득 어릴 적에 읽었던 동화들을 다시 꺼내 읽고 싶었다. 그 동화들은 아주 일찍 우리의 의식을 파고들어 현실 세계와 마찬가지로 우리의 현실을 구성한다. 때때로 그것들은 매우 어린 나이에 읽었기 때문에, 그리고 또 다른 여러 이유 때문에 더 큰 현실성의 무게를 갖기도 한다. 그런데 그 동화들을 다시 꺼내 읽자, 나에게 아주 묘한 일이 일어났다.

다른 문학이 다소 먼 곳, 즉 내 안에서 생생하게 남아 있는 것의 주변에서 맴도는 반면, 그 동화들은 분명히 내 정신이 기꺼이 환대할 수 있는 유일한 '문학'이었다.

하지만 동시에, 이러한 환대에 못지않은 거부도 있었다. 모든 것이 돌처럼 굳어 있던 내 안에서 뭔가가 움직였던 것도, 글을 쓰고자 하는 욕망이 되살아났던 것도 아마 이러한 이중적 움직임 때문이 아니었을까 싶다. 그러자 거의 곧바로 이 동화들을 다시 써보고 싶은, 고쳐보고 싶은 욕망이 일었다.

나는 아동심리학자 브루노 베텔하임의 책 『옛이야기의 매력(The uses of enchantment)』을 떠올렸다. 내 삶이 우여곡절 끝에 이론보다는 이야기를 쓰는 쪽으로 흘러갔기 때문에, 나는 그 기억을 당시 나에게 입력된 대로 간직할 수밖에 없다. 그 기억은 아마도 '위로하기'와 '인도하기'라는 두 단어로 요약될 수 있을 것이다. 우리가 익히 아는 동화 속 인물들이 이야기에 등장하는 것은 바로 그 때문일 것이다. 우리 각자가 살아가면서 갖게 되는 이상한 만남들 속에서 우리를 위로하고 인도하기 위해.

다만, 그 동화 속 인물들은 날 매료시킬 만큼 그 두 가지 일을 충분히 잘 해내면서도, 힘든 상황에 처해 있던 나를 밀쳐내기도 했다. 아니면 내가 그들을 밀쳐냈거나.

마르크 소리아노는 페로의 동화에 대한 연구에서 생후 육 개월 만에 쌍둥이 형이 죽은 저자와 이야기 속 등장인물로서의 동생 사이에 형성된 어떤 비밀스러운 긴장감을 암시한 바 있다. 나의 경우에도 분명히 어떤 긴장의 전선들이 있었다. 하지만 그것들은 다른 곳을 지나갔다.

그때 나에게 그 동화들은 어린이용인데 내가 더 이상 어린이가 아니라는 생각이, 더 정확하게 말해 그 동화들은 어린 여자아이들을 위한 것인데 나는 이미 성숙한 여자라는 생각이, 또 더 정확하게 말해 동화들 속에서 여자들에 대해(물론 남자들에 대해서도) 말할 때, 그것이 전혀 내 마음에 들지 않았다는 생각이 떠올랐다. 이 생각은 분노, 경악, 의문들과 함께 보다 복잡한 온갖 종류의 다른 생각들로 이어졌고, 그러자 그 동화들은 완전히 다른 방식으로 살아나기 시작했다.

처음에 나는 그 동화들이 내가 단순하게 선험적으로 정해두었던 삶의 해결책들을 나에게 가져다주도록, 내 방식대로 이끌어나가고자 했다. 하지만 동화라는 아주 오래된 텍스트는 마술적인 재료다. 그것은 나의 부추김과 노력에도 늘 내가 원하는 대로 나아가지는 않았다. 어쩌면 당시 내가 처해 있던 상황 탓에 그보다 멀리 나아갈 수 없었던 걸까? 하지만 그것은 또 다른 이야기가 될 터이다. 결국 내가 동화들을 이끈 게 아니라 동화들이 나를 이끌었다. 나는 그것들에게 나 자신을 내맡겼다.

나는 페로의 동화들로부터 출발했다. 여러 이유가 있지만, 당시 내 정신에 영향을 끼친 것은 그림 형제가 아니라 페로가 쓴 동화들이었다. 「잠자는 숲속의 공주」이야기는 한시도 내 뇌리를 떠나지 않아서 두 가지 형태로 다시 쓰게 되었는데, 그중 하나는 페로 판에는 있지만 그림 형제 판에는 없는, 그리고 현재 소개되는 판본들에서는 찾아볼 수 없는 무시무시한 일화에서 영감을 얻어 쓴 것이다. 「엄지 동자」에서 나를 사로잡은 건 이야기 속에서 단 몇 줄밖에 언급되지 않는 식인귀의 아내였다. 존재감이 희박한 동시에 너무나 참신한 이 인물이 처한 상황은 아주 이상한데, 그녀에 의해서 잔인하기 짝이 없는 세계와 참으로 순진무구한 세계가 서로 접촉하기 때문이다.

페로의 동화 여덟 편 중에 몇 편은 여기서 찾아볼 수 없다. 그 이야기들도 계속 나와 함께 있지만, 마술에는 나름의 길과 고유한 시간이 있어서 억지로 뭔가를 할 수는 없다. 「고수머리 리케」, 「요정 이야기」, 「장화 신은 고양이」도 나에게 할 말이 있다면 아마도 언젠가는 말하게 될 것이다. 「백설공주」는 페로가 쓴 것은 아니지만, 거울 앞에 선 그 불쌍한 계모가 계속 내 마음을 아프게 했다. 나는 그녀의 참혹한 운명을 그냥 두고 볼 수가 없었다. 그녀는 일곱 여자 거인과 함께 이 책 속에 있다.

끝으로, 이미 말했듯이, 이 텍스트들에 손을 대고 무사할 수는 없다. 나는 그들의 영역을 돌아다니다가 한 여왕을 만났다. 어느 동화에도 등장한 적이 없는 그 여왕이 나를 매료시켰던 것 같다. 그녀는 이 책에 실린 이야기 중 맨 마지막 편에 나온다. 그녀는 아주 멀리서 오지만 아주 가까이에 있다. 나는 그녀가 나로서는 아직도 여전히 이해할 수 없는 신호들을 보내며 앞으로도 계속 나를 따라다닐 거라고 확신한다. 어쨌거나 이 이야기들이 지닌 '마술'은 고갈되지 않을 거고, 나는 아직 이 이야기들 하나하나와 끝을 보지 못했다. 어느 누구도 그럴 수 없을 것이다.

이제 아쉽지만 어쩔 수 없이 이 동화들 속 인물들과 헤어진다. 내가 굳이 이 서문을 쓰는 것도 그 아쉬움 때문일 것이다. 하지만 페로도 많은 서문을, 때로는 동화보다 더 긴 서문을 썼다. 그것이 내가 이 글을 쓰는 구실이 되어주길!

차례

식인귀의 아내

식인귀의 아내는 살코기 요리하는 걸 좋아하지 않는다. 하지만 그녀는 그 사실을 알지 못한다. 살 냄새가 집 안을 가득 채우면, 더는 숨 쉴 맑은 공기가 없으면 그녀는 속이 답답해서 견딜 수가 없다. 그녀는 넓적다리 한 짝을 꺼내 지글지글 아우성치는 불에 구워 먹는다. 그렇게 한 짝을 더 먹고는 다갈색으로 변한 고기 냄새에 취해간다. 그러고 나면 고기가 마치 그녀의 내부에서 부풀어 오르는 것만 같다. 고기가 배의 내벽들을 짓누르는 걸 그녀는 느낀다. 마치 짓이겨진 그 살의 찌꺼기 속에서 진하고 질긴 생명이 다시 형성되어 내장들의 검은 바닥에서, 그 낯선 살에 질겁한 또 다른 살 한가운데에서 꿈틀거리는 것만 같다.

그러면 여자는 뒤뜰로 나간다. 퇴비 더미 근처에 짐승의 장기와 내장이 쌓여 있다. 그녀가 그것들을 바라본다. 울컥 치미는 구역질에 그녀는 마치 통곡이라도 하듯 온몸을 들썩이며 삼킨 고기를 모조리 토해낸다.

여자는 우물로 가서 맑은 물을 한 두레박 가득 길어 올린다. 얼굴과 눈을 씻고, 두 손을 모아 물을 퍼서 오랫동안 마신다. 그녀는 신선한 물이 위장의 쓰린 내벽을 따라 흐르는 것을 느낀다. 눈으로 쏠렸던 붉은 피가, 목구멍을 치받던 구역질이, 관자놀이를 때리던 무거운 박동이 조금씩 가신다. 그녀는 재빨리 주변을 둘러본다. 아무도 없다는 것을 확인한 그녀가 치마를 걷어 올리고 다리와 음부, 팔, 그리고 음부처럼 털이 난 겨드랑이를 씻는다. 그런 다음 더러워진 물을 버리고 다시 두레박으로 물을 길어 마신다.

여자는 이제 우물과 같다. 우물 내벽의 돌들처럼 차곡차곡 쌓인 몸 내부의 고요 속에는 신선한 물이 고여 있고, 막 씻은 몸의 외부는 찬 기운이 얼음의 얇은 막처럼 감싸고 있다.

여자는 널찍한 부엌으로 돌아간다. 그녀는 이제 죽은 짐승들을 손질하고, 접시들을 씻고, 식탁을 차릴 수 있다. 그녀는 거무스레하고 푸르스름하고 불그스레하고 희끄무레한 그것들, 털과 기름과 피로 뒤덮여 숨이 막힐 정도로 역겨운 그것들에 대해서는 무엇 하나 보지도 느끼지도 않는다. 냄새와 색깔들은 그녀 내부로 떨어지지 않는다. 그것들은 우물의 테두리 돌 주변에 머문다. 그녀는 어떠한 상(像)도 비치지 않는 물의 바닥 속에서 쉰다.

이제, 어린 딸 식인귀 일곱이 식욕의 정도에 따라 밀치고 당겨가며 식탁에 둘러앉았다. 여자가 아이들에게 음식을 가져다준다. 뼛조각과 심줄을 제거한 다음 정확하게 무게를 재서 각자 몫의 생살을 나눠주겠다고 말해 투정을 부리는 아이들을 진정시키고, 불안해하는 아이들을 안심시킨다. 식사가 끝나자, 그녀는 이를 잘 닦았는지 일일이 검사하고, 잇몸을 긁어 날카로운 이에 끼인 살 조각들을 제거한 후에 아이들을 침실로 데려간다.

그녀가 아이들을 재우고 내려와 생살 찌꺼기가 묻은 접시들을 씻는다. 식인귀가 귀가하자 식탁이 다시 차려진다. 식탁 중앙에는 선혈이 낭자한 살덩이들이 멋진 피라미드처럼 쌓여 있다. 식인귀가 자리를 잡는다. 여자도 같이 앉는다. 하지만 그녀는 배 속의 우물물을 휘저어 일렁이는 작은 폭포들로 만든다. 식인귀가 씹고, 찢고, 삼킨다. 그녀는 그 소리를 듣지 않는다.

"당신은 안 먹어?" 식인귀가 묻는다.

"아이들 먹일 때 같이 먹었어요." 물의 요정 나이아스 같은 아름다운 미소를 지으며 여자가 말한다.

식사를 마치고 파이프 담배를 피운 식인귀가 딸들이 자는 방으로 올라가 그 수를 확인한다. 그의 손이 머리들 위를 지나간다. 딸들의 머리에는 더는 자라지 않는 머리카락이 고슴도치

털이나 철책의 쇠창살처럼 삐죽삐죽 솟아 있다. 열의 끝에 도착한 그가 아내에게 소리쳐 묻는다.

"우리 애들이 몇이지?"

"일곱요." 그녀가 대답한다.

"좋아." 그가 말한다.

그가 침대의 열을 이번에는 반대 방향으로 다시 지나며 침대마다 붙어 있는, 눈금이 새겨진 작은 막대의 빗장을 푼다. 침대는 저울이기도 하다.

"애들한테 고기는 얼마나 먹였어?" 그가 아내에게 소리쳐 묻는다.

"당신이 말한 만큼요."

"좋아." 식인귀가 말한다.

딸들의 수를 세고 그들이 먹은 고기의 양을 확인한 식인귀가 딸들의 머리카락이 얼마나 뾰족한지 살짝 스쳤는데도 손끝이 아릴 지경이라며 잠시 투덜대다가 커다란 침대에 몸을 뻗고 눕는다. 그러고는 이내 코를 골기 시작한다.

갈가리 찢긴 살이 소화되어 다른 몸에 흡수되는 동안, 그 집 안에서 아무것도 움직이지 않는다는 것을 확인한 그녀는 층계 난간을 붙들고 있던 손을 놓고 부엌으로 돌아간다. 그녀가 불을 켠다. 그녀는 마침내 움츠린 채 틀어박혀 있었던 깊은 우물에서 나온 것만 같다. 부엌은 이제 피, 뼈, 살의 자국 없이 깨끗하다. 식인귀 모르게 열어둔 창문들을 통해 밤의 향기로운 공기가 스며들었다. 식인귀의 아내인 그녀의 다른 삶이 시작된다.

부드러운 허기가 그녀 안에서 깨어난다. 그녀는 부엌 바닥에 있는 뚜껑 문을 열고, 그 아래에서 아무도 모르는 숲속 빈터에서 키운 토실토실한 감자를 꺼낸다. 화분에서는 화초를 가꾸는 척하면서 재배한 샐러드와 파를, 항아리에서는 잎이 까칠하고 커다란 장미 꽃잎처럼 생긴 아티초크를 꺼내 모은다. 그녀는 채소를 꼼꼼하게 씻어 화덕에 놓인 냄비에 넣는다. 부엌에 향기롭고 가벼운 김을 퍼트리며 물이 보글보글 노래하듯 끓는다. 그녀에게는 이제 주변의 모든 게 제자리를 잡는 것처럼 보인다. 그녀가 편히 쉴 수 있는 나른하고 폭신하고 넉넉한 둥지처럼.

채소가 익자, 그녀는 '바디 크림'이라고 표시된 작은 병에서 버터를 꺼내 익은 채소에 살짝 발라 천천히 먹는다. 그녀는 자신의 배가 열리고 곧바로 그 음식을 부드러운 반죽처럼 받아들여 자신과 섞이는 것을 느낀다. 배가 채워지면, 그것은 딸꾹질도 구역질도 없이 그녀에게 그 사실을 알린다. 그러면 여자는 채소 껍질을 모아 숲 가장자리로 버리러 간다. 그녀는 새들과, 그녀가 아는 온갖 종류의 작은 짐승들이 그것들을 먹어치우러 오리라는 것을 안다. 그녀는 부드러운 풀잎이 소리를 죽여주는 오솔길을 조심조심 걸어서 부엌으로 돌아온다. 그러고는 문턱에 앉아 집에서 몇 미터 떨어진 곳에서 시작되는, 그림자들로 가득한 큰 숲을 바라보며 담배를 피운다. 그렇게 그녀는 문틀에 등을 기댄 채, 결코 완전히 감기지 않는 눈꺼풀 아래 어둡고 큰 숲을 담은 채 잠이 든다. 나중에 새벽이 그녀를 깨울 것이다. 그러면 그녀는 그녀가 자리를 비웠다는 걸 식인귀가 알아차리지 못하게 재빨리 그의 곁에 가서 누울 것이다.

그녀는 잠이 들었다. 그런데 정말 잠이 들었을까? 큰 숲이 거기, 아주 가까이, 완전히 감기지 않은 그녀의 눈앞에 있다. 그 어둠의 덩어리 속에서 가지들이 뚝뚝 꺾이고, 나무 위에서 뭔가

부딪히는 소리가 울려 퍼지고, 나무 아래 수풀에서 뭔가가 후닥닥 달아난다. 부름, 울음, 외침들이 올라오고, 늑대들이 울부짖는다. 그리고 그 소리, 얼마 전부터 어둠 속에서, 때로는 가깝게 때로는 멀게, 그 거대한 식물의 그물망 속에서 출구를 찾아 헤매는 것 같은, 가늘고 집요한 소리가 난다. 식인귀의 아내도 아마 그 소리를 들었을 것이다. 그렇게 문틀에 기대 잠을 자면서 그녀는 숲이 움직이는 자신의 머릿속 깊숙한 곳에서 그 소리를 들었을 것이다.

    식인귀의 친구 둘이 식인귀와 저녁 식사를 하러 찾아왔다. 이런 경우, 여자는 식탁에 앉을 필요도, 먹는 척을 할 필요도 없다. 그녀는 그 거인들의 시중을 들고, 산더미처럼 쌓인 고기를 옮기고, 피로 가득한 통들을 굴리는 것만으로도 너무나 바쁘다. 사실 그 식인귀들도 괴물은 아니다. 그들은 가냘픈 몸으로 그 무거운 더미들을 옮기느라 끙끙대는 여자를 도와주고 싶어 한다. 하지만 그녀는 거절한다. 그녀는 그들이 그녀에게 신경 써주는 걸 원치 않는다. 그들이 자신을 보는 것도 원치 않는다. 사실, 그녀는 그곳에 있고 싶지 않다. 자기들끼리 먹고 마시는 거야 얼마든지 좋으니 제발 그녀는 일을 하게 그냥 내버려두기를! 그러나 한편으로는 그녀도 그들이 먹고 마시며 나누는 얘기를 듣고 싶다. 식인귀들은 하늘을 나는 장화를 갖고 있어서 온 세상을 두루 여행한다. 그들이 잔악무도한 사냥 얘기를 하지 않을 때, 그들의 대화를 통해 펼쳐지는 건 생생하고 다채로운 한 편의 영화다. 그리 튼실하지 못한 다리 두 짝밖에 없어도 식인귀의 아내 역시 숲 너머에 수없이 많은 것들이 있다는 사실을 잘 안다. 식인귀들의 거친 묘사가 그녀 내부로 파고들어 이런저런 기억들을 일깨워놓는다. 그녀 역시 언젠가 아주 멀리 갔던 적이 있다. 그곳은 우물처럼 고여 있지 않고 지상의 모든 피조물을 위한 욕조처럼 수평선까지 넓게 펼쳐진 거대하고 푸른 물의 가장자리였다.

　식인귀의 아내는 기억한다. 그녀는 무거운 짐을 진 채 슬프게, 홀로 가고 있었다. 무슨 짐이었는지는 잊었지만, 그 짐을 아주 어릴 적부터 지고 다녔다는 것만은 분명히 기억한다. 때는 겨울이었다. 발이 바퀴 자국에 푹푹 빠졌다. 무슨 바퀴 자국이었는지 기억나지 않지만, 그것은 언제나 있었다. 눈이 내리기 시작했고, 어린 여자아이는 어디로 가야 할지 알 수 없었다. 그녀는 걸음을 멈추고 기도를 하기 시작했다. 그러자 거의 곧바로 흐릿한 지평선 저편에서 형태 하나가 나타났다. 온통 하얀 그 형태는 언덕들 위를 날아 휘몰아치는 눈송이를 뚫고 그녀 쪽으로 다가왔다. '저건 천사야. 내 기도가 이뤄졌어.' 그녀는 속으로 생각했다. 천사가 그녀 근처에 도착했을 때, 그녀는 작은 얼음 결정들로 뒤덮인 얼굴에 이글거리는 두 눈을 가진 천사의 키가 어마어마하게 크다는 걸 알았다. 천사가 그녀의 손을 잡고 그녀를 유심히 들여다보았다.
　"꽁꽁 얼었구나." 그가 저 너머 세계에서 들려오는 것 같은 이상한 목소리로 말했다.
　"추워서 그래요." 여자아이가 속삭였다.
　"그렇다면 네 혈관에는 피가 흐르지 않는 게냐?"
　"우리 아버지 말로는 제가 무의 피를 가졌대요."

"무슨 피라고?"

"무의 피요." 용기가 난 여자아이가 말했다.

그녀는 천사의 목소리에서 그가 크게 놀라워한다는 걸 알수 있었다. '날 불쌍히 여기는 거야.' 그녀는 이렇게 생각했다. 자신이 아무것도, 정말 아무것도 아니라고 여겼던 그녀는 갑자기 아주 작긴 해도 자신의 존재감을 느꼈다. 그것은 어마어마한 변화여서 거의 현기증이 날 지경이었지만, 알 수 없는 어떤 의지 또한 그녀에게 불어넣어주었다.

"얼굴이 창백하네. 네 피도 창백한 게냐?"

"우리 아버지 말로는 제 안색이 순무 같대요."

"순무?" 천사가 역겹다는 듯 말한다.

"예." 여자아이가 대답한다.

"손가락이 야위었구나."

"뼈만 남았어요."

"뼈뿐이라고?"

"예."

"앙상하긴 하네." 여자아이가 입고 있는 얇은 외투의 자락을 들춰보고는 천사가 말한다.

"꽃상추 잎처럼."

"게다가 피부도 투명하구나."

"양파 껍질처럼."

"양파?" 점점 더 역겹다는 표정을 지으며 천사가 말한다.

"보는 사람마다 그렇대요." 이제는 지어내기까지 하며 여자아이가 말한다.

그녀는 무엇이 천사의 마음을 흔들어놓는지 확실히 안다. 그녀는 그가 계속 자신을 염려하도록, 필요하다면 아버지의 텃밭에 심어진 모든 채소를 열거할 작정이다. 그녀를 염려하는 게 아니라면 그토록 많은 질문을 할 이유가 없으니까. 그게 너무나 기뻐서 마침내 그녀의 뺨에 약간의 홍조가 돌아오고, 두 눈이 반짝이기 시작한다. 천사라 섬세한 건지 그도 그것을 알아차린다.

"이제 보니 너도 그리 못생기진 않았구나." 그녀를 유심히 보며 그가 말한다. 그러고는 생각에 잠긴 말투로 덧붙인다. "물론 아무도 널 잡아먹고 싶어 하진 않겠지만."

여자아이는 다가가서 눈으로 덮인 그의 커다란 장화를 조심스럽게 만져본다.

"절 하늘나라로 데려가주세요." 그녀가 말한다.

"뭐라고?" 천사가 말한다.

"당신을 따라 하늘나라로 가고 싶어요." 여자아이가 그에게 바싹 들러붙으며, 그의 눈을 똑바로 쳐다보며 말한다.

"넌 살은 없어도 당돌함은 없지 않구나." 깜짝 놀란 표정으로 천사가 말한다.

"당신 마음에 들기 위해서라면 무엇이든 할게요." 천사를, 그것도 몸집이 산만 한 천사를 깜짝 놀라게 만든 후로 점점 더 대담해진 그녀가 말한다.

"그렇다면야……." 천사가 망설이며 말한다.

"제발 부탁해요." 여자아이가 양팔을 벌려 그의 장화를 얼싸안으며 말한다.

"그래도 그러면 안 되는데." 천사가 말한다.

"당신은 뭐든 할 수 있잖아요." 여자아이가 말한다.

"그렇기야 하지." 천사가 말한다.

"게다가 아무도 우릴 못 볼 거예요." 그녀가 말한다.

아닌 게 아니라, 그들 주위로 짙은 함박눈이 내려 길을 덮고, 나뭇가지에 내려앉아 휘게 하고, 하얀 천이 되어 허공을 가린다. 소리 한 점, 사람 하나 없다.

"흔적도 안 남을 거예요. 당신은 날아다니니까요." 여자아이가 말한다.

"물론이지." 천사가 자신의 장화를 내려다보며 말한다.

"전 새털처럼 가벼워요." 그녀가 다시 말한다.

"그런데 너 강하긴 하니?" 천사가 묻는다.

'아, 그는 내가 두려워한다고 생각해. 모든 게 너무나 무거운, 모든 사람이 날 비웃는 이 땅을 떠나는 걸 내가 두려워한다고 생각해. 그는 내가 비명을 지르며 몸부림을 칠거라고, 공중에서 그를 난감하게 만들 거라고 믿고 있어.' 여자아이는 이렇게 생각한다.

"아주, 아주 강해요." 그의 등에 폴짝 뛰어올라 양팔로 그의 목을 꽉 끌어안으며 그녀가 말한다.

천사가 언덕, 숲, 강 위를 날아간다. 가끔 하강해 잠시 장화 끝으로 땅을 스치다가 곧 다시 하늘 높이 날아오른다. 여자아이는 어지러워서 눈을 감는다. 천사의 커다란 머리가 그녀를 보호해주지만, 옆구리를 후려치는 매서운 바람 소리에 귀가 먹먹하다. 빠른 속도와 아찔한 높이가 그녀를 취하게 한다. 마치 눈보다 가벼운 어떤 물질이 그녀의 머리를 가득 채우는 것 같다. 이윽고 밤이 오자, 그들은 비행을 멈추고 어느 숲 구석진 곳에 내려앉는다.

"도착한 거예요?" 여자아이가 묻는다. 그녀는 자기 몸에서 어떠한 무게도, 손가락에서 어떠한 감촉도 느끼지 못한다. 아무리 둘러봐도 눈에 보이는 건 하얀 반사광을 발하는 검은 투명함뿐이다.

"아니, 하지만 이 근처에 있는 오두막을 하나 알고 있어." 그가 말한다.

오두막에서 천사는 그녀를 아주 세게 껴안았다. 자신의 열기로 그녀를 감싸고 강제로 그녀 안으로 들어갔다. 뭐가 어떻게 된 건지 하나하나 분간할 순 없었지만, 모든 것이 예전에 신부님이 신자들에게 말씀해주신 것과 비슷했다. 너무나 새로운 그것을 하나하나 분간하기 위한 큰 노력이 마침내 그녀를 잠들게 했다.

"일어나." 아침이 되자 투박한 목소리가 말했다.

여자아이는 갑자기 잠에서 깨어났다. 그녀는 아름다운 꿈나라에 도착한 것이 아니라, 폭력이 난무하는 전장에서 상처투성이의 몸으로 빠져나온 느낌이 들었다. 천사의 날개들은 더 이상 희지 않았다. 그의 얼굴과 하늘을 나는 장화 역시 그랬다. 그는 그냥 덩치가 아주 큰 남자였다. 검은 외투에 텁수룩한 머리, 턱수염, 해어질 대로 해어져 입이 쩍 벌어진 아주 큰 신발에서는 뭔가가 썩어가는 구린내가 진동했다.

'저건 천사가 아니라 악마야. 내가 벌을 받은 거야.' 여자아이는 생각했다.

"날 어쩔 거죠?" 그녀가 벌벌 떨며 묻는다.

"뭐라고?" 악마가 말한다.

"날 죽일 건가요?"

"널 잡아먹진 않을 거라고 분명히 말했잖아." 악마가 말한다.

"그럼 날 어쩔 건데요?"

"지난밤처럼만 할 거야."

"지난밤?" 그녀가 말한다.

그녀는 자신의 다리와 양말, 치마를 내려다본다. 그것들은 피로 얼룩져 있다.

"출발하지." 그녀를 자루처럼 등 위로 던져 올리며 그가 말한다.

눈이 사라지고 날이 따뜻해졌다. 문득 실눈을 뜨고 아래를 슬쩍 내려다본 그녀는 출렁이는 물로 가득한 어마어마하게 큰 일종의 우물, 그리고 작열하는 태양 아래 그 가장자리 여기저기에 흩어져 있는 수많은 벌거숭이 몸들을 발견했다. '여긴 불지옥이야.' 갑자기 색깔들이 붉게 변하고 열기가 오르는 것을 얼굴로 느끼며 그녀는 이렇게 생각했다. 벌써 살갗이 익는 것 같았다. 그들이 땅에 내려앉았을 때 모래는 타는 듯이 뜨거웠고, 주변의 몸들은 석쇠 위에 올려놓은 고기처럼 검게 그을린 채 너부러져 있었다. '물도 부글부글 끓을 거야.' 그녀는 생각했다. 악마가 그녀를 물속으로 밀어 넣었을 때 두려움과 피로에 시달릴 대로 시달린 그녀는 이미 죽은 거나 다름없는 상태였다.

물은 뜨겁지 않았다. 오히려 부드러웠고 그리 깊지도 않았다. 두려움을 떨치고 보니 스테인드글라스의 푸른색을 띠고 있었다. 그것은 부글부글 끓지 않았고, 잔물결이 밀려와서 개천의 모래무지처럼 다리를 간질였다. 악마가 물속으로 들어가더니 이번에는 물고기로 변신해 거대한 지느러미를 휘저으며 물을 갈랐다. 깜짝 놀란 그녀는 생각했다. '저렇게 그냥 가버리나?' 그녀는 뒤를 돌아보았다. 하지만 불안에 휩싸인 그녀의 시선은 해변의 젖은 모래 위에 나란히 엎드려 열심히 수로를 파고 있는 어린 두 여자아이를 넘어서지 못했다. 악마가 돌아왔고, 그는 검은 수염에 배가 불룩 나온, 온통 붉은 비늘로 뒤덮인 물고기를 손에 움켜쥐고 있었다.

"내가 가서 익혀올게요." 여자아이가 갑자기 즐거운 듯 말한다.

"그럴 필요 없어." 악마가 말한다.

그녀가 눈을 휘둥그레 뜨고 쳐다보는 가운데, 그는 물고기를 마구 물어뜯었고 물고기는 곧 몸부림을 멈췄다. 그는 다섯 입 만에 물고기를 모두 먹어치웠다.

"난 이 하얀 살 별로 안 좋아해. 하지만 여기선 다른 해결책이 없어." 그가 말한다.

그 역시 어린 여자아이들을 보았다. 아이들은 엎드린 채 수로를 파고 있어서 금빛으로 물든 통통한 엉덩이밖에 보이지 않았다. 아이들을 물끄러미 바라보던 그가 갑자기 온몸을 뒤틀며 요란한 딸꾹질을 하기 시작했고, 그의 얼굴이 금세 벌겋게 달아올랐다. 그는 숨을 제대로 쉬지 못했다.

그녀가 그의 목구멍 속에 손을 집어넣었다. 손과 손목이 너무 가늘어서 목구멍을 큰 어려움 없이 통과했다. 그녀가 단숨에 악마의 식도에 박혀 있던 물고기의 수염을 뽑아냈다.

"네가 내 목숨을 구했구나." 악마가 말했다.

"그럼 당신도 죽을 수 있나요?" 여자아이가 말했다.

"누구나 다 죽지. 많은 경우 이런 하찮은 것 때문에."

"잘됐네요." 여자아이가 말했다.

"잘됐다니?"

"당신이 나한테 목숨을 빚졌어요."

악마는 놀란 눈으로 그녀를 쳐다보았다. 그러고는 숨통이 트이는 것을 느끼며 컥컥 헛기침을 해댔다.

"널 데려온 게 그리 나쁜 장사는 아니었군." 그가 말했다.

이제 식인귀의 아내는 천사나 악마 따위를 믿지 않는다. 그 모든 건 아주 먼 일이다. 식인귀 아내로 살아가는 삶이 그녀를 온통 사로잡아버렸다. 삶들이 부지불식간에 우리를 옭아매는 바로 그 방식으로. 아무리 원해도 우리는 그 삶들을 떨쳐버릴 수 없다. 이전의 삶이 우리의 덜미를 놓아주게 하려면 더 탐욕스럽거나, 더 교활하거나, 더 큰 인내를 요구하는 다른 삶이 필요하다.

이제는 이런 일이 벌어진다. 식인귀가 집으로 돌아온다. 그가 거대한 장화를 벗어놓는다. 그가 갈비뼈가 튀어나와 둥글게 휜 이빨처럼 보이는 가슴팍을, 그리고 무엇보다 허벅지들, 가운데가 찢어진 온갖 종류의 허벅지들을 식탁에 던져놓는다. 식인귀는 곳곳에 털이 아직 붙어 있는, 찢어져 선혈이 낭자한 그 허벅지들을 던져놓고는 갑자기 바지를 벗고 거대한 식인귀의 성기를 꺼낸다. 주름진 살 속에 욱여넣자, 그것은 곧 벌겋게 물든다. 그가 허벅지 두 짝을 양손에 움켜쥔 채 자신의 성기에 대고 비벼댄다. 뼈들이 으스러진다. 두 허벅지가 성기를 조이며 왕복할 때마다 그는 신음을 내뱉는다. 그의 아내는 자리를 뜰 수 없다. 그 짓을 지켜보고 있어야만 한다. 하지만 죽은 짐승은 그가 원하는 것을 그에게 주지 못한다. 그는 암사슴의 허벅지, 암퇘지의 허벅지를 가져온다. 그들의 차갑고 헐거운 질은 그에게는 아무것도 아니다. 그가 사냥감을 배 쪽으로 확 뒤집는다. 그의 양팔이 허벅지들을 깃발처럼 높이 쳐들었다가 아주 거칠게 내리꽂는다. 그가 터진 내장들 속으로 돌진한다. 관절이 해체된 허벅지들을 벌렸다가 오므린다. 부러진 뼈들이 그의 성기를 찢어놓는다. 그가 목을 앞으로 쭉 뻗으며 울부짖는다. 마치 능지처참당한 짐승의 목소리가 그의 몸을 관통하면서 격분의 외침으로 변해 불가사의한 살의 신에게 부르짖는 것 같다. 하지만 그는 그것으로도 만족하지 못한다.

어느 날, 그가 암소의 엉덩이를 가져온다. 식인귀의 아내는 피와 똥이 묻은 그 희고 거대한 허벅지를 겁에 질린 눈길로 바라본다. 그가 아내를 부르더니 암소의 엉덩이 위에 내던진다. 그가 그녀의 치마를 걷어 올리고 가느다란 양 허벅지를 붙든다. 그녀는 덜덜 떤다. 언젠가 그는 자기도 모르게 그녀의 허벅지 역시 거칠게 벌릴 것이다. 허벅지와 동시에 배까지 단번에 찢어놓을 것이다. 그는 그녀를 뒤집을 것이고, 밖으로 튀어나온 그녀의 내장 속으로 돌진해 들어올 것이다. 식인귀는 그녀에게서도 만족을 얻지 못한다. 그녀의 몸은 너무나 작다. 그가 아직 살아 있는 황소를 끌고 와서 부엌의 네 구석에 네 다리를 묶고 황소의 성기에 자신의 아내를 꽂는다. 황소의 경련, 울음, 발버둥이 그녀의 혼을 빼놓는다. 그가 황소의 뿔을 꺾어버리고, 그 거친 가죽에 몸을 비벼대며 눈에 자신의 성기를 밀어 넣는다. 그의 아내는 검은 배 한가운데에서 새하얗게 질려 있다. 그가 침을 흘리며 그녀를 향해 외친다. "조금만 더, 조금만 더!" 그런데 그것으로도 충분하지 않다. 그가 황소를 덮치더니 네 다리가 사방으로 묶여 있는 황소의 생살에 이빨을 박아 넣는다. 죽어가는 황소의 뒷발질로 부엌 전체가 뒤흔들린다. 사지가 절단되는 황소의 몸 한가운데에서 여자는 머리가 돌아버릴 것만 같다. 괴물

같은 성기가 그녀의 창백한 허벅지 사이에서 미끄러진다. 그녀는 뭘 붙들어야 할지 알 수가 없다.

"그만해요!" 그녀가 갑자기 소리를 지른다.

그만, 제발 그만, 그녀의 목소리가 외친다. 식인귀가 고개를 든다. 한순간 그의 눈길이 아내의 눈길과 마주친다.

"저기." 그녀가 말한다.

일곱 명의 어린 식인귀가 하얀 잠옷을 입고 층계 위에 오글오글 모여 검은 짐승 한가운데 벌거벗고 있는 엄마, 살을 입에 가득 물고 성기를 손에 쥔 채 엎드려 씩씩대는 아빠를 쳐다보고 있다. 일곱 명의 딸은 살육을 목격하고 있다. 하지만 그들의 표정에는 두려움도 혐오감도 없다. 그들의 눈이 번뜩인다.

"너희들은 가서 자!" 그가 무시무시한 목소리로 외친다. 어린 식인귀들이 마지못해 뒷걸음질 치더니 사라진다.

그러자 한결 진정된 식인귀가 황소 위에서 아내를 들어 올려 정중하게 바닥에 눕히고는 그녀 안에서 그리 격하지 않은 경련으로 일을 마무리한다. 그가 옷을 입고는 쾌활한 목소리로 아이들을 불러 짐승의 각 부위를 이름, 맛, 냄새까지 일일이 설명해주고 일곱 명 모두에게 돌아가며 질문을 한다. 아이들이 대답을 잘 하자, 그가 그들의 날카로운 식인귀 이빨로, 수십 개의 작고 날카로운 이빨로 갑자기 날뛰기 시작하는 그 살덩어리를 먹어도 좋다고 허락한다.

"턱받이 해야지!" 엄마가 소리친다.

하지만 아이들은 엄마의 말에 따르지 않는다.

"식기를 사용해!"

아이들은 아빠를 힐끔 쳐다본다. 그가 껄껄 웃는 것을 보고는 엄마의 훈계를 무시한다.

"체하지 않게 조금씩 먹어!" 엄마가 불안해 소리쳐도 아이들은 짐승의 살을 더욱 게걸스럽게 먹어치운다. 짐승은 결국 숨을 거두고 만다.

"꼭꼭 씹어!" 엄마가 외친다.

아무도 그녀의 말에 귀를 기울이지 않는다.

"저러다 질식하겠어요!" 그녀가 식인귀에게 애원한다. 엄마의 말은 무시해도 된다고 느낀 아이들이 더 난리를 친다. 식인귀가 결국 엄마의 애원에 응해준다.

"이제 엄마랑 씻으러 가렴." 그가 말한다.

여자는 아이들을 데리고 우물로 간다. 한탄을 늘어놓으며, 살점을 그토록 빨리 갈가리 찢어놓는 그 칠성장어의 입들을 하나씩 씻겨준다. 그녀가 그들에게 말한다. 그들의 날카로운 이빨이 상처를 입히고 고통을 준다고 설명한다. 하지만 어린 식인귀들은 깔깔댄다. 엄마의 말을 도통 이해하지 못하는 그들은 그녀를 비웃는다. 아직 흥분이 가시지 않은 그들은 들떠 있다. 이제 아이들은 깨끗하다. 엄마가 다림질할 때 생긴 각진 주름들이 아직 남아 있는 흰 셔츠를 입혀주자 아이들은 가만히 있는다. 이제 엄마는 부드러운 달빛을 반사하는 양동이들 사이에 맑고 깨끗한 모습으로 서 있는 아이들을 둘러본다. 풀잎에 내린 저녁 이슬에 젖은 그들의 작은 발은 새하얗다. 그녀는 그들의 통통한 뺨과 붉은 입술을 본다. 그들은 건강해 보인다. 그녀 안에서 피로 물든 이미지들을 향해 열려 있던 문이 닫힌다. 마치 그 이미지들이 다른 시간, 다른 삶에 속하는 것처럼. 그녀가 아이들을 부드럽게 보듬어준다. 그들이 모두 침대에 눕자 그녀는 그들에게 이야기를 하나 해주려고 시도한다.

"옛날 옛적에 한 마을에 어린 여자아이가 살았단다. 그녀를 무척 사랑했던 어머니와 할머니는 그녀에게 아주 작은 빨간색 모자를 만들어줬어…….”

“뭐처럼 빨간데요?” 아이들이 소리친다.

“개양귀비처럼.” 아이들이 입은 셔츠의 가장자리 단과 자신이 좋아하는 꽃을 떠올리며 엄마가 말한다.

“아냐!” 아이들이 말한다.

“딸기처럼.” 들판을 산책하다가 그것을 발견하고 놀랐던 때를 떠올리며 엄마가 말한다.

“아냐!” 아이들이 소리친다.

“토마토처럼.” 숲속 빈터에서 몰래 재배하는 그것들을 생각하며 엄마가 말한다.

“끔찍해!” 보통 아이들이 시금치를 싫어하듯 토마토라면 질색하는 아이들이 소리친다.

“버찌처럼.” 작고 붉은 얼룩무늬들이 박힌 커튼을 쳐다보며 엄마가 말한다.

“말도 안 돼!” 웃느라 거의 숨이 막힐 지경인 아이들이 외친다.

마땅한 게 떠오르지 않아 엄마가 잠시 입을 다물고 있자, 아이들이 곧 소리치기 시작한다.

“소의 피, 황소의 피처럼, 소의 피, 황소의 피처럼.”

여자가 한숨을 쉬고는 이야기를 이어나간다.

“엄마와 할머니는 그 아이에게 피처럼 빨간 작은 모자를 만들어줬어. 어느 날, 크레이프를 구운 엄마가…….”

“핏, 핏.” 아이들이 외친다.

“또 뭐?” 엄마가 말한다.

“크레이프 말고, 크레이프 말고.”

"크레이프 말고 뭐?"

"족제비, 족제비."

"아." 엄마가 한숨을 내쉰다.

"잡아서 가죽을 벗긴 족제비." 아이들이 말한다.

"그래, 어느 날, 족제비를 잡아서 가죽을 벗긴 엄마가 아이한테 말해. <할머니한테 족제비와 심장이 든 이 작은 항아리를 갖다 드리고 건강이 어떠신지 살피고 오너라.>"

"좋아, 좋아." 아이들이 손뼉을 쳐댄다.

아이들의 환한 표정을 보고 기분이 좋아진 여자가 이야기를 계속한다.

"아이는 숲을 지나면서 아이를 정말 잡아먹고 싶어 하는 늑대 아저씨를 만났어."

"아냐!" 아이들이 외친다.

"또 뭐야?" 엄마가 묻는다.

"아이가 정말 잡아먹고 싶어 하는 늑대 아저씨지!" 흥분한 아이들이 침대에서 일어서며 소리친다.

"앉아, 안 그러면 얘기 안 해줄 거야." 엄마가 말한다.

아이들이 다시 앉는다. 그녀가 이야기를 이어나간다.

"아이는 정말 잡아먹고 싶은 늑대 아저씨를 만났어. 하지만 그는 감히⋯⋯."

"아이는 감히⋯⋯."

"아이는 감히 그러지 못했어."

"뭐 때문에?" 아이 중 하나가 소리친다.

"나무꾼들이 근처에 있어서." 아이 중 하나가 대답한다.

"할머니가 아이를 기다리고 있어서." 다른 아이가 말한다.

"엄마가 그러면 안 된다고 해서." 아이 중 막내가 말한다.

"그럼 그들을 모조리 다 잡아 먹어버리지 뭐!" 맏이가 날카로운 목소리로 외친다.

이 말은 들은 식인귀 아이들이 엄마를 쳐다본다. 그들의 둥글고 불투명한 작은 눈이 그녀의 부드러운 피부, 피로에 전 목, 달빛 때문에 투명해진 웃옷 아래로 훤히 비치는 젖가슴, 황소 때문에 상처투성이가 된 팔을 탐한다. 아이들은 입을 다물고 있고, 그들의 고정된 눈은 움직이지 않는다.

당황한 엄마가 웅얼거린다.

"늑대들을 잡아먹으면 안 된단다."

곧 불안해진 그녀가 고쳐 말한다.

"늑대들한테 잡아먹히면 안 돼."

무슨 말을 해야 할지 몰라 그녀가 덧붙인다.

"먹을 걸 먹어야 해."

엄마는 익숙한 길들이 머릿속에서 마구 엉키는 것을 느낀다. 그녀는 이제 어느 방향으로 가야 할지 알지 못한다. 두려움이 사방에서 그녀를 노린다. 식인귀 아이들의 눈은 그녀의 피부에 들러붙어 꼼짝 않는 물방울무늬 같다. 걷잡을 수 없는 피로가 몰려온다. 그녀는 모든 것을 포기해버리고 싶다. 바닥에 쓰러져 무슨 일이 일어나든 그냥 자신을 내맡기고 싶다. 하지만 그녀는 기운을 차려 이야기를 다시 이어간다.

"아이는 아주 먼 길을 돌아갔어. 밤도 따고……."

"밤 말고 꾀꼬리." 아이들이 말한다.

"꾀꼬리도 잡고 나비도 쫓으면서……."

"나비 말고 고슴도치." 아이들이 말한다.

"여기저기 작은 꽃들을 모아 꽃다발도 만들면서……."

"여기저기 작은 괄태충을 모아 걸쭉한 죽도 만들면서."

"늑대는 오래 걸리지 않아 할머니 집에 도착했어."

"아냐, 아이가 늑대보다 먼저 도착했어. 너희들 왜 그런지 알아?" 맏이가 말한다.

"식인귀의 장화를 신었으니까." 다른 아이들이 대답한다.

"만세!" 막내가 신이 나서 소리치자 다른 아이들이 일제히 손뼉을 쳐댄다.

엄마는 보통 아이들처럼 침대에 앉아 신나게 손뼉을 쳐대는 아이들을 본다. 피로가 물러간다. 약간의 기쁨이 돌아온다. 오래된 환상처럼 낡고 처량해도 그녀가 결코 완전히 버리지 않았던 기쁨이 돌아와 다시 한 번 빛을 발하면서 그녀를 감싸준다. 그녀는 아이들에게 이야기를 들려주고 싶다. 지칠 줄 모르는 인내심을 발휘해 거기, 작은 침대 일곱 개가 나란히 놓여 있는 방에 있고 싶다. 벚나무 그림자가 비치는 창문에서 커튼이 살랑거리는 동안, 그 방이 그녀와 그녀의 아이들 모두를 품는 커다란 가슴처럼 이야기에 귀 기울이는 아이들의 호흡에 따라 부풀었다 쪼그라들기를 반복하는 동안, 희미한 달빛 속에서 부드럽게 이야기를 하고 싶다. 그녀가 이야기를 다시 시작한다.

"먼저 도착한 아이가 할머니한테 늑대를 만난 얘기를 해줘. 그러자 할머니가 이렇게 말하지. <네 족제비, 꾀꼬리, 고슴도치, 괄태충을 문지방에 내놓으렴. 그러면 굶주린 늑대가 그걸로 배를 채우고 가버릴 거야.>"

"아냐, 아냐." 식인귀 아이들이 아우성친다.

"또 아냐? 난 이해할 수가 없구나." 엄마가 말한다.

"아이는 늑대를 잡아먹고 싶어 해요." 막내가 속삭인다.

"아주 맛있게 잡아먹고 싶어 해요." 맏이가 외친다.

"내가 깜빡했구나." 엄마가 말한다.

"계속해요, 계속해요." 아이들이 말한다.

"그래, 아이는 할머니와 함께 침대에 누워 있다가 늑대가 도착하자 확 덮쳤어." 엄마가 말한다.

"아냐, 아냐." 아이들이 소리친다.

"이것도 아니라고?" 엄마가 영문을 모르겠다는 듯 말한다.

"자세하게, 자세하게." 아이들이 말한다.

"내가 얘기해줄게." 맏이가 나선다. "문지방에 놓여 있는 걸 모두 먹어 치우고 식욕이 동하는 걸 느낀 늑대는 침대로 기어들어가 할머니로 변장한 빨간 모자 옆에 누워. 늑대는 할머니가 잠옷 차림을 한 걸 보고는 깜짝 놀라지. 그래서 이렇게 말해. <할머니, 눈 위에 바른 분이 참 예뻐요!>"

"널 유혹하려고 그런 거란다, 어린 늑대야." 막내를 제외하고 모든 아이가 소리를 질러댄다.

"입술에 바른 루즈도 참 곱네요!"

"너에게 뽀뽀를 해주려고 그런 거란다, 어린 늑대야."

"팔도 참 예쁘세요!"

"널 안아주려고 그런 거란다, 어린 늑대야."

"가슴도 참 봉긋하네요!"

"널 흥분시키려고 그런 거란다, 어린 늑대야."

"그만!" 엄마가 말한다. "이제 잘 시간이야. 이야기의 끝은 이래. 늑대가 <할머니, 이가 참 날카롭고 예쁘시네요>라고 하니까 그 못된 어린 여자아이가 <널 더 맛있게 잡아먹으려고 그런 거란다, 어린 늑대야>라고 말하고는 가여운 어린 늑대에게 달려들어 잡아먹어버려."

식인귀 아이들은 이야기가 이렇게 끝나는 게 영 마음에 들지 않는다. 그래도 왜인지 설명을 할 수는 없지만 그냥 잠자리에 든다. 그들의 엄마가 이야기를 듣는 동안 구부러져버린 그들의 머리카락 끝을 반듯하게 다시 세우고는 달빛이 비치는 창의 커튼을 치고 방을 나선다. 그녀의 마음은 차갑고, 머릿속에는 아무 생각도 없다.

식인귀가 아이들 방으로 올라간다.

"몇이랬지?" 그가 묻는다.

"일곱요." 층계 난간에 기댄 채 그녀가 대답한다.

"좋아." 식인귀가 말한다.

전날 황소를 통째로 잡아먹은 탓인지 식인귀는 한결 차분하다. 저울 눈금을 쳐다볼 생각도 않는다. 그가 아내를 불러 잠자리에 든다. 황소가 그를 진정시켰다. 그날 밤 그가 원하는 건 거칠지 않게 벌릴 그녀의 야윈 허벅지뿐이다. 그가 그녀를 올라타고는 고만고만하게 용을 쓴다. 식인귀가 너무 커서 그녀는 그의 몸이 어디서 어디까지인지 감을 잡을 수가 없다. 발을 만질 수도 없고, 머리를 볼 수도 없다. 그의 머리는 저 위 어딘가에서 그녀가 전혀 모르는 언어로 된 별개의 일이라도 벌이듯 벽과 씨름을 하고 있을 것이다. 그녀의 머리는 그의 갈비뼈에 깔려 있다. 그녀는 약간이라도 숨을 쉬기 위해 뼈들 사이에서 가장 탄력성이 있는 공간을 찾는다. 그녀는 식인귀의 몸에서 이마를 짓누르는 갈비뼈 아랫부분과 죽은 살들이 사투를 벌이며 내는 억눌린 소리의 메아리를 들려주며 귀를 누르는 배, 그녀의 허벅지를 마비시키며 끊임없이 쥐가 나게 만드는 어마어마하게 굵은 허벅지, 때로는 고무처럼 탱탱하고 때로는 털로 뒤덮인, 끈적끈적한 부재처럼 그녀 안을 마구 휘젓는데 느껴지지는 않는, 다행히도 너무 크지는 않은 그의 성기밖에 알지 못한다. 식인귀의 얼굴은 특히 그녀의 얼굴에서 너무 멀리 떨어져 있다. 그토록 멀리 떨어져 있는 것이 어떻게 그녀에게 좋을 수가 있겠는가! 너무 멀어서 시작도, 시작의 가능성조차도 느낄 수 없는 것이.

일을 치르고 나면, 가끔 그의 표정이 잠시 부드러워진다. 그러면 식인귀의 아내는 그의 머리 근처로 올라가 땀으로 흠뻑 젖은 앞머리를 걷어내며 말한다.

"적어도 내가 고기를 익히게는 해줘요."

"그럴 수 없어." 그가 말한다.

"왜요?"

"나에겐 날것이 필요해. 날것을 안 먹으면……."

"안 먹으면?"

"날것을 안 먹으면 허기가 단단한 벽, 퇴색한 잿빛 풍경, 마른 질병, 반복되는 삐걱거림으로 변해 날 미치게 하지."

"그렇군요." 식인귀의 아내가 말한다.

"나한테는 비명을 질러대는 살이 필요해. 그래야 식욕이 왕성하게 돌아오니까, 난 나에게 필요한 것들로 나를 채워."

"그렇군요."

"벽이 열리면서 마르고 칙칙하고 삐걱거리는 게 한꺼번에 터져버려. 그러면 난 나에게 필요한 것들로 나를 채워."

식인귀의 아내는 머리 타래로 마룻바닥을 계속 문지른다. 하지만 그녀는 말을 하지도, 그와 눈을 마주치지도 말아야 한다는 것을 알고 있다. 안 그러면 식인귀가 기분이 상해 벌떡 일어날 것이고, 그녀는 그의 눈길을, 짐승들을 잡아올 때처럼 벌겋게 충혈된 그의 눈길을 보게 될 것이다.

그런데 그날 밤은 그가 계속 말을 이어간다.

"짐승들조차도…… 그들의 살은 생기가 없어. 짐승들도 날 이해하지 못해. 그들은 나와 함께 나누지 않아. 그들은 함께하지 않아. 곧 그래야 할 텐데, 그래야 할 텐데…….”

식인귀의 아내가 질겁해 불을 끈다.

“그만 자요.” 그녀가 말한다.

새벽, 불투명했던 창이 조금씩 투명하게 변해간다. 창백하게 변한 창 너머로 큰 숲이 뿌옇게 드러난다. 여자는 늘 반쯤 뜨고 있는 눈 속에 그 큰 숲을 담아간다. 여자가 자는 동안, 언제부턴가 때로는 가까이서, 때로는 멀리서 돌아다니던 작은 소리가 점점 커지며 다가온다. 부러지는 잔가지, 바스락거리는 낙엽, 사각거리는 가시덤불, 자그마한 뭔가가 아주 집요하게 주변을 돌아다니며 그 큰 숲에서 나오려고, 그녀의 머릿속으로 들어오려고 애를 쓴다.

여자는 꿈을 꾼다. 길에는 아무도 없고, 그녀 혼자 인도 가장자리에 앉아 있다. 길 저쪽에서 아주 어린, 거의 아기나 다름없는 여자아이가 다가온다. 제법 높은 벽이 인도를 따라 둘러쳐 있고, 벽 너머 아래쪽에 불쑥 튀어나온 부분이 잡초와 야생화로 뒤덮여 있다는 것을 여자는 알고 있다. 그 돌출부는 그리 넓지 않고, 바깥으로는 아무것도 없다. 하늘, 텅 빈 공간뿐이다. 갑자기 여자아이가 도망치기라도 하려는 듯 벽 위로 폴짝 뛰어오른다. 벌써 한쪽 다리가 벽 너머를 내딛고 있다. 여자는 왜 아무도 달려가지 않는지, 왜 자신이 꼼짝도 하지 않는지 이해할 수가 없다. 그녀는 여자아이에게서 눈을 뗄 수가 없다. 그러다 아이가 몸으로 뱀의 능숙한 뒤집기, 잘 훈련된 야수의 유연한 솜씨를 보여준다. 갑자기, 온몸이 벽을 넘어갔다 싶은 순간, 얼굴이 불쑥 벽 위로 솟아오른다. 그 얼굴이 여자에게는 큰 충격이다. 아이는 장난을 치는 게 아니다. 자신이 뭘 하는지 알고 있다. 아기 같은 그 두 눈에 자신감과 폭력성이 가득하다. 그 눈길이 곧바로 여자를 파고든다. 마치 그녀가 인도 위를 떠다니는 증기로 이뤄진 흐릿한 형태에 지나지 않는 것처럼. 하지만 그녀는 그 눈길이 그녀를 무엇으로 채우는지 알지 못한다. 오, 벽 위로 솟은 그 아이의 얼굴, 너무나 작은 다리의 미끄러짐! 그러고는 더는 아무것도 없다. 여자는 이제나저제나 아이가 돌출부의 잡초 위로 떨어지며 나는 둔탁한 소리를 기다리지만 아무 소리도 들려오지 않는다. 그녀는 오랫동안 기다린다. 가슴을 졸이며, 똑같은 질문을 반복하며. "저기 분명히 돌출부가 있었는데, 분명히 돌출부가 있었는데?"

그녀는 소리를 기다리다가, 소리가 들려오지 않는 허공에 불안해하다가 잠에서 깨어난다. 그때 갑자기 집 앞에서 뭔가가 아주 가볍게 바스락거리는 소리가 들려온다. 그녀의 온몸에 소름이 돋는다. 그녀의 꿈이 다른 궤적 위로 뛰어오른 것 같다. 추락이 돌출부 너머의 허공에서 이뤄졌고, 지금 뭔가가, 그녀가 듣지 못한 소리에서 살아남은 뭔가가 집 주변, 그녀의 꿈 주변의 고요와 어둠을 감싸는 얇은 막을 부드럽게 긁고 있는 것 같다.

그녀가 덜덜 떨며 부엌으로 내려간다. 문까지 가서 그것을 벌컥 열어젖힌다. 아주 작은 남자아이가 헐벗은 채 문턱에 서서 사지를 떨고 있다.

"들어가고 싶어요." 남자아이가 말한다.

여자가 충격에 사로잡혀 남자아이를 내려다본다.

"길을 잃었어요. 형들과 나는 추위에 떨고 있어요. 우릴 들어가게 해주세요." 그가 다시 말한다.

"운도 없구나. 넌 여기가 식인귀의 집이라는 것도 모르니?" 여자가 말한다.

"늑대들도 우릴 잡아먹으려 할 테니 어차피 마찬가지예요. 들어가게 해주세요." 남자아이가 말한다.

그들이 논쟁을 벌인다. 남자아이는 추위에, 여자는 두려움에 벌벌 떨며. 남자아이는 숲 쪽으로 물러서려 하지 않고, 여자는 집 안으로 물러설 수가 없다. 그들이 정원을, 오솔길을, 숲 언저리를 이리저리 거닌다. 여자는 그토록 집요하게 이치를 따져대는 존재를 만나본 적이 없다. 그녀는 두려움을 잊는다.

"늑대들은 곧 죽음이에요." 남자아이가 말한다.

"식인귀도 마찬가지야." 그녀가 말한다.

"늑대들은 날것 그대로의 죽음을 의미해요. 내 비명은 거친 털, 축 늘어진 입술, 시커멓고 더러운 발톱 속에 묻히고 말 거예요. 그보다 바보 같은 일은 아무것도 없어요. 짐승의 살 속에 빠져 질식하는 내 비명보다 더 끔찍한 건 아무것도 없어요."

여자는 열정적으로 귀를 기울인다.

"식인귀의 경우도 뭐가 달라?" 식인귀가 자신의 남편이라는 것도, 그가 침대에서 자고 있다는 것도, 그가 바로 집 안에, 지척에 있다는 것도 까맣게 잊은 채 그녀가 말한다.

"그의 두 눈이 날 쳐다보겠죠. 그 두 눈은 내 비명에 뭔가를 더해서 나에게 되돌려줄 거예요. 식인귀는 나를 이해할 거예요. 우린 내 죽음 속에서 둘이 될 거고, 나눔이 있을 거예요."

"이상하기도 하지. 식인귀도 그런 말을 했는데." 여자가 말한다.

"그것 봐요, 늑대들보다는 훨씬 나을 거예요." 남자아이가 말한다.

"아니, 훨씬 나쁠 거야. 네가 그에게 애원하려 들 테니까." 그토록 많은 말들이 도대체 어디서 오는 것인지 알지 못한 채 그녀가 말한다.

"난 당신에게 애원할 거예요. 당신은 날 지켜줄 거예요, 난 알아요." 그가 말한다.

"난 아무것도 할 수 없을 거고, 내 마음은 슬픔으로 찢어질 거야." 여자가 말한다.

"우리 형제들은 버림받았어요. 난 당신이 날 위해 고통스러워했다고 생각할 거예요. 난 그걸 위안으로 삼을 거예요. 늑대들에게 잡아먹힌다면 나에게 남는 건 고통과 어리석음뿐일 거예요."

"그러니까 넌 내가 고통스러워하길 바라니?" 여자가 말한다.

"어쩌면 당신에겐 그게 필요할지도 몰라요. 언제부터 여기서 살았어요?" 남자아이가 묻는다.

"아주 오래전부터." 여자가 중얼거린다.

여자는 꿈속에서 아이의 다리가 벽 너머로 미끄러지던 순간을, 자신을 돌아보던 아이의 얼굴을, 그녀가 이해하지 못하는 뭔가로 가득하던 두 눈을 떠올린다. 뭔가 격한 것이 그녀의 내부에서 솟구친다.

"도대체 여긴 왜 왔니?" 그녀가 소리친다.

"늑대들 때문에." 남자아이가 말한다.

"이제 늑대 따윈 없어." 그녀가 소리친다.

"그럼 당신은, 당신은 왜 소리를 지르죠?"

"네가 여기 있으니까." 여자가 말한다.

"하지만 내가 여기 있는 건 당신이 여기 있기 때문이에요."

남자아이가 말한다.

그들이 숲 언저리를 점점 더 빨리 걷는다. 여자는 그들을 둘러싸고 황급히 오가는, 고리와 매듭으로 그들을 칭칭 감아 도무지 어떻게 풀어야 할지 생각조차 할 수 없는 그 언쟁에 완전히 빠져 있다. 그들이 언쟁에 사로잡혀 걷는다. 점점 더 크게 말을 하는 바람에 주변에서 나는 소리를 전혀 듣지 못한다. 바로 그 순간 정원 너머 집 안에서 무슨 일이 벌어지고 있는지 전혀 알지 못한다.

엄지 동자의 형 여섯이 집 안으로 들어갔다. 너무 추워 더는 기다릴 수가 없었기 때문이다. 막내는 담판을 벌이느라 돌아올 생각을 않고 있었다. 그들은 집 안으로 들어가 층계를 하나씩 기어올랐다. 온기를 좇아간 그들은 식인귀 딸들의 침실을 발견했고, 아무 생각 없이, 옷을 벗지도 않고, 각자 침대 속으로 기어들어갔다. 그만큼 그들은 춥고 피곤했다.

식인귀가 깊이 잠들지 못하고 침대에서 뒤척인다. 그날 밤 그는 말을 너무 많이 했다. 그 말들이 나쁜 술처럼 머리를 어지럽힌다. 그가 금방이라도 천둥 번개를 칠 것 같은 시커먼 먹구름 속에서 깨어난다. 그는 곧 신선한 살 냄새, 바깥의 향기를 머금은 아주 싱싱한 살이 근처에 있음을 느낀다. 그가 무거운 몸을 이끌고 비틀거리며 일어나서는 냄새를 좇아 딸들의 방으로 간다. 엄지 동자의 형들은 숲에서 나무들이 쓰러질 때처럼 지축이 흔들리는 소리를 듣는다. 그들은 재빨리 침대 밑으로 기어들어가 숨도 쉬지 않고 기다린다. 식인귀가 방으로 들어온다. 아 미치겠네, 이 냄새가 도대체 어디서 나는 거지? 그가 허리 숙여 딸들을 하나씩 들여다보고는 침대 시트와 그들의 피부에 코를 박고 킁킁거린다.

"다들 일어나!" 그가 빽 소리를 지른다.

식인귀 딸들이 잠에 취해 작은 뱀들처럼 몸을 일으킨다. 딸들도 살 냄새를 느낀다. 흥분이 그들을 관통한다. 그들이 오글오글 모여 서로의 몸에 코를 대고 냄새를 맡는다. 그들의 눈이 어둠 속에서 반짝인다. 마치 한 무리의 자칼 같다. 식인귀도 그 큰 손으로 딸들을 잡고는 냄새를 맡기 위해 허리를 숙인다. 딸들이 갑자기 돌아서더니 날카로운 이빨로 그 손을 물어뜯는다. 식인귀가 으르렁댄다.

그 소란이 벌어지는 동안, 엄지 동자의 형들은 어둠 속을 기어 달아났다. 그들은 또 다른 온기의 둥지를 찾아냈다. 이제 그들은 식인귀의 큰 침대 속에 있다. 몸을 웅크리고 서로 꼭 붙은 채 반은 잠들고 반은 깬 상태로 층계 건너편에서 들려오는 으르렁거림과 쉭쉭거림에 귀를 기울인다.

식인귀가 피투성이가 된 손을 거둬들이고 으르렁거리며 뒷걸음질 쳐 자기 방으로 돌아간다. 식인귀 딸들이 무리 지어 그를 따라온다. 그들이 아버지가 다시 누운 침대에서 아주 강한 살 냄새를 맡는다. 코를 킁킁거리며 식인귀 주변을 맴돌다가 그 위로 기어 올라간다. 그들의 작고 날카로운 이빨이 솟아 나와 예리한 면도날처럼 번뜩인다.

침대 밑으로 뛰어들어 숨었던 엄지 동자의 형들은 이제 작은 짐승들처럼 배를 깔고 살살 기어 식인귀 딸들의 방으로 달아난다. 식인귀와 딸들은 매번 더 강해지는 냄새를 쫓아 이 방에서 저 방으로 건너간다. 그들이 서로의 주변을 맴돈다. 작은 이빨들이 점점 더 세게 박히고, 식인귀의 손이 닿치는 대로 움켜

쥐고 패대기친다. 피가 흐르고, 뼈가 으스러진다. 돌아다니는 냄새가 그들을 미치게 하고 격분시킨다. 그들의 눈에는 이제 아무것도 보이지 않는다. 식인귀 딸들은 사냥개 무리처럼 아버지를 덮치고, 식인귀는 거대한 팔을 휘두르며 닥치는 대로 물어뜯고 으스러뜨리고 찢어발긴다. 소란이 잦아들 즈음, 엄지 동자의 형들이 점점 더 대담하게 움직일 즈음, 층계 위, 두 방 사이에는 모든 것이 뒤섞인 혼란스러운 더미밖에 안 남는다. 엄지 동자의 형들이 계단을 하나씩 내려와 아직 열기가 약간 남아 있는 부엌 벽난로 가에 자리를 잡고 마침내 찾아온 고요 속에서, 열어놓은 문을 통해 풍겨오는 숲의 향기를 맡으며 잠이 든다.

엄지 동자와 여전히 언쟁을 벌이며 부엌으로 돌아온 여자가 그곳에 누워 자고 있는 그들을 발견한다.

"봐요, 아무 일도 일어나지 않았잖아요." 엄지 동자가 말한다.

"그래, 네가 이겼어. 너도 저들 곁에 누워 눈 좀 붙이렴." 여자가 말한다.

그런 다음 그녀는 언제나 그랬듯 문턱으로 가서 허리를 꼿꼿이 펴고 앉는다. 그녀의 생각은 거석처럼 속이 꽉 차 있다. 마치 세상이 방금 변한 것처럼, 그래서 아직 여러 가지 살랑대는 생각들을 위한 자리가 없는 것처럼. 새벽이 되어 엄지 동자와 형들이 떠날 때도 그녀는 거의 움직이지 않았다. 그녀는 그녀가 아직 보지 못한 시체들과 함께 집에 홀로 남았다.

이제는 온 집 안이 여자의 차지다. 처음에 그녀는 집 안을 오락가락한다. 작고 새하얀 잠옷을 입고 우물가에 서 있던 딸들을 생각하며 눈물을 흘린다. 그들의 날카로운 이빨과 붉은 입술 사이에 매달려 있던 살점을 떠올리며 울음을 멈춘다. 그럼 식인귀는? 그에 대한 기억은 생각들이 사라지는 시커멓고 커다란 구멍을 만들 뿐이다. 이제 그들은 땅 밑에 있다. 마을에서는 아무도 더는 그들을 불쌍히 여기지 않는다. 죽어서 땅에 묻히면 누구나 똑같다. 사람들은 이제 그들을 잊을 수 있다. 묘지에 가면 큰 무덤 하나와 작은 무덤 일곱 개가 다른 모든 무덤들처럼 조용히 자리 잡고 누워 있다. 식인귀 딸들의 머리카락이 자라 땅을 뚫고 나왔고, 그것이 날카로운 가시덤불이 되어 바로 뒤에 있는 담을 기어오르고 있다고 사람들은 말한다. 여자는 오랫동안 그곳을 찾아 그 가시덤불이 무덤들의 머리에 똑바로 씌워진 화관처럼 보이게 그것들을 꼿꼿이 세우려고 애썼다. 하지만 어느 날 그녀는 더 이상 아이들의 머리카락을 알아보지 못했고, 그 후로는 되는대로 마구 자라게 내버려두었다.

여자는 이제 먹은 것을 토하지 않는다. 그녀는 도시에 나갔다가 각종 동물, 채찍, 가죽으로 된 도구, 뱀파이어들이 실린 잡지들을 보았다. 그녀는 집으로 돌아왔고, 그 후로 종종 피식 웃는다. 계단을 오르다가 갑자기 실소를 터트린다. 그 잡지들을 생각하며, 페이지들 사이에 자리를 잡고 옆에 실린 이미지들을 무색하게 만드는 자신의 기억들을 떠올리며 피식 웃는다. 그녀는 부엌에서 치마를 걷어 올리고 더 이상 시퍼런 멍이 들지도 쥐가 나지도 않는 자신의 희고 긴 허벅지를 바라본다. 그녀는 소금절이 단지, 식칼, 도살 도구들을 팔아버렸다. 총, 갈고리, 그리고 지워지지 않는 거무스름한 얼룩이 밴 커다란 항아리들도 처분했다. 그녀의 정원은 햇빛을 먹고 자라는 녹색 식물과 과일들로 채워졌고, 그 후로 그녀는 속이 훨씬 편하다. 그녀

는 이제 거의 말을 하지 않는다. 신문들이 그녀의 집에도 배달
된다. 마을로 들어오는 모든 신문이. 그녀는 끊임없이 읽는다.
살육, 대량학살, 도살, 범죄, 지하실에서 자행되는 고문, 약탈당
한 별장, 미친 저격수, 폭발, 그리고 아이들, 불에 타 죽고, 비둘
기처럼 총에 맞아 죽고, 강간당하고, 팔다리가 잘려나간 아이
들, 군복 차림에 총을 든 아이들, 사슬에 묶인 채 무리지어 걸어
가는 아이들. 식인귀의 아내는 그 기사들을 오려 커다란 마분지
에 붙인다. 그러고는 그 마분지들을 아무도 오지 않는 집 곳곳
에 아무 데나 세워둔다. 오다가다 그것 중 하나와 마주치면 그
앞에 서서 몽상에, 근심에, 망각에 빠져든다.

하루하루가 지나간다. 어느 날 아침, 벽장을 열어본 식인귀
의 아내가 그곳에 덩그러니 놓여 있는 식인귀의 거대한 장화를
발견한다. 그녀가 돌아본다. 이제 거의 언제나 열려 있는 창문
들을 통해 그녀는 정원 너머 맑고 텅 빈 하늘에 검고 넓은 선처
럼 그어진 큰 숲을 본다. 아주 오래전에 했던 것처럼 그녀는 부
엌 문턱으로 가서 앉는다. 어둠이 깔린다. 어두컴컴한 숲이 그
녀의 눈길을 단단하게 옭아맨다. 그녀가 잠이 들면 반쯤 뜨고
있는 눈을 통해 크고 작은 가지와 잎들이 들어온다. 그리고 잠
의 밑바닥에서 아주 작은 소리가 움직이기 시작한다.

이튿날, 여자는 다시 벽장을 열고 장화를 꺼내 그 안에 자기
발을 넣어본다. 실은 요정들인 그 장화는 곧 그녀의 발가락, 발
뒤꿈치, 발목을 따라 더듬거리며 그녀의 피부로 점점 다가오더
니 새로운 발, 식인귀 아내의 발 윤곽에 맞춰 움직임을 멈춘다.

그녀가 바깥으로 나간다. 그녀가 한 걸음 내딛자 벌써 정원
건너편에 와 있다. 또 한 걸음 내딛자 숲 가장자리에 도착해 있
다. 그러자 식인귀의 아내는 크게 심호흡을 하고, 움츠렸던 어

깨를 활짝 펴고, 가느다란 허벅지를 똑바로 편다. 그녀가 갑자기 펄쩍 뛰어 숲 위로 날아오른다.

그녀가 난다. 한 걸음에 십 리를 가는 장화를 신고 숲 위를 날아간다. 저 아래, 어두컴컴한 숲속에서는 엄지 동자가 또다시 길을 잃고 헤매고 있다. 나무뿌리에, 부모 품으로 돌아가려는 헛된 욕망에, 늑대에 대한 신경증적인 두려움에 치여 징징거리는 형들을 이끌고. 엄지 동자는 이제 그들이 징징거리든 말든 나 몰라라 한다. 그의 머릿속에는 다른 게 들어 있다. 옛 세계의 조각들을 해체하는 일은 한 번으로 충분했다. 최초의 버림받음에 이어 찾아온 또 다른 버림받음, 최초의 행군을 되풀이하는 또 다른 행군, 마치 알 수 없는 기관들이 부러지며 신경들을 따라 한 번도 들어본 적이 없는 소리들을 보내기라도 하는 것 같다. 피부 아래에서 폭발하는 듯한 우지끈 소리와 함께 시커멓고 거대한 나무기둥들 사이로 이어지는 이 또 다른 행군은 엄지 동자를 짓눌러 숲의 부식토에 박아 넣지 않고 정반대로 그것에서 영원히 벗어나게 했다. 그는 뒤로 돌아가고 싶지 않다. 하지만 어디로 가야 하지? 징징거리며 그의 발목을 잡는 여섯 형은 어떡하지?

엄지 동자는 나무 꼭대기로 기어 올라가 주변을 살핀다. 그러다 저 멀리 아득한 곳에서 그를 향해 날아오는 형태를 알아본다. 그의 심장이 세차게 고동친다. 그가 가지 위에서 두 팔을 크게 흔들어 신호를 보낸다. 고함을 지르고 생난리를 친다. 오, 그녀가 그를 발견하고 다가온다면, 이번에는 무슨 일이 있어도 그녀를 붙들 것이다.

그녀가 그를 보았다. 두 걸음 만에 근처까지 왔다. 그는 자랐고, 그녀 역시 예전과 같지 않다. 그래도 그들은 서로를 똑똑히 알아본다.

"나랑 가." 그녀가 말한다.

"저 아래 형들이 있어." 나무 아래 둥글게 모여 앉아 징징대는 형들을 가리키며 그가 말한다.

식인귀의 아내가 나뭇가지 두세 개를 벌리고는 허리를 숙여 아래를 내려다본다.

"내가 원하는 건 너야, 저들이 아니라." 그녀가 말한다.

많이 변했네, 엄지 동자는 속으로 생각한다. 변한 모습이 좋아서 당장이라도 그녀의 상의 주머니 속으로 뛰어들어 더 이상 나오지 않고 싶다.

"그래도 내 형들인걸. 그들은 스스로 이 난관을 헤쳐 나가지 못할 거야." 그가 아쉬운 듯 말한다.

식인귀의 아내가 자루에서 꾸러미 하나를 꺼낸다.

"여기, 그들에게 필요한 게 다 들어 있어. 떠나자." 그녀가 꾸러미를 가지 사이로 내던지며 말한다.

"좋아." 엄지 동자가 말한다.

그는 꾸러미가 바닥에 떨어지는 소리, 달을 본 강아지들처럼 울부짖는 형들의 목소리에 잠시 귀를 기울인다. 그러고는 여자의 상의에 달린 큼지막한 주머니 속으로 훌쩍 뛰어든다. 이렇게 그들은 큰 숲 위를, 점점 밝아지다가 환하게 빛나고 마침내 붉게 타오르는 창백한 공기 속을 날아간다.

엄지 동자는 주머니 속에서 거의 움직이지 않는다. 가끔 여자의 젖가슴 위에 머리를 가만히 올려놓는다. 여자는 젖가슴을 누르는 그 감촉을 느낀다. 동시에 다리로는 경주의 활기를, 뺨으로는 태양의 광채를 느낀다. 연인의 머리는 그녀의 심장에 얼마나 가까이 있는지! 경주는 얼마나 빠른지! 대지는 또 얼마나 광활하고 활짝 열려 있는지!

그날 밤, 그들은 클로버 밭에서 경주를 멈춘다. 엄지 동자가 주머니에서 나와 움츠렸던 사지를 뻗는다. 하지만 그는 여자의 몸을 떠나지 않는다. 그는 다른 주머니로 들어가 다른 쪽 젖가슴에 머리를 올려놓는다. 열기가 여자의 몸속에서 부드럽게 퍼져간다. 그들은 그렇게 잠이 든다. 이튿날, 엄지 동자는 치마에 달린 큼지막한 주머니로 건너갈 것이고, 그녀의 허벅지 움푹한 곳에 다리를 뻗을 것이며, 볼록 나온 여자의 배에 머리와 활짝 벌린 두 팔을 올려놓을 것이다. 밤이 되면 그는 반대편으로 건너갈 것이고, 여자의 몸은 점점 더 뜨거워질 것이다.

그들은 그런 식으로 늘 함께 이곳저곳을 가로지르고, 여기저기서 야영을 하고, 국경들을 넘고, 구경을 하고, 산책을 한다. 이제 엄지 동자는 등으로, 한쪽 어깨에서 다른 쪽 어깨로, 한쪽 엉덩이에서 다른 쪽 엉덩이로 건너간다. 허리 움푹한 곳에, 겨드랑이 아래에, 팔이 접히는 곳에 자리를 잡는다. 그는 흐르는 땀을 느낀다. 여자의 몸이 계속 조금씩 달아오른다. 어느 날 저녁, 그들은 거대한 도시에 도착한다. 도시에는 광장을 끼고 고리를 이루며 흐르는 강이 있고, 강 위로는 다리들이 별 모양으로 뻗어 있다. 정원들로 가득한 광장 안쪽에 조명이 휘황찬란하고 산들바람에 펄럭이는 알록달록한 깃발로 둘러싸인 호텔이 하나 있다. 그 광장은 도시 한가운데에 앉아 있는 거대한 나비처럼 보였고, 여자는 그 등 위에 사뿐히 내려앉는다. 그들은 호화로운 호텔로 들어가 강이 두 갈래로 갈라지는 곳이 통유리창을 통해 내려다보이는 방을 잡는다. 엄지 동자가 여자의 몸에서 마술 장화를 타고 하늘을 날 때는 도달할 수 없었던 곳을 찾는다. 그는 그녀의 다리를 부드럽게 벌리고 그 사이로 들어간다. 보라색을 띤 커다란 음순을 벌리고 중앙에 있는 축축하고 향기로운 침대에 누워 위쪽에 있는 작은 베개에 머리를 올려놓고 양쪽에 난 무성한 풀숲에 두 팔을 활짝 펼친다. 창문은 활짝 열려 있고, 강물은 규칙적이고 세찬 소리를 내며 흐른다. 그들은 오랫동안 그렇게 누워 있다. 여자의 몸속에서 분산되고, 잊히고, 꺼져버린 열기가 모두 다시 표면으로 올라와 덜덜 떨리는 밀도 높은 다발을 형성할 때까지. 그제야 엄지 동자가 망설이고 꿈틀대는 그 원추의 힘찬 파동에 따라 움직이기 시작한다. 식인귀의 아내는 자기 몸의 어두운 숲속에서 나뭇잎과 가지 사이로 미끄러지는 것 같은 작은 소리를 듣는다. 그녀는 그 소리를 따라갔고, 그녀의 몸속에 억눌려 있던 모든 힘이 덜덜 떨리는 원추를 통해 올라와 갑자기 폭발한다. 그녀의 아픔, 기억, 두려움을 이끌어가면서, 모든 칡과 가시덤불, 그리고 죽은 껍질들을 휩쓸어가면서, 일렁이고 물결치며 도시를 가로지르는 바깥의 거대한 강처럼 흐르면서.

그녀가 잔다. 그리고 엄지 동자는 변신한다. 그토록 크고 아름답고 강한 여자를 오르가슴에 이르게 했기에. 그는 자신이 매 순간 커지는 것을 느낀다. 이젠 그 무엇도 그를 버리지 못할 것이다. 그는 하늘이 보이지 않는 어느 골짜기에서 틀림없이 아직도 줄을 지어 헤매고 있을 형들을 생각한다. 창을 통해 보이는 큰 강이 흐르는 도시를 떠올린다. 예전에는 늘 힘들게 허기를 견디며 고통스러워했지만, 지금은 그 허기가 그의 내부에서 변하여 맑고 부드러운 물처럼 그의 몸속에서 퍼져간다. 그는 그가 쉬는 동안 기다려준 풍경을 그 물과 함께 아주 달고 맛있게 베어 먹을 것이다.

　엄지 동자의 얼굴은 여자의 얼굴과, 그의 발은 그녀의 발과 마주하고 있다. 여자는 자신이 세상의 등 위에 타고 있는 꿈을 꾼다. 세상은 털이 보송보송하고 알록달록한 거대한 나비다. 그 나비는 자신이 왕인 공간을 이리저리 날아다닌다.

　우연히 그곳을 지나는 모기의 다리 아래에 있던, 실은 요정인 장화는 곧 그 가느다란 다리 크기에 자신을 맞추더니, 눈이 부셔 잘못 본 환각처럼 그 작은 존재와 함께 허공 속으로 사라졌다.

신데렐로*

* 원제는 Cendrillon(신데렐라)의 남성형인 Cendron 이다. 이 두 이름은 '재'를 뜻하는 cendre에서 파생되었는데, 부엌일을 해서 재를 뒤집어쓴 아이라는 뜻이다. 국내에서는 '신데렐라'라는 이름으로 워낙 널리 알려져 있어서 그 남성형으로 '신데렐로'라는 이름을 만들어보았다.

옛날 옛적에 한 과부가 살았는데, 천하에 둘도 없을 만큼 경박하고 거만한 귀족과 재혼을 했다. 그 귀족에게는 그 못지않게 경박한 두 아들이 있었는데, 공부에는 도통 끈기가 없고 레이스 가슴 장식, 고급스러운 만찬, 기약 없는 연애질만을 꿈꾸었다. 과부에게도 마음 깊이 사랑하는 아들이 하나 있었는데, 몸가짐이 차분하고 사려가 깊어 얼마 안 가 이복형제들의 미움을 샀다.

"동생아, 이 새 셔츠 어떠니? 미국에서 물 건너온 거야." 첫째가 그에게 물었다.

청년은 그 셔츠를 바라보고는 형이 기분 상하지 않게 말했다.

"아주 좋아 보이네요."

"그게 다니?"

당황한 청년은 큰형이 탄복해 마지않는 그 물건에 어떠한 특별한 장점이 있을 수 있는지 찾아보았다. 그가 마침내 말했다.

"그러고 보니, 가슴 장식이 달린 형님들 셔츠보다 천도 더 질기고 재단도 실용적이어서 쓸모도 많고 밭일을 해도 잘 해지지 않을 것 같네요."

이 말에 두 형은 웃음을 참을 수가 없었다.

둘째가 말했다.

"칭찬이랍시고 하는 꼬락서니 좀 보게. 질긴 천과 실용적인 재단 따위를 누가 신경 쓰니! 게다가 밭농사는 네 일이지 우리 일이 아니잖아. 우리가 너나 좋아하는 그 끔찍한 밭일을 하느라 이 멋진 옷을 시커멓게 더럽히면 퍽이나 보기 좋겠다."

청년은 자기도 그들처럼 그 진흙투성이 밭에서 일하는 게 싫지만, 자신이 어쩔 수 없이 안락한 집에서 멀리 떨어진 그곳에서 일하는 것은 오로지 그들의 무관심과 게으름 때문이라고 지적할 수도 있었을 것이다. 하지만 그는 지혜로웠고, 모든 점에서 첫 번째 결혼보다 못한 그 두 번째 결혼으로 인해 슬픔을 겪고 있는, 내색은 하지 않아도 깊이 상심하고 있는 어머니에게 누를 끼치고 싶지 않았다.

"그럼 형님들은 이 셔츠의 어떤 점에 그렇게 탄복하는데요?" 청년이 일부러 아무것도 모르겠다는 듯 물었다. 못된 구석이라고는 찾아볼 수 없지만, 그는 형들이 그들 자신과 리본 장식에 푹 빠져 전혀 알아차리지 못한 어느 정도의 유머 감각과 통찰력은 갖고 있었다.

"미국에서 물 건너온 거라니까. 제일 좋은 가게에서도 물건이 달려서 서로 사려고 싸우고 난리래. 이런 것도 모르다니, 이 한심한 동생아, 넌 정말이지 바보로구나." 그들이 경멸하듯 대답했다.

한편 그 나라에 대흉년이 들어 초가와 성을 가리지 않고 덮쳤다. 먹을 것과 마실 것이 부족해 가축과 농부들이 죽어나갔다. 농부들이 없으니 은 식기들을 채울 음식 역시 동이 났다. 그래서 사람들은 가진 것을 내다 팔았다. 형들 역시 레이스 가슴 장식, 리본, 미국제 셔츠와는 작별을 고해야 했다. 아버지와 그의 두 아들은 가장 단출한 복장으로 생활을 해야 하자 점점 신경이 날카로워졌고, 흉년이 좀처럼 물러가지 않자 가끔은 아주 못되게 굴었다. 인간의 본성은 불행을 겪어야 그 깊은 진실을 드러내는 법이니까! 잘생기고 거만한 귀족이었던 그 세 사람은 불평할 거라곤 자잘한 희생들밖에 없었는데도 순식간에 원망과 질투로 가득한 천박한 허깨비들로 변해, 궁궐 귀부인들의 치마 밑에 두꺼비들을 풀어놨을 때보다 더 많은 불화와 반목을 주변에 퍼트리고 다녔다.

반면에 과부의 아들은 조금도 변하지 않았다. 형제들의 탐

욕 때문에 늘 남루했던 그의 옷차림은 여전히 남루했다. 그가 고통스러워하는 이유는 다른 데 있었다. 워낙 심성이 착하고 생각이 깊었으니까. 화가 난 남편의 횡포에 자신의 어머니가 쇠약해져가는 것을 본 그는 신세를 한탄하기에는 자존감이 너무 강한 한 여인의 고통을 덜어주려고 자신의 온 힘과 지혜를 사용했다. 그래서 그는 계부의 기분이 더 침울하고 폭력적으로 변하는 것을 막기 위해 그들이 이전에 그에게 강요했던 것보다 더 많은 일을 떠맡았다. 동이 트자마자 아궁이를 청소하고 바닥을 쓸고 불을 피웠다. 그러고는 칼바람이 부는 새벽에 집을 나서 아주 멀리까지 가서 덫과 그물을 놓았고, 이 연못 저 연못 돌아다니며 그물에 걸린 물고기가 없는지 확인했다. 그런 다음, 날이 훤히 밝은 다음에야 마지못해 일어날 계부와 형제들이 식탁이 차려져 있는 것을 볼 수 있게, 그래서 신랄한 힐책으로 그의 어머니를 들볶지 않게, 얼마 안 되는 수확물을 들고 서둘러 집으로 돌아왔다. 그는 그들이 침대에서 내려오게 도왔고, 추위가 살을 에는데 불이 왜 이렇게 미지근하냐는 그들의 불평을 참을성 있게 들어줬으며, 그가 그들을 위해 직접 만든 여우가죽 외투와 쥐가죽 실내화를 대령했다. 그런데 그 비정한 귀족들은 고맙다는 말 한마디 없었다. 그들은 팔아버린 그들의 셔츠, 레이스, 리본을 아쉬워하며 이렇게 말했다.

"이렇게 낡은 옷을 입고 어떻게 궁궐에 얼굴을 내비친단 말인가."

"이 엄동설한에 레이스 셔츠를 입고 있었다면 이미 오래전에 얼어 죽었을 거예요." 청년이 말했다.

"닥쳐라. 이 녀석아, 넌 그런 고상한 것들에 대해선 아무것도 모르잖니. 너 같은 농사꾼에게는 귀족의 감성이 전혀 없어."

청년의 어머니는 이 말을 듣고 몹시 마음이 아팠다. 실제로는 아들의 태생이 계부의 태생보다 훨씬 우월했으니까. 그녀는 그것은 거짓되고 비열한 말이라고 말하고 싶었지만 말리는 아들의 몸짓을 보고는 그냥 입을 다물었다. 아무리 자질이 뛰어나고 유서 깊은 귀족 가문 출신이어도 아내가 함부로 남편에게 대들 수 있는 시절이 아니었다. 이러한 사실을 잘 알고 있는 청년은 한순간 눈이 멀어 그처럼 잔인하고도 유감스러운 상황에 처하고 만 어머니를 최대한 감싸주려고 애썼다.

흉년이 끝나고 풍년이 돌아왔다. 두 형은 침대를 벗어난 적이 거의 없고, 기침을 하고 불평을 늘어놓으며 집에서 뒹굴기만 했기에 다시 날씨가 좋아졌을 때 안색이 창백하고 기력이 없었다. 그들의 장딴지는 가늘었고, 팔은 물렀으며, 안색은 누랬고, 게다가 그들에게는 아주 해롭게도 혐오스러운 농포로 뒤덮였는데, 금 자루를 쥐여주고 어렵사리 모신 궁궐의 의사가 그것이 여드름으로 보인다고 말하자, 그 야만적인 낱말을 난생처음 들어보는 그들은 질겁하고 말았다. 의사는 쇠똥을 매일 발라보라고 권했는데, 그 처방은 그들을 더욱 무기력하게 만들기만 했다. 또한 농포를 그 자체보다 더욱 혐오스러운 딱지 아래 감추기는 했으나 주변에 너무나 고약한 냄새를 풍겨 아무도 감히 그들에게 다가가지 못했다.

반면, 날씨가 아무리 추워도 아침 일찍 일어나 자연을 돌아다니는 습관을 붙인 청년은 육체적으로나 정신적으로나 아주 단단해졌다. 팔다리는 잘 발달되고 아주 유연했으며, 볼은 발갛게 물들었고, 목과 팔, 그리고 점점 누더기로 변하는 옷 틈으로 드러나는 모든 곳의 피부가 구릿빛으로 보기 좋게 그을려 있었다. 섬세한 담갈색을 띤 그의 두 눈은 더욱 생기 넘치는 광채를 띠었으며, 그의 몸과 마음 전체에서 힘, 건강, 젊음, 그리고 격정이 뿜어져 나왔다.

그의 형들도 어김없이 그 사실을 알아차렸고 미친 듯이 질시했다. 그때부터 그들은 동생에게 집에 처박혀 있으라고 명하고는 제 발로 밭일을 하러 나갔다. 첫째는 밭일을 하러 나가자마자 한쪽 발목이 부러져 절름발이가 되었고, 성미가 그 어느 때보다 더 고약해졌다. 둘째는 연못에 빠지는 바람에 폐렴에 걸렸고, 그로 인해 호흡기가 약해져 기침을 달고 살았다. 그들은 적어도 동생이 곧 허약해져서 그 눈꼴 시린 아름다움으로 더는 그들의 눈을 괴롭히지 못할 거라고 생각하며 스스로를 위로했다.

하지만 청년은 육체적으로 튼튼한 만큼 정신적으로도 현명했다. 어쩔 수 없이 집에 갇혀 지내게 된 그는 이 상황을 기회로 이용해 그의 선친이 남긴 고서적들, 여행기, 수학 서적, 법 개론서, 철학 논문들을 꺼내 읽고 또 읽었다. 심성이 착한 만큼 사려가 깊었던 어머니가 훼손되지 않게 궤짝에 넣어 보관해뒀던 것들이었다. 남편과 의붓아들들의 고약한 성미와 예전과는 완전히 다른 두 번째 가정의 분위기 탓에 옛집에서 했던 것처럼 책장에 꽂아 진열해둘 수 없었을뿐더러, 꺼내서 읽거나 얼마간 공부를 하는 것은 더더욱 허락되지 않았지만, 그녀는 기회가 있을 때마다 그 보물의 존재를 아들에게 알려주고, 궤짝에 들어 있는 책들의 제목을 하나씩 일러주었으며, 심지어 자신이 좋아하는 책들의 몇몇 구절을 몰래 읽어주기까지 했다. 그래서 결국 죽음이 그녀를 데려갔을 때 그의 아들은, 세상에 대해 성찰하기보다는 자리를 잡는데 급급한 젊은이들이 일반적으로 가진 것보다 훨씬 더 방대하고 놀라운 지식을 이미 갖추고 있었다.

그로부터 얼마 후, 그 나라의 여왕이 사교계에 들어가 구혼자를 맞을 나이가 된 공주를 위해 무도회를 연다는 소식이 들려왔다.

두 형제도 초대를 받았다. 기쁨에 들뜬 형제는 자신들에게 가장 잘 어울릴 옷을 고르느라 야단법석을 피웠다. 그들은 신데렐로를 불러 마차를 몰게 하고는 도시로 나가 그들과 같은 신분과 야망을 가진 귀족들에게 파는 것 중에 가장 멋진 것을 골랐다. 그들은 연주회, 극장, 그리고 기묘한 발명품으로 궁중 사람들을 질겁하게 만드는 동시에 완전히 매료시킨 새로운 극단들이 공연을 펼치는 아주 수상쩍은 곳에도 갔다. 그들은 이런저런 거리와 술집에 모습을 드러냈고, 이런저런 신문들을 샀다. 얼마나 정신없이 그러고 다녔는지 일주일이 지나자 수도의 최신 소문들로 가득한 그들의 머리는 금방이라도 터져버릴 것 같았다. 신데렐로가 그들의 두통을 가라앉히기 위해 얼음찜질을 해주는 동안에도 그들은 끊임없이 무도회에 대한 생각으로 서로를 자극해댔다.

"가벼운 신체적 결함들은 재치로 보완해야 해." 다리를 절게 된 첫째가 말했다.

"형님이 발휘하는 재치의 예리한 화살들이 감히 형님의 발목을 내려다볼 놈들의 눈을 후벼 팔 겁니다. 말을 자꾸 끊고 늙은이처럼 보이게 하는 이놈의 기침 때문에 형님보다 제가 더 문제예요."

"아니다, 아우야, 그 기침은 네가 가진 최고의 패란다. 말을 너무 많이 하다보면 실수를 하기 마련이야. 그런데 너의 경우에는 전혀 그렇지 않지. 그냥 침묵을 지키고 있으렴. 가끔 너의 목에서 터져 나오는 기침이 다른 사람들이 하는 이런저런 말을 잠시 멈추게 할 거야. 네 기침이 무슨 뜻인지는 아무도 모르겠지만, 궁신들은 늘 어떤 잘못을 감추고 있으니 모두가 속으로 그걸 들켰다고 여길 거야. 따라서 넌 모두가 두려워하는 사람이 될 거야. 난 기침을 하는 네가 부러워."

"하지만 공주는요?"

"공주는 널 선택할 테니 의심하지 말거라."

"난 형님이 선택받을 거라고 확신해요."

두 형제는 속으로는 서로 질시하고 해를 가하려고 애쓰면서도 이렇게 말했다.

마침내 무도회가 열리는 날, 신데렐로는 형들을 무도회장까지 데려다주었다. 그는 온몸을 뒤덮는 크고 헐렁한 옷을 입은 채 궁궐 대문 옆에 서서 궁궐 쪽을 잠시 바라보았다.

"신데렐로, 너도 무도회에 가고 싶은 게냐?" 형들이 웃으면서 말했다.

"형님들, 그런 농담 마세요, 그곳은 제가 있어야 할 곳이 아니에요."

"네 말이 맞아. 사람들이 무도회장에서 너 같은 재투성이를 보면 배꼽을 잡고 웃어댈 거야."

"그곳에 간들 네가 뭘 할 수 있겠니? 귀부인들 옷자락이나 밟고 다니지 않겠니?"

"그들의 귀에 대고 네가 키우는 토끼들 얘기나 할래?"

"아니면 그 낡은 책들 얘기?"

"물론이죠. 궁궐의 귀부인들은 저를 보면 제 토끼들보다 더 빨리 달아나버릴 거예요. 제 책에 쌓인 먼지와 제 옷에 묻은 재로 그들의 안색을 망쳐놓는다면 전 크게 후회할 거예요."

"걱정 마." 무도회에 간다는 기쁨에 들떠 상냥하게 변한 두 형이 말했다. "우리가 본 것과 우리에게 잘 보이려 애쓴 여자들에 대해 전부 얘기해줄 테니까. 다만, 졸리더라도 꾹 참고 우리가 올 때까지 기다려. 우리가 직접 옷을 벗기에는 너무 지쳐 있을 테니까."

신데렐로는 형님들의 말을 한 하인에게 맡기고, 방방곡곡에서 도착하는 마차들을 뒤로한 채 진흙투성이 길을 홀로 걸어 돌아왔다.

집에 도착한 그는 평소처럼 아궁이 한구석에 앉아 책 한 권을 집어 들었다. 하지만 그는 독서에서 전혀 위안을 얻지 못했다. 이미 여러 번 밑줄을 치고 여백에 주석까지 달아놓은 글귀 하나하나는 그가 빠져들었던 외로운 사색의 이미지만 돌려줄 뿐이었다. 그는 한숨을 내쉬었고, 책을 펼쳤다가 덮기를 반복했다. 그러자 재가 날려 그의 아름답고 남성적인 얼굴을 회색으로 물들였다. 그때 사실은 요정인, 아궁이의 돌이 그에게 말했다.

"신데렐로, 왜 한숨을 푹푹 쉬고 있니?"

"바깥에서 부는 바람의 한탄이 내 마음을 슬프게 해."

"신데렐로, 바람은 잠잠하고 나뭇잎 하나 흔들리지 않아. 넌 왜 한숨을 쉬고 있니?"

"내가 죽인 수많은 동물들의 피가 내 기억을 붉게 물들여."

"신데렐로, 네 기억 속에는 뺨을 스치는 신선한 바람, 새벽녘 네 발밑에서 바삭거리는 풀잎, 안개로 덮인 연못의 거울 같은 수면밖에 없어. 도대체 네 시름이 뭐니?"

"사랑하는 어머니에 대한 그리움이 사방에서 신음처럼 들려와."

"평소에는 네 어머니에 대한 그리움에도 너와 네 어머니가 둘 다 소중히 아끼는 책들을 멀리하지 않잖아. 신데렐로, 넌 거짓말을 하고 있어."

신데렐로가 갑자기 벌떡 일어나더니 아궁이의 돌을 향해 책을 집어던졌다. 자신의 행동이 부끄러웠던 그는 이내 무릎을 꿇고 흐느껴 울기 시작했다.

"좋아, 좋아, 조금 더 기다려봅시다. 그럼 알게 되겠지요." 돌이 이글이글 타오르며 중얼거렸다.

그 돌은 시간의 신들과 결탁했던 터라 미래의 물결들 속을 굴러다녔고, 인간에게는 알려지지 않은 신비스러운 길들을 통해 셀 수 없이 많은 정신분석 세미나에 이미 참석한 적이 있었다. 돌은 아무 말 않고 때가 오기를 기다렸다.

"형들은……" 마침내 신데렐로가 떨리는 목소리로 말했다.

"형들은?"

"형들은 치장을 해서 보기가 좋았어."

"그래." 돌이 말했다.

신데렐로가 잠시 입을 다물고 있더니 다시 말했다.

"형들은 날 조금도 사랑하지 않아."

"그럼 넌, 넌 그들을 사랑하니?" 돌이 물었다.

"그들은 허약하고 분별이 없어."

"그런데 멋지게 치장을 하고 공주의 무도회에 가지."

돌이 약이라도 올리듯 이렇게 말하고는 자신을 세게 차대는 발길질을 느끼며 속으로 웃었다.

"왜 그렇게 나를 발로 차대니?"

"난 차지 않았어." 신데렐로가 말했다.

"고개를 숙여봐." 돌이 말했다.

고개를 숙인 신데렐로는 자신의 발이 까져 있는 것과 붉은 피 한 방울이 돌 위에 떨어져 있는 것을 보고 깜짝 놀랐다. 어떤 충격이 그의 마음에까지 이르렀다.

"난 형들이 미워." 그가 최면에 걸린 사람처럼 불쑥 말했다.

"물론 그렇겠지. 그리고 또?" 돌이 물었다.

"나도 무도회에 가고 싶어." 신데렐로가 무언가에 홀린 듯 경직된 이상한 목소리로 말했다.

"물론 그렇겠지. 또 없어?" 돌이 말했다.

"나도 공주를 보고 싶어."

"당연히 그렇겠지."

"공주를 형들에게서 빼앗고 싶어."

"아." 돌이 말했다.

"드레스를 걷어 올리고 모두가 보는 앞에서 그녀를 범하고 싶어."

바로 그 순간 장작이 활활 타오르고 불꽃이 따닥따닥 소리를 내기 시작하면서 신데렐로가 갑자기 깨어났다.

"자자, 정신 차리고 옷, 하인, 마차, 말들로 만들 게 뭐가 있나 빨리 좀 찾아봐."

이야기의 이 부분은 모두가 알고 있으니 여기서 지체하진 않으려다. 다만, 생쥐, 쥐, 호박, 도마뱀은 없고 형들의 미제 셔츠에서 떨어진 실 한 올, 녹슨 쇳조각, 등유 한 방울밖에 없어서 당황한 돌이 약간은 혼란스러운 상태에서 마법을 부리는 바람에 자기도 모르게 혁대, 권총, 큼지막한 모자, 꽉 끼는 진 바지,

반장화로 구성된 멋진 카우보이 복장을 신데렐로에게 입혔고, 쇳조각과 등유는 온통 크롬 도금이 되어 있고 연료통이 가득 찬 번쩍이는 캐딜락으로 둔갑시켰다는 사실만 지적하고 넘어가자. 신데렐로는 그 새로운 기계를 조종하는 법을 알아내느라 몇 분이 걸렸고, 마침내 얼마 전에 마차들이 그에게 흙탕물을 튀겼던 길을 부릉부릉 소리를 내며 내달렸다.

신나게 달리는데 작은 돌 하나가 날아와 앞 유리창에 부딪혔다.

"원하는 게 뭐야?" 유리창을 내린 그가 바람에 머리카락을 휘날리며 속도에 취한 눈으로 물었다.

"깜빡했어, 자정을 넘기지 마." 돌이 말했다.

"알았으니 걱정 마." 신데렐로가 쾌활하게 외쳤다.

또 신나게 달리는데 돌이 다시 앞 유리창에 부딪혔다.

"또 뭐야?" 신데렐로가 다시 유리창을 내리며 소리쳤다.

"이것도 가져가." 돌이 작은 검은색 갑을 던지며 말했다.

신데렐로가 허공에서 그것을 낚아채서는 별생각 없이 혁대에 찔러 넣었다.

캐딜락은 깜짝 놀란 하인들 앞을 쏜살같이 지나쳐 웅장한 궁궐의 현관 층계 앞에 멈춰 섰다. 신데렐로는 박차를 부딪치며 차에서 내렸다. 그가 사람들이 모여 있는 홀로 들어간다. 먼 미래의 복장이 그의 균형 잡힌 몸매에 더없이 잘 어울린다. 갑자기 홀 안이 조용해진다. 사람들이 춤추기를 멈추고, 바이올린 연주도 중단된다. 그들은 막 홀을 들어선 낯선 남자의 멋진 용모를 바라보는 데 정신이 팔려 있다. 여자들은 볼이 발갛게 달아올라 기절하기 일보 직전이고, 수군대는 남자들 사이에서는 그들 중 몇몇이 막 도착한 당당한 신사에 비해 그들을 너무나 멍청해 보이게 만드는 리본, 레이스, 가발을 벗어버리기 위해 즉시 개인 탈의실로 달려갔다는 얘기가 떠돈다.

그 사이, 신데렐로는 매력적이긴 해도 서로 비슷하게 생긴 그 모든 아가씨 중에서 과연 누가 공주일지 생각해보고 있었다. 마침내 그는 날카롭게 생긴 금발 아가씨를 둘러싸고 열심히 썰을 풀고 있는 두 형을 발견했다. 아가씨는 지겨운 표정으로 그들의 얘기를 듣는 둥 마는 둥 하고 있었다.

'저 아가씨가 공주겠군.' 신데렐로는 생각했다.

그는 가볍게 인사만 하고는 그녀 앞을 지나쳐 십자형 창문 근처로 갔다. 그는 창문턱에 팔꿈치를 괴고는 그에게 다가와 아양을 떠는 여자들을 꼼꼼하게 살필 뿐 어느 누구에게도 춤을 청하지 않았다. 허영심이 많고 자존심이 강했던 공주는 그런 멸시를 더는 참을 수가 없었다. 그녀가 신데렐로가 서 있는 창문으로 다가가 말했다.

"멋진 이방인이여, 그대는 춤을 안 추나요?"

"제가 찾는 사람을 아직 발견하지 못했습니다." 그가 그녀를 보는 둥 마는 둥 하며 대답했다.

"도대체 누구를 찾는데요?" 발끈한 공주가 물었다.

"바비 공주요. 아주 예쁘고, 다른 아가씨들과는 낮과 밤만큼이나 다르다고 하더군요. 그런데 여기는 신경 써서 꾸미긴 했지만 평범한 아가씨들밖에 안 보이네요." 신데렐로가 말했다.

공주는 화가 나 제정신이 아니었다. 궁궐을 쑥대밭으로 만들어놓는 일이 있더라도, 어떻게든 이 무례한 이방인의 콧대를 납작하게 만들고 싶은 뜨거운 욕망이 그녀의 마음을 사로잡았다.

"내가 바로 공주예요. 내가 손가락만 까닥해도 여기 모인 모든 남자가 강에 뛰어들 거예요."

저 아래, 깊은 외호 바닥에 강이 흐르고 있었다. 강은 칠흑처럼 검었는데, 여기저기 예리한 창들이 무시무시한 피라냐처럼 물속에서 번뜩이고 있었다.

"두 사람이 희생하는 걸로도 충분합니다." 신데렐로가 말했다. "그러면 군소리 없이 당신이 이 왕국에서 가장 아름다운 공주라고 선언하죠."

분노로 이글거리는 공주의 눈에 몇 시간 전부터 사랑을 맹세하고 감정을 토로하며 그녀를 졸졸 따라다녔던 두 형제가 들어왔다. 그녀가 손짓을 하자마자 그들이 쪼르르 다가왔다.

"나에 대한 사랑으로 저 강에 뛰어들 수 있겠어요?" 공주가 말했다.

"물론이죠." 두 형제가 기뻐서 어쩔 줄 몰라 하며, 공주가 배우자를 택하기 위해 그들을 시험해보고자 하는 것일 뿐이라고 생각하며 말했다.

"그럼 뛰어들어보세요." 그녀가 이렇게 말하고는 창문을 활짝 열어젖혔다.

첫째 형이 허리를 숙여 창밖을 내려다보더니 뒤로 물러섰다.

"공주님, 생각건대, 제가 저 아래 보이는 창들 위로 떨어지면 발목에 아주 안 좋을 것 같고, 거동에 약간의 불균형이 있는 것도 우아함이 없지는 않지만 공주의 남편으로 장차 왕이 될 사람이 천하디 천한 병사처럼 다리를 저는 것은 환영받지 못할 일로 보입니다. 그렇게 되면 궁궐 사람들이 아주 안 좋아할 것입니다. 하지만 동생아, 너는 다리가 멀쩡하니 아마도 뛰어들겠지?"

둘째 형은 아무 말도 하지 않았다. 그런데 바로 그때 마침

발작적인 기침이 터져 나왔고, 그는 기침을 하는 사이사이 손짓 발짓을 통해 차가운 물은 그와는 상극이며, 장차 왕이 될 사람이 결혼식 날 감기에 걸리는 위험을 감수할 수는 없으나, 그럼에도 공주가 강물을 따뜻하게 데워준다면 기꺼이 뛰어내리겠다고, 자신이 높은 창문을 그리 좋아하지 않으니 층계에서라도 그리 하겠다는 뜻을 전했다.

"신사분들이 공주님을 무척이나 사랑하는군요. 춤이나 춥시다." 신데렐로가 말했다.

그는 화가 나 속이 부글부글 끓고 있는 공주와 춤을 췄고, 혁대에서 들려오는 지직거리는 소리가 돌이 했던 충고의 말을 상기시켜줄 때까지 할 수 있는 한 다른 모든 여자들과도 춤을 췄다. 자정이 되자, 신데렐로는 달아났다.

넋이 나간 여자들이 치마, 페티코트, 가터벨트, 발그스레하거나 덜 발그스레한 엉덩이들의 대혼란 속에서 옷자락에 발을 걸려가며, 서로 밀쳐가며 궁궐의 계단을 뛰어 내려갔다.

"멋지게 차려입은 잘생긴 왕자님을 봤나요?" 가장 먼저 도착한 여자들이 궁궐 정문을 지키는 하인에게 물었다.

"누더기를 걸친 농부밖에 못 봤는데요. 한 손에는 녹슨 쇳조각을, 다른 손에는 검은 기름을 조금 묻힌 채 아주 멍청하게 저를 쳐다보더군요." 하인이 말했다.

집으로 돌아온 형들은 불가에서 하품을 하고 있는 신데렐로를 발견했다. 그들은 신데렐로에게 옷을 벗기게 하면서 그에게 무도회에 혜성처럼 나타나 모든 여자들을 뛰어다니게 만든 멋진 왕자 얘기를 해주었다. 이튿날, 무도회가 계속되었기 때문에 그들은 다시 궁궐로 갔다. 신데렐로는 전날처럼 그들을 데려다 주고 홀로 돌아왔다. 그는 또다시 한숨을 쉬었고, 책의 종잇장 들이 그의 눈앞에서 박쥐 날개처럼 펄럭였다.

"신데렐로, 또 왜 그러니?" 아궁이의 돌이 물었다.

"내 마음이 만족을 얻지 못했어." 신데렐로가 대답했다.

"무도회에 갔잖아."

"그래도 내 마음이 만족을 얻지 못했어."

"네 마음이?"

돌은 또다시 자신을 차대는 발길질을 느끼며 속으로 웃었다.

"내 몸이." 좀 더 빨리 진심을 털어놓기 시작한 신데렐로가 말했다.

"공주하고도, 궁궐의 어떤 여자하고도 자지 못했어."

"그럼 뭘 기다리니? 어서 실, 쇠, 기름을 가져와."

일은 전날보다 훨씬 신속하게 진행되었다. 그러니 우리도 빨리 가서 이제 무도회장에 도착한 신데렐로가 감격에 겨워 숨 죽이고 있는 사람들을 스윽 둘러보고는 자신의 캐딜락으로 돌 아가 담배에 불을 붙이고 뒷좌석에 턱하니 누워 올 것이 오기를 기다리는 것을 보도록 하자.

마침내 올 것이 왔다. 여자들이 앞다투어 차 유리창에 모습 을 드러내고는 애교를 부렸고, 이내 대담하게 차 문을 열고 들 어 뒷좌석에 누웠다. 이런 상황에서 원기왕성하고 혈기로 가 득한 왕자가 무엇을 이뤄낼 수 있었는지는 여러분의 짐작에 맡 기겠다. 그는 기적을 이뤄냈다. 하지만 어떠한 기적도 결국에는 소진되고 만다. 자존심 강한 공주가 마침내 맨 마지막으로 달빛 아래 희미하게 빛나고 있는 캐딜락까지 내려가기로 마음먹었을 때, 신데렐로는 차 밖으로 나와 모자를 삐딱하게 쓰고 두 다리를 쩍 벌린 채 지퍼를 올린 뒤 혁대를 채우고 있었다.

"너무 늦으셨습니다, 공주님." 그가 말했다. 자정이 다가오고 있었기 때문에 그는 운전석으로 훌쩍 뛰어올라 부릉부릉 시동을 걸고 연속적으로 방귀를 뀌어대며 출발했다.

자신의 말들에게서도, 얼굴이 붉은 마부들에게서도, 배가 불룩 튀어나온 아버지 왕에게서도 그렇게 센 바람을 뿜어대는, 또 그렇게 요란스러운 폭발음을 한 번도 들어본 적이 없었던 공주는 그것을 가장 적나라한 멸시의 표식으로 여겼고 분을 못 이겨 혼절했다. 바로 옆에 서 있던 두 형이 그녀를 부축했다.

"이런 바보들…… 당신들이 대신 해줘요." 공주가 말했다.

"이 돌바닥에서요, 공주님? 바지를 벗으면 제 무릎이 다 까져버릴 겁니다."

"뭐라고요, 공주님? 이슬과 습기 속에서 셔츠를 벗으면 제 가슴이 얼어붙고 말 겁니다!"

"그럼 바지와 셔츠는 그냥 입고 있어요. 바지 지퍼만 내리면 되니까." 공주가 말했다.

두 형제는 일단 왕위에 오르면 그 일은 말이 없고 물건이 튼실한 하인에게 맡기고 모든 걸 기분 내키는 대로 하면 된다고 생각하며 당장은 수모를 참아내기로 결심했다.

"기운을 내라, 아우야. 왕관의 아름다움을 생각해." 첫째가 말했다.

"기운을 내요, 형. 왕좌의 즐거움을 생각해요." 둘째가 말했다.

그래서 그들은 하나는 앞쪽에서, 또 하나는 뒤쪽에서 다가갔고, 하녀들과 연습하면서 배운 것들을 적용해보려고 애썼다.

"자, 당신들 때깔이 예쁜 만큼 힘도 좋다면 어떻게 빨리 좀 해봐요. 궁궐 여자 중에 공주만 유일하게 오르가슴을 맛보지 못했다는 말이 나오지 않게." 공주가 말했다.

두 형제는 그들의 장신구가 망가질까 두려웠다. 다리를 저는 첫째는 서 있는 자세가, 호흡기가 안 좋은 둘째는 찬 공기가 불편했기 때문에 둘 중 누구도 공주의 소원을 이뤄줄 수가 없었다.

그 사이, 궁궐 대문까지 달려나갔던 여자들이 삼삼오오 돌아왔다. 이번에도 하인들은 손에 쓰레기를 들고 있는 가난한 농부밖에 보지 못했다고 말했다.

신데렐로는 첫째 날 저녁처럼 형들을 기다렸고, 첫째 날 저녁처럼 그들로부터 낯선 왕자의 멋진 방문 소식을 들었다. 그 방문에 이어 일어난 일에 대한 그들의 증언은 모호한 동시에 열광적이었다. 그들은 특별히 힘든 시련에 용감하게 맞섰고, 그 덕분에 공주가 그들에게 각별한 총애의 표식을 베풀었다. 그래서 그들은 당장 왕이 되지는 않더라도 적어도 왕의 사위는 될 수 있을 거라는 희망을 품고 있었다.

"왕이 아니라 왕비겠죠." 신데렐로가 말했다.

"아우야, 네가 그리 멍청하진 않구나. 그래, 왕이 죽었으니 왕비의 사위지."

"왕비라……." 생각에 잠긴 표정으로 신데렐로가 말했다. "왕비는 정말 훌륭한 부인일 거예요. 왕비는 무도회에 없었나요?"

"못 봤다. 관심을 가지지도 않았고. 사람들 말로는 아주 엄하다던데." 형들이 말했다.

"아주 엄하다고요, 형님들?"

"국정을 맡고 있으니 그렇지 않겠니?" 그런 일에는 전혀 관심이 없는 형들이 말했다.

"국정을 맡는다고 해서 덜 아름답거나 덜 착한 건 아니잖아요?" 신데렐로가 말했다.

"너 갑자기 말이 아주 많아졌구나. 이제 그만 묻고 우리가 몹시 피곤하니 이리 와서 이 리본들 좀 풀어주고 눕는 거나 도와다오." 형들이 말했다.

세 번째 날 저녁도 두 번째 날 저녁처럼 흘러갔다. 형들이 출발하자, 신데렐로는 아궁이가에 앉아 한숨을 쉬고 있었다.

"이번에는 또 뭐야?" 돌이 물었다.

"난 만족을 얻지 못했어." 신데렐로가 말했다.

"또 뭐가 부족한 건데?" 돌이 물었다.

"나도 모르겠어." 신데렐로가 대답했다.

"생각해봐."

"돌아, 네가 요정이라면 날 마지막으로 궁궐로 가게 해줘." 신데렐로가 불쑥 말했다.

"네가 원하니 그러지 뭐. 하지만 명심해, 자정이 되는 즉시 돌아와야 해. 난 그냥 평범한 돌이라 마법이 그 이상 지속될 수가 없을 테니까."

신데렐로는 약속하고 출발했다. 하지만 그의 마음은 다른 때처럼 가볍지 않았다. 그는 길을 따라 천천히 운전을 했고, 마차들과는 멀리 떨어진 거대한 참나무의 어두운 그늘로 가서 캐딜락을 주차했다. 그는 무도회에 참석한 사람들을 피해, 잠가두지 않은 작은 쪽문을 열고 궁궐로 올라갔다. 궁궐은 넓었고, 하인들이 모두 무도회에 동원되어 맡은 임무에 열중하는 터라 복도에는 인적이 없었다. 무도회장의 소리는 전혀 들려오지 않았다. 그만큼 벽들이 높고 두꺼웠다. 군데군데 횃불 몇 개가 주변을 밝힐 뿐 복도는 어슴푸레한 어둠에 잠겨 있었다. 신데렐로는 비틀거렸고, 그의 심장은 터질 듯이 뛰었다. 어둠에 젖은 그림들이 둥근 천장 아래에서 그를 쳐다보고 있었다. 하지만 그는 계속 나아갔다. 그때 갑자기 꽃처럼 부드러우면서도 천문학자의 계산처럼 날카로운, 옛 가락을 연주하는 비올라 소리가 들려왔다. 그는 곧 그의 음악 책 중 하나에서 그 가락의 악보를 보고 따라 불러본 적이 있다는 것을 깨달았다. 하지만 계부의 집에는 악기가 없었다. 그래서 그는 지금 그 가락을, 가락을 넘어 노래를 직접 들으면서 큰 행복을 느꼈다. 왜냐하면 누군가 연주를 하며 노래를 부르고 있었으니까.

그렇게 그는 그 가락을 따라 수많은 복도와 층계를 나아갔는데, 갑자기 소리가 멈췄다. 신데렐로는 주변을 둘러보았다. 그는 성의 중심부에 와 있었다. 발길을 돌리면 길을 잃을 게 분명했다. 그래서 그는 첫 번째 문을 밀고 들어섰고, 어마어마하게 크고 높은 서가 앞에 서게 되었다. 서가에 어찌나 많은 책이 꽂혀 있는지 마치 꿈을 꾸는 것 같았다. 문득 책꽂이 선반 한 곳이 그의 관심을 끌었다. 그곳의 책들은 나란히 꽂혀 있지 않았고, 책등들도 낡아 있었다. 타버린 많은 양초가 누군가 밤늦은 시각에 그곳을 자주 찾아 홀로 책들과 대화를 나누었다는 것을 말해주고 있었다. 그는 거기서 자신이 좋아하는 책들을 알아보았고, 또한 자신이 밑줄을 치고 주석을 달았던 곳에 밑줄이 쳐지고 주석이 달려 있는 것을 보았다.

"내가 꿈을 꾸는 거야. 이건 꿈이야." 그가 큰 소리로 말했다.

웃음소리가 그에게 답했다. 신데렐로가 겁에 질려 돌아보았다. 그는 책상다리를 하고 바닥에 앉아 돌풍에 잔가지 흔들리듯 가냘픈 어깨를 마구 흔들어대며 웃고 있는 작은 남자를 보았다. 신데렐로도 바닥에 털썩 주저앉아 웃어대기 시작했다. 언제 그렇게 웃어본 적이 있는지 기억이 안 날 정도로 오랜만의 일이었다.

"정말 책을 한 번도 본 적이 없느냐?" 맞은편에 앉아 있는 남자가 여전히 배를 움켜쥔 채 웃으며 물었다.

신데렐로는 그 목소리를 듣고 소스라치듯 놀랐다. 그것은 비올라 소리 같은 목소리였다. 아닌 게 아니라 비올라가 거기 놓여 있었다. 그런데 여자는 어디 있는 거지? 그는 그제야 작은 남자의 가냘픈 어깨 위에서 여자의 얼굴을 보았다. 더 자세히 살펴보니, 이상한 남자 복장 속에 있는 것도 여자의 몸이었다. 그 둘을 합치니 온전한 한 명의 여자, 한 번도 본 적이 없는 여자가 되었다. 그런데 생김새가 누군가를 살짝 닮은 것도 같았다…….

신데렐로는 겁에 질려 벌떡 일어섰다.

"이런, 당신이 왕비님이시군요." 그가 말했다.

"지겨우니 그런 건 따지지 말자꾸나. 그래, 내가 왕비다. 누군가는 왕비여야 하지 않겠느냐, 안 그러냐?" 왕비가 말했다.

남녀 독자들이여, 날 용서하기를, 가시덤불로 뒤덮인 (내가 지어낸) 이 옛이야기의 미궁 속을 너무나 오랫동안 걸어야 했기 때문에 막상 여기까지 이르니 서두르고 싶지가 않군요. 그래서 너무나 놀라운 이 만남에 대해 아주 자세히 이야기해야만 하겠습니다. 가시덤불과 잡목림을 지나 숲속 빈터에 이르게 되면, 거기서 몸을 뻗고 누워 한동안 쉬고 싶지 않은 사람이 누가 있겠습니까?

신데렐로는 왕비에게 인사를 하려고 했고, 왕비는 왕비답지 않은 자세에서 몸을 일으키려 했는데, 그가 황급히 허리를 숙였을 때는 그녀가 이미 거의 일어난 상태라 그들의 머리가 세게 부딪혔다. 그들은 넘어지지 않기 위해 상대방의 몸을 아무렇게나 잡고 매달렸고, 아마도 아픔이나 창피함을 진정시키기 위해

서였겠지만, 이미 혹이 솟아오르기 시작하는 상대방의 이마를 비벼댔다. 시종장 하나가 아무 열쇠구멍으로나 이 장면을 훔쳐보고 있었다면 틀림없이 신데렐로가 왕비의 품에 안겨, 혹은 왕비가 신데렐로의 품에 안겨 둘 다 놀라운 방식으로 서로를 어루만지고 있다고 여겼을 것이다.

"당신 정말 서투르군요." 왕비가 말했다.

"왕비님, 전 인사를 드리려고 했습니다." 신데렐로가 말했다.

"바닥에 앉아 있는 왕비에게 인사를 하진 않죠. 우선 일으켜 줘야죠." 왕비가 말했다.

"전 인사부터 드린 다음에 일으켜드리려고 했습니다." 신데렐로가 말했다.

"그건 순서가 아니죠." 왕비가 말했다.

"그럼 왜 제가 손을 내밀 때까지 기다리지 않았습니까?"

"그러는 당신은 왜 손을 내밀지 않았죠?"

"왕비님, 보아하니 제가 왕비님 주변의 귀족들처럼 행동하지 않은 것 같군요." 화가 난 신데렐로가 말했다.

시종장 하나가 아무 열쇠구멍으로나 이 대화를 엿듣고 있었다면 틀림없이 그들이 심한 말다툼을 벌이고 있다고 여겼을 것이고, 이 무례한 자는 이미 죽은 목숨이라고 생각했을 것이다.

그 와중에도 신데렐로는 계속 왕비를 품에 꼭 안은 채 이상한 남자 복장 속에 존재하는 꽉 차고 넉넉한 몸의 형태들을 느끼며 속으로 황홀해하고 있었다.

"날 떠받드는 귀족들은 이제 지겨워요." 마치 권좌의 팔걸이라도 되는 것처럼 그의 팔에 기대며 왕비가 말했다.

"왜죠, 왕비님?" 평소 벽난로 한쪽 모서리에 올려놓듯 왕비의 어깨에 다른 팔을 올려놓으며 신데렐로가 물었다.

"그들은 읽을 줄을 몰라요." 왕비가 애석하다는 듯 이렇게 말했는데, 그 표정이 마치 어린아이 같았다.

"난 아주 잘 읽어요." 신데렐로가 갑자기 남자아이처럼 우쭐해하며 말했다.

"그럼 어디 한번 봐요." 그의 품에서 빠져나와 서가를 향해 달려가며 왕비가 말했다.

그들은 타다 남은 양초들이 있는 알코브로 갔다. 왕비가 그중 하나에 불을 붙이고 책들을 훑어보았다. 그녀가 한 권을 꺼내 펼치기도 전에 신데렐로가 책의 단면에 손을 올려놓고는 이렇게 읊었다. "나는 어두운 숲에서 내 삶의 한가운데에 있었다……."

신데렐로를 유심히 관찰한 왕비는 잠시 입을 다물고 있다가 길고 힘든 세월 동안 홀로 왕국을 다스렸던 여인의 얼굴로 말했다.

"당신은 아직 당신 삶의 한가운데에 있지 않아요, 젊은 이방인이여."

"나이는 마음으로 먹는 겁니다, 왕비님. 왕비님의 나이와 저의 나이를 저울에 올려놓으면 아마 같은 무게가 나갈 겁니다."

"왕국은 쇠하고 있어요." 왕비가 무거운 목소리로 말했다. "내 딸은 경박하고 아무것도 배우려 하지 않아요. 게다가 나는 친지도 친구도 없어서 아무에게도 감히 나라의 비밀을 털어놓지 못해요."

"왕비님, 저는 법, 철학, 회계를 압니다. 제가 당신을 돕게 허락해주십시오."

눈물의 샘을 완전히 잊었다고 여겼던 신데렐로가 왕비의 발치에 몸을 던지고는 흐느껴 울며 말했다.

"당신은 정말이지 무모하군요." 왕비가 오랜 침묵 끝에 말했다.

신데렐로가 눈물에 젖은 얼굴을 들었다. 두 눈동자가 다이아몬드로 된 개암 열매처럼 그 눈물 속을 떠다녔다.

"죄송합니다, 왕비님. 제가 워낙 오랫동안 누군가와 얘기를 나눠보지 못해서요."

"숲속 깊은 곳에 사나보죠?"

"왕비님, 저에게는 어머니, 아버지, 그리고 의붓아버지가 있었습니다. 지금은 형님 두 분만 남아 있죠. 그런데…… 그들은 경박하고 아무것도 배우려 하지 않습니다."

왕비가 깔깔대며 웃기 시작했다.

"나보다 더하네요. 내가 오히려 당신을 위로해야겠네요."

저녁의 나머지 시간은 잡담으로 시작해, 노래, 음악, 왕국의 정치와 재정에 관한 보다 심각한 토론으로 흘러갔다.

왕이 죽은 이후로 그런 자리를 가져본 적이 없었던, 곰곰이 생각해보면 왕이 이야기 속에 이렇다 할 기억을 남기지 않았기 때문에 그가 살아 있을 때도 그런 자리를 가져본 적이 없었던 왕비는, 잊고 있었던 자기 안의 온갖 샘에서 기운이 솟는 것을 느꼈다. 그녀의 얼굴에 매력적인 생기가 돌았으며, 신데렐로는 그 모습을 홀린 듯 바라보았다. 또한 그들은 예언서도 보았는데, 어떤 페이지에는 몸에 꼭 끼는 카우보이 복장의 신데렐로가, 또 어떤 페이지에는 바지 정장 차림의 왕비가, 또다른 페이지에는 신데렐로가 궁궐 앞 거대한 참나무 그늘에 주차해놓은 캐딜락이 일종의 마차 이미지로 표현되어 있었다. 그것들은 그들을 아주 즐겁게 해주었다. 그러고 있는데, 신데렐로는 갑자기 입고 있는 멋진 옷의 올들이 뭐라 설명할 수 없는 방식으로 풀리는 것을 느꼈다. 막 자정이 지났는데, 지직거리는 소리가 전혀 들리지 않아 모르고 있었던 것이다. 돌이 세 번째 마법을 부리면서, 운명의 순간이 다가오는 것을 알려주는 검은 갑 반쪽을 자기가 가지고 있는 걸 깜빡했기 때문이었다. 목숨보다 소중한 여인 앞에서 벌거숭이가 될까봐 두려웠던 신데렐로가 창백해진 얼굴로 말했다.

"용서하십시오, 왕비님. 전 이만 가봐야겠습니다."

그는 황급히 달아나느라 타다 남은 양초들 사이에 그의 워키토키 두 개를 떨어뜨리고 말았다. 그는 이 복도 저 복도를 오랫동안 헤매야 했고, 왕비는 궁궐을 샅샅이 뒤져 그를 찾게 했다. 하지만 다른 사람들처럼 문제의 인물을 찾는 척한 어느 불쌍한 하인에게는 아무도 관심을 보이지 않았다.

신데렐로는 형들이 돌아오기 직전에 땀에 흠뻑 젖어 집에 도착했다. 하지만 놀라운 소식에 잔뜩 흥분한 형들은 그 사실을 알아차리지 못했다.

"너도 아니, 신데렐로? 사위 될 사람을 딸에게 골라주기로 마음먹은 왕비가 당장 내일부터 왕국의 모든 귀족들에게 미래의 왕을 가리켜줄 작고 검은 갑을 가지고 올 거래."

"그러니까 너도 원하기만 하면 내일부터 장차 왕이 될 사람의 하인이 되어 궁궐에서 살 수도 있다는 얘기야." 자신의 염복을 믿어 의심치 않는 그들은 벌써 멋진 왕족이 된 것처럼 행세하며 덧붙였다.

이튿날 해가 질 무렵 왕비의 밀사가 세 형제의 집에 도착했다. 그는 우선 다리를 저는 큰형에게 워키토키를 내밀었다.

"이것에 대고 인사를 한 다음에 찬사를 한 마디 해보시오."
왕비가 가르쳐준 대로 버튼 표시가 있는 특별한 곳을 누르며 밀사가 말했다.

"사랑하는 공주의 아름다운 눈을 떠올리니 죽을 것만 같습니다." 제일 먼저 청을 받은 큰형이 말했다.

"아니오." 그러자 워키토키 속의 목소리가 말했다.

두 형제는 깜짝 놀라 뒤로 물러섰다.

"당신이 해보시오." 밀사가 기침을 하는 둘째 형을 향해 돌아서며 말했다.

겁에 질려 정신이 혼미해진 둘째 형은 다른 말이 떠오르지 않아 큰형이 했던 말을 되풀이했다.

"사랑으로, 죽을 것만 같습니다, 공주님의 아름다운 눈을 떠올리니."

"아니오." 목소리가 다시 말했다.

전혀 공주와 결혼하고 싶지 않았던 신데렐로는 아궁이를 향해 돌아서 있었는데, 어찌나 꼼짝 않고 있는지 재 하나 날리지 않았다.

"이 집에 젊은 남자는 당신들뿐이오?" 밀사가 물었다.

"신사는 우리뿐입니다." 형들이 말했다.

"왕비님은 '모든 젊은 남자'라고 말씀하셨소. 저 사람은 누구요?"

"저 애는 신데렐로입니다." 두 형이 웃음을 터뜨리며 말했다. "시켜봤자 찬사도 제대로 못할 겁니다."

비웃음을 사고 있는 남자를 유심히 살펴본 밀사는 얼굴도 잘생겼고 용모도 불쾌감을 줄 정도가 아니라고 생각했다.

"이것 보시오, 여기 대고 말만 한번 해보시오. 찬사를 늘어놓을 필요는 전혀 없으니까." 그가 부드럽게 말했다.

하지만 말을 했다가는 자신의 정체가 탄로 나리라는 사실을 잘 알고 있는 신데렐로는 입을 굳게 다물었다. 굳게 다문 입술 사이로 억눌린 그의 숨소리만 들렸다.

"보세요, 말조차 할 줄 모른다니까요." 형들이 말했다.

"조용히 해요. 이게 아직 판결을 내리지 않았으니까." 밀사가 말했다.

형들은 입술을 깨물었고, 밀사는 심각한 표정으로 계속 워키토키를 신데렐로에게 들이댔다. 이름에 걸맞게 얼굴이 재로 뒤덮인 신데렐로는 계속 입을 다물고 있었다. 왕국 전체가 숨이 넘어갈 것 같은 순간이었다.

"정말 이상하군." 마침내 밀사가 입을 열었다. "맞는 것도 아니고 아닌 것도 아니고, 이게 뭘 의미하는 거지? 여러분, 난 이만 가봐야겠소, 아무래도 왕비님께 가서 여쭤봐야겠소."

그가 문을 나서자, 신데렐로도 밖으로 뛰쳐나가고 싶었다. 그런데 형들이 눈물로 그를 붙들었다. 그들은 그에게 연신 굽실거리며 그가 만약 왕이 되면 그를 충심으로 섬기겠다고 약속하고, 지난날의 악행을 이유로 제발 그들을 내쫓지는 말라고 사정했다.

바로 그 순간 문이 열렸고, 왕비가 시녀 한 명만 대동한 채 모습을 드러냈다. 얼굴이 재로 뒤덮여 있었지만 신데렐로를 알아본 왕비가 말했다.

"갑이 틀리지 않았군. 드디어 당신을 찾았군요."

궁궐 복도에서 자주 집적거렸던 시녀를 보고 그녀가 왕비라는 사실을 알아챈 두 형은 곧바로 엎드려 절을 해댔다.

"젊은이." 왕비가 두 형에게는 눈길조차 주지 않은 채 말했다. "내 당신에게 내 딸을 주겠소. 당신이라면 내 딸을 교육시키고 내 왕국을 구할 수 있을 거요."

"왕비님, 저는 따님과 결혼하지 않을 겁니다. 공주님의 마음은 유리장신구인 반면, 제 마음은 납처럼 무거우니까요."

"왕국은 넓고 깊은 바다와 같아요. 거기서 나아가기 위해서는 마음 따윈 코르크 마개 이상의 가치도 없습니다."

"그렇지 않습니다, 왕비님. 마음은 결코 부서지지 않는 유일한 방향타입니다."

"젊은이, 당신은 지금 왕국을 거절하고 있어요."

"왕비님, 제 말뜻은 그게 아니었습니다."

왕비는 입술을 떨며 아궁이 한쪽에, 신데렐로는 눈을 반짝이며 아궁이 다른 쪽에 있었고, 요정인 돌은 그 사이에 있었다.

도무지 풀리지 않을 위험이 있는 그 오해가 지겨워진 돌은 서둘러 끝을 내기로 마음먹었다. 그래서 수치심, 두려움, 질투, 자존심(또 뭐가 있을까?), 아무튼 수없이 많고 곳곳을 배회하고 있는 데다 모기 떼처럼 집요하고 눈에 보이지 않아서 그만큼 더 해로운 것들의 모든 악운을 쫓기 위해 거센 바람을 불러왔다. 그 바람은 벽난로 굴뚝을 타고 집 안으로 몰아치더니 벽들을 쓰러뜨리고, 나무들을 뽑고, 며칠 동안 밤낮을 가리지 않고 전원을 내달렸다. 비가 대홍수 때처럼 억수같이 쏟아졌다. 신데렐로에게는 겨우 왕비를 붙들 시간밖에 없었다. 숲에서 길을 잃은 그들은 벼락을 맞아 불타는 나무들 아래에서, 무너지는 바위들 아래에서, 흙탕물로 가득한 동굴들 속에서 피신처를 구했다. 둥지를 잃은 짐승들이 길 위에서 울부짖었고, 그들은 힘들 때마다 서로를 부축해가며 손에 손을 잡고 달렸다. 힘과 재간, 그리고 조심성을 나누었고, 모든 것이, 심지어 용기마저 그들을 버릴 때도 서로를 구했다. 마침내 바람이 잦아들고 물이 물러갔다. 짐승들은 둥지로 돌아갔고, 왕비와 신데렐로는 새벽 동이 틀 때 저 멀리 궁궐을 알아보았다. 폭풍우는 몸이든 성격이든 그들을 벌거벗겨놓았고, 서로에 대한 사랑에 눈뜨게 해주었다. 그들은 한마음 한뜻으로 궁궐로 들어갔다. 신데렐로는 왕이자 왕비의 사랑하는 남편이 되기 위해, 왕비는 왕의 사랑을 받는 아내이자 마침내 왕비다운 왕비가 되기 위해.

결혼식은 간소했다. 주인이 나타났다는 것을 알아본 신하들은 요란한 주름 장식을 치웠고, 그를 이끄는 왕비의 기쁨을 보고는 싫은 기색 없이 그 간소함을 받아들였다.

그런데 공주에게는 짝이 없었다. 신데렐로의 형들은 둘 다 물러서려 하지 않았다. 왕비가 의중을 묻자 공주는 경험이 입증한 바와 같이 그 둘 중 누구도 그녀를 만족시켜주지 못할 거라고, 그런데 희한하고 불행하게도 궁궐의 다른 어떤 신하도 그들만큼 아첨을 잘 하지 못한다고, 그리고 그녀에게는 아첨이 물이나 구운 고기만큼 절실히 필요하다고 설명했다. 그러자 왕은 문제의 세 사람을 불러 이러한 결정을 내렸다.

"공주의 행복과 왕국의 평화만을 생각하는 왕비와 나는 지혜를 모아 다음과 같이 결정했소. 공주는 저기 있는 나의 큰형과 결혼하시오." 그가 다리를 저는 형을 가리키며 말했다.

조정이 실망의 수군거림으로 술렁였다.

"그런 다음 공주는 저기 있는 나의 둘째 형하고도 결혼하시오." 그가 기침을 하는 형을 가리키며 말했다. "그리 하면 형님들은 둘 다 부마가 될 것이고 시샘이 둘을 갈라놓지 않을 것입니다. 또한 넉넉하지는 않겠지만 지혜를 모을 수도 있겠지요. 그리고 공주는 들으시오, 한 사람이 공주를 만족시키지 못하더라도 다른 사람을 여분으로 갖게 될 테니 쓰라린 후회가 공주의 사랑스러운 얼굴을 흐려놓는 일은 없을 것이오."

모든 조정이 이례적이긴 해도 현명한 그 결정에 동의했다.

그런데 시종장이 감히 질문을 던졌다.

"전하, 왕비님과 전하께서 물러날 생각을 하실 경우에는 어떻게 되는 건지요? 저희가 두 분의 왕을 모실 수는 없을 것입니다."

"좋은 질문이오." 신데렐로가 말했다. "그 문제에 대해 우리는, 우리 이후로는 초가와 성에 사는 백성이 궁궐의 축구장에 모여 각자의 성향에 따라, 그리고 각자의 판단에 부합되게 새로운 주군을 뽑게 하자는 결정을 내렸소."

이 말이 끝나자마자, 자신이 이룬 것들에 싫증이 난 돌 요정은 옛 동화들에 대해 깊이 생각하고 거기서 또다시 마법을 부릴 힘을 길어 올리기 위해 자신의 아궁이로 돌아갔다.

도대체 사랑은 언제 하나

옛날 옛적에 서로 너무나 사랑한 나머지 어서 하나가 되고 싶어 이루 말할 수 없을 정도로 마음이 바빴던 왕자와 공주가 있었다. 그들은 둘 다 외모가 출중하고 몸매 또한 아름다웠으며, 태생 못지않게 성품도 훌륭했다. 서로의 마음을 확인한 그들은 더할 나위 없이 기뻐했다. 이러한 것들은 의심을 허용치 않으니 나로서는 있는 그대로 얘기하는 수밖에.

따라서 어느 화창한 아침, 두 사람은 탑 꼭대기로 올라가 회랑 끝에 있는 작은 다락방의 침대 비슷한 것 위에 함께 누웠다. 거기서 자연은 그들에게 가장 달콤한 애무를 주고받게 했다. 왕자의 매끄러운 검이 공주의 비단옷 속을 헤매고 있는데, 갑자기 누가 문을 두드리더니 왕비가 불쑥 들어왔다.

"이런, 이런, 공주야, 합궁은 그렇게 잔뜩 껴입고 하는 게 아니란다. 게다가 이런 일은 정해진 예식을 치르지 않고 하면 안 되는 거야. 모든 귀족을 초대하고, 하인 하녀들, 요리사들에게 명해 잔치를 준비시켜야 한단다. 은 식기를 꺼내고 의복을 차려입어야만 해. 베일, 과일, 보석들이 필요하지."

깜짝 놀란 공주는 벌떡 일어나 왕비가 시키는 대로 하겠다고 말했고, 꼬치꼬치 캐묻는 것을 좋아하지 않는 왕자는 칼을 칼집에 꽂고 욕구를 억누른 채 장차 장인이 될 왕과 국사를 논하러 갔다.

저녁 식사 준비와 성의 장식, 공주의 치장이 끝나자, 신하들이 왕과 장차 사위가 될 왕자를 모시러 왔다. 잔치는 성대했다. 이루 말할 수 없을 정도로 성대했으니 그에 대해서는 말하지 말도록 하자. 왕국 방방곡곡에서 귀족과 부인들이 몰려왔지만, 그들에 대한 언급도 접어두도록 하자. 모든 것이 수도 없이 얘기된 것과 같았으니 재차 말하지 말도록 하자. 한 달 동안 밤낮없이 진행된 결혼식이 끝나자, 어서 하나가 되고 싶어 여전히 이루 말할 수 없을 정도로 마음이 급했던 신혼부부는 마침내 자연이 그토록 기분 좋은 순간을 위해 마련해놓은 쾌락을 즐기기 위해 그들의 신혼 방으로 물러갔다.

왕자는 공주의 드레스를 어떻게 벗기는지 몰라 시간을 좀 지체했다. 이 점을 분명히 밝히고 싶은데, 당시에는 다양한 천을 사용해 뻣뻣한 형태로 옷을 짓는 게 유행이었기 때문이다. 그래도 노력 끝에 겨우 공주의 옷을 벗긴 그가 벌건 성기로 자신에게 행복을 가져다줄 대상을 꿰뚫으려고 준비를 하는데, 어마어마하게 큰 소리가 궁궐 안쪽에서 들려오는 것 같았다.

깜짝 놀란 왕자가 침대에서 뛰어내리며 외쳤다.

"이 야심한 시각에 이게 무슨 소리냐?"

"왕자님, 밤이 덜덜 떨며 헛소리를 지껄여대는 소리이옵니다." 문 너머에서 시동이 말했다.

"이건 또 무슨 소리냐?" 왕자가 말했다.

"부엉이들이 성벽에서 뛰어내리는 소리이옵니다."

"그럼 이건?" 왕자가 말했다.

"안마당에서 말들이 서로 잡아먹는 소리이옵니다."

"그럼 금방 들린 건?" 초조해진 왕자가 말했다.

"전하, 여인들의 비명이옵니다." 시동이 더 낮은 목소리로 속삭였다.

공주는 연이은 불길한 징조에 벼락이라도 맞은 듯 창백하고 수척한 얼굴로 침대 속에서 덜덜 떨고 있었다. 책하고는 담을 쌓고 자란지라 징조에 대해서는 아는 것이 없었던 왕자는 주섬 주섬 옷을 주워 입었다. 마침내 신혼 방의 문들이 열리고 한 대신이 허리 숙여 절을 하고는 결혼식이 진행되는 동안 왕께서 잔치를 지나치게 즐긴 나머지 급체로 갑자기 숨을 거두셨으니 공주는 왕비의 자리에, 왕자는 왕의 자리에 오르기 위해 급히 가셔야겠다고 말했다. 의무에만 귀를 기울였던 미래의 왕과 왕비는 복도를 뛰어 내려갔고, 한 달 동안 밤낮없이 죽은 왕을 기리며 눈물을 흘렸다.

상(喪)이 거의 끝나갈 즈음, 대비는 이제 상장과 수의를 벗고 왕자와 공주의 대관식을 준비할 때가 되었다고 선언했다. 왕자는 첫 번째 의식의 끝과 두 번째 의식의 시작을 일치시키는데에 분명히 어려움이 따를 테니 두 의식 사이에 합리적인 간격을 두면 그 틈을 이용해 그가 신부인 공주와 합방을 할 수도 있지 않겠느냐고 제안했다.

하지만 대비가 남편을 잃은 슬픔에도 일을 어찌나 잘 처리하는지 상이 끝나자마자 대관식이 시작되었다.

왕자는 무사태평하게도 약간 지체된다고 해서 대관식 준비에 지장이 생기진 않을 거고, 이제 자신이 왕이 된 것이나 다름없고 그와 같은 경우를 예견해 맞춤으로 마련되어 있는 공식 의례 또한 없으니 약간은 딴짓을 해도 괜찮을 거라고 확신했다. 그래서 그는 자기 방에서 다시 옷을 벗고 여전히 문밖에 대기하고 있는 시동에게 절대 방해하지 말라고, 그가 날카로운 소리를 질러 알릴 때만 들어오라고 이르고는 완전히 벌거벗은 채 옆문을 통해 새신부의 방으로 들어갔다.

공주 역시 속옷만 입고 있었다. 왕자는 예전에 탑 꼭대기 다락방에서처럼 공주를 품에 안고 싶어 달려들었다. 하지만 앳된 나이에 예상치 못한 만큼 더욱 비통하게 느껴지는 불행을 겪은 데다 갑자기 왕비의 자리에 올라 무겁디무거운 책임을 져야 할 처지가 되어 몹시 심란했던 공주는 벌거벗은 왕자를 보자마자 무턱대고 공포의 비명부터 내질렀고, 그 비명은 방의 벽들을 뚫고 퍼져나갔다.

"아니, 사랑하는 신부의 방을 방문하는데 그 무기는 웬 것입니까?" 그녀가 넋 나간 표정으로 말했다. "당신이 날 찔러 내 궁궐의 바닥에서 죽어가게 하려 하다니 내가 벌써 당신에게 뭔가를 잘못했나요?"

이 말을 들은 왕자가 더없이 부드러운 행동으로 그녀의 두려움을 누그러뜨리려 하는데, 비명을 들은 시동이 장차 왕이 될 주인의 짧은 바지와 저고리를 방석에 받쳐 들고 쏜살같이 들어왔다.

여기서 미래의 왕은 자신의 의무를 저버리지 않기 위해 아주 단호한 모습을 보여주었다. 언제, 어디서든, 아래 것들에게는 환한 이마와 편안한 얼굴을 보여주어야 한다고 여겼던 그는 그가 왕관을 쓴 모습을 점검해야만 하는 가봉 팀을 향해 목을 내밀었다.

그런데 운명의 장난은 이미 시작되고 있었다. 저고리가 고기 음식을 금하는 상중에 지은 것이라 새로운 상태의 왕자에게는 너무 작았던 것이다. 막 결혼해 분기탱천해 있는 젊은 왕자의 원기와 혈기를 담을 만큼 큰 저고리를 당장 새로 지어야 했다.

마침내 의복을 차려입은 미래의 왕은 즉위식이 열리는 방을 향해 걸어가, 운집한 신하들의 환호와 갈채를 받으며 입장했다.

고결한 왕자가 새 신분이 그에게 부여하는 위엄을 뽐내며 위풍당당하게 통로를 걸어오는 것을 본 대비는, 황홀경에 빠져 잠시 정신이 혼미해진 상태에서 마치 자신의 새신랑이 왕의 복장을 하고 다가와 자신에게 손을 내미는 것 같은 인상을 받았다.

하지만 왕자가 계단을 올라 자신의 딸인 공주와 권좌에 나란히 앉자 그녀는 현실을 깨달았고, 너무나 격렬한 질투심에 휩싸인 나머지 몸 상태가 안 좋아져 결국 자신이 불철주야 준비한 즉위식을 계속 지켜볼 수 없게 되었다. 사람들은 그녀의 창백한 안색을 사랑했던 남편의 죽음이 야기한 슬픔 탓으로 돌렸고, 그녀가 시름시름 앓다가 며칠 후 세상을 떠나자 죽음에 이르기까지 변치 않고 이어지는 사랑과 지조를 칭송했다.

대관식의 호화로움과 장례식의 장중함에 대해서는 그냥 넘어가도록 하자. 다만 신하들이, 너무나 사랑스러운 천성을 지닌 두 젊은이를 왕좌에 앉히는 것보다, 살아온 세월만큼이나 덕을 쌓은 대비의 죽음을 애석해하며 무덤에 눕히는 일을 더욱 아름답게 여겼다는 점만 알아두도록 하자.

새 왕비가 아버지를 잃자마자 어머니까지 잃은 고통에서 헤어날 정도의 시간이 지나자, 젊은 왕은 그녀의 방을 방문해 다시 애정을 표시해도 괜찮겠다고 판단했다.

그는 어린 공주 시절에 거주했던 방에 틀어박혀 몽상에 젖어 있는 자신의 아내를 발견했다. 그 모습이 너무나 순수해 왕은 들끓는 욕망으로 후끈 달아올랐다. 그래서 왕비를 덥석 껴안 았는데, 그 행동이 너무 거칠어 그녀가 그만 상처를 입고 말았 다. 붉디붉은 피가 흘렀고, 왕은 왕비를 곁에서 수행하는 시녀 를 불렀다. 겁이 난 시녀는 의사를 불렀고, 의사는 찜질연고와 희귀한 약초를 처방했는데 젊은 왕비의 병세는 오히려 악화되 어갔다. 고해신부가 왔지만 아무 소용도 없었다. 설교도 해보고 사정도 해봤지만 헛일이었다. 젊은 왕비는 붉디붉은 피를 흘리 며 나날이 쇠약해져갔고, 모두가 그녀의 생사를 걱정하기 시작 했다.

하지만 슬픔에 젖은 성에서, 기억할 수 없을 정도로 많은 왕 비가 태어나는 것을 보아온 늙은 상궁만은 고귀한 왕실 혈통의 아가씨가 아직 인형을 가지고 놀 나이에 정신을 차릴 겨를도 없 이 너무나 많은 사건을 겪다보니 그 섬세한 천성이 견뎌내질 못 하는 것이라고 말하며 왕을 격려했다. 전혀 막돼먹은 사람이 아 니었던 왕은 인내심을 갖고 기다렸고, 독수공방의 시간을 국사 를 돌보는 데 썼다.

왕비는 날로 쇠약해져갔다. 거의 목숨이 위태로울 정도로. 늙은 상궁은 밤이 되자 아무에게도 말하지 않고 왕비의 침실로 가서 숨었다. 그녀는 두 눈을 부릅뜨고 숨을 참아가며 왕비의 거동을 살폈다. 자정이 되자, 그녀는 왕비가 일어나 두 팔을 앞 으로 내밀고 문을 나서는 것을 보았다. 상궁은 소리 없이 그녀 를 뒤쫓았다. 왕비는 인적 없는 복도를 나아갔다. 그녀의 주름 진 흰 옷과 땋아 늘어뜨린 긴 머리카락이 외풍에 흔들렸다. 십 자형 창문들 밖에는 창백한 밤안개가 떠다니고 있었다. 밤꾀꼬 리가 잎들 속에서 슬피 울었고, 피 같은 붉은 눈물이 방울져 떨 어져 긴 항적을 남겼다.

왕비가 갑자기 방향을 꺾더니 오래전부터 아무도 찾지 않는 탑으로 올라갔다. 탑 꼭대기에는 긴 회랑이, 그 끝에는 작은 다락방이 있었다.

　　걸음을 멈춘 왕비가 방 한구석에 일종의 침대를 형성하며 쌓여 있는 무겁고 새빨간 장식용 커튼 더미를 쳐다보다가 무릎을 꿇고는 비장하게 두 손을 비틀고 비벼대며 밑도 끝도 없는 말들을 쏟아냈다. 하지만 수많은 왕비가 태어나는 것을 보았고 또 그들을 길러낸 상궁은 그 말에 의미가 있다는 것을 알아차렸고, 얼마 안 가 왕비가 "오 나의 어머니, 나의 사랑하는 어머니, 제가 당신을 죽였나이다."라고 말하는 것을 들은 것 같았다. 왕비는 마치 어떤 상상의 얼룩을 지우려는 것처럼 계속 두 손을 비틀며 비벼댔다.

　　상궁은 이번에도 아무에게도 알리지 않고 이러한 변고의 원인을 찾아 나섰다. 그녀는 죽은 대비의 수발을 들었던 시녀를 심문했다. 그 시녀는 곧 사경을 헤매던 대비가 대관식 날 자신의 남편을 훔쳐간 공주를 저주했다고 실토했다. 그 심술궂은 시녀는 온몸을 덜덜 떨면서 자신이 장난삼아, 나쁜 짓인 줄 모르고 젊은 왕비에게 그 말을 전했다고도 털어놓았다.

　　상궁은 시녀를 병든 왕비에게 끌고 가 무릎을 꿇리고 가르친 대로 모든 것을 말하게 했다. 시녀가 눈물을 흘리며 말했다.

　　"왕비님, 제가 대비님의 장례식 날 왕비님께 거짓을 아뢰었습니다. 대비님은 왕비님을 축복하면서 돌아가셨는데, 왕비님께서 저로서는 평생 먼지를 터는 일밖에 없을 권좌에 오르시는 것을 보고 제가 불같은 질투심에 사로잡혀 거짓을 아뢰었던 것입니다."

　　젊고 착했던 왕비는 시녀를 일으켜 세우고는 함께 눈물을 흘리며 집사를 시켜 왕국에서 가장 성능이 좋은 진공청소기들을 구해오게 하겠다고 약속했다.

늙은 상궁은 뜻을 이루었다. 왕비는 더 이상 야밤에 일어나 돌아다니지 않았고 곧 건강을 되찾았다. 왕비는 남편에게 이제 그들의 것이 된 왕의 침실로 자신을 만나러 오라고 청했다. 왕은 그 전갈을 받고 몹시 기뻤지만, 미안하게도 대신들과 상의할 일이 있어서 또다시 열두 달을 기다려야한다는 답장을 보냈다.

왕의 침실은 성의 중앙에, 굵은 기둥과 조각된 기둥머리들이 떠받치는 돌 궁륭 아래 있었다. 채색유리로 흐려진 창들이 하루 종일 갑옷 차림의 경비병들이 지키는 긴 복도들을 향해 나 있었다. 드디어 왕이 왕비와 밤을 보내기 위해 그 웅장한 곳으로 왔다. 그는 아내 곁에 몸을 뉘였고, 마침내 자신이 그 누구보다도 행복한 왕이라고 여겼다. 그는 운명이 자신에게 가장 아름다운 왕비를 주었다고, 그 왕비를 자기 여자로 만드는 일은 오로지 자신에게 달렸다고 생각했다.

그래서 그는 당시 유행에 따라 아주 세게 당겨 묶어놓은 코르셋 끈 위에 슬며시 손을 올려놓았다. 하지만 끈이 느슨하게 풀린다고 느낀 순간 그는 화들짝 놀라고 말았다. 왕비가 용수철처럼 벌떡 일어나 넋 나간 사람처럼 채색유리 너머에서 스르르 미끄러지는 것처럼 보이는 어두운 그림자를 손가락으로 가리키며 이렇게 소리쳤기 때문이었다.

"유령! 돌아가신 아버지와 어머니의 유령이에요!"

불안해진 왕이 검을 빼들고 어두컴컴한 실내를 가로질러 채색유리까지 나아갔다. 그는 곧 경비병들을 알아보았고 왕비 곁으로 돌아와 그녀를 안심시켰다. 하지만 왕비는 그 방에는 한시도 더 머무를 수 없을 것 같으니 당장 다른 침실을 지어달라고 왕에게 강하게 요청했다.

왕의 명령에 따라 작업을 서두른 인부들은 곧 모든 것이 그가 원하는 대로 되었다고 보고할 수 있었다. 새로운 침실은 작았고 구석진 곳이 없었다. 커다란 미닫이 통유리 창들이 백성들이 거주하는 맞은편 들판의 초가지붕들을 향해 나 있었다. 벽 속에 감춰진 간접 조명등이 늘 켜져 있어서 밤에도 밝았고, 화려한 색깔의 아라비아 침대 덮개 천이 그 밝은 거처에 단 하나밖에 없는 가벼운 가구를 환하게 장식해주었다.

왕은 대신들과 중요한 문제를 논의하느라, 새로 마련된 침실을 둘러보며 탄성을 터뜨리기 위해서는 또다시 열두 달을 기다릴 수밖에 없었다. 마침내 대신들을 돌려보낸 왕은 약속한 대로 왕비의 침실로 갔다. 왕비는 침대에 누워 있었고, 한동안 그녀를 보지 못했던 왕은 그녀가 짓고 있는 멍한 표정을 알아차리지 못했다. 경험으로 깨우치고 새로운 욕망의 충전으로 마음이 바빴던 왕은 곧바로 왕비를 덮쳤고, 열 겹에 달하는 치마와 속치마, 두 개밖에 안 되지만 아주 가늘고 하얀 다리를 허겁지겁 벌렸다.

그 가늘고 하얀 두 다리를 더 가까이에서 보고 싶은 욕망에 사로잡힌 왕은 약간 물러나 오로지 왕만이 얼굴을 들이밀 수 있는 곳에 얼굴을 들이밀었다. 최초의 흥분이 돌아오는 것을 느낀 왕이 왕비의 배를 힘껏 껴안고 왕의 정자가 배출되는 수문을 열려고 하는데, 그가 찬탄해 마지않았던 두 다리 사이에서 이상한 움직임이 일더니 갑자기 완전히 성장한 아기가 툭 튀어나와 악을 써가며 울어대기 시작했다. 그러자 왕비는 서투르게 움직이다 혹시라도 아기가 다칠까 두려우니 물러나 달라고 왕에게 부탁했다. 아기에게 젖을 먹이고 싶었던 왕비는 매력적일 만큼 수줍은 표정을 지으며 왕에게 혹시 왕좌실에서 어떤 사업이 그를 기다리고 있지는 않은지 물었다.

흥분을 가라앉힌 왕은 축포를 쏘고 인쇄된 카드를 보내 자신에게 아들이 생겼다는 사실을 알리게 했다. 그는 자격을 갖춘 가정교사를 찾기 위해 곧바로 문화 자문회의를 소집했다. 만 이천사백서른두 명의 후보자가 제출한 서류를 검토하느라 많은 날을 보낸 왕이 마침내 왕비의 곁으로 돌아갈 수 있게 되자, 이번에는 둘째 아들이 그의 자리를 차지해버렸다. 이런 불운한 상황이 여러 차례 반복되었지만, 자식들이 태어나는 게 너무나 기뻤던 왕은 자신이 왕비를 찾은 최초의 목적을 금방 잊어버렸다.

그런데 열다섯 번째 방문 때는 왕비의 다리 사이에서 아무런 특별한 움직임도 일어나지 않았다. 그러자 당황한 왕은 갑자기 자신이 그곳에 무엇을 하러 왔는지 알 수 없어 어리둥절해했다. 왕과 왕비는 한참 동안 자식들 얘기를 나눴고, 그 다정다감한 대화를 통해 곧 다시 사랑의 달콤함에 젖어든 왕은 늘 한결같은 사랑의 증거를 아내에게 드러내고자 했다. 두 사람은 아라비아 침대 위로 가서 누웠고, 경험을 통해 점점 더 많은 것을 깨우치고 들끓는 욕망으로 점점 더 안달이 난 왕은 전희 단계를 생략하고 옷도 벗지 않은 채 자신의 열락을 향해 뛰어들었다.

옷을 벗지 않은 건 참 잘한 일이었다. 바로 그 순간 소란스러운 아이들 무리가 건전지로 움직이는 장난감 닭을 쫓아 왕의 침실로 우르르 달려들었으니까. 쓸데없이 상황이 복잡해지는 것을 피하기 위해, 놀이에 푹 빠진 왕자들이 침대에서 묘한 짓을 하는 부모에게는 눈길조차 던지지 않은 채 침실로 들어왔을 때만큼이나 정신없이 그곳을 빠져나갔다는 사실을 밝혀두도록 하자.

거사를 망친 왕은 왕자들을 제대로 감독하지 못한 새 유모와 가정교사를 벌하기로 마음먹었다. 특히 가정교사는, 왕자들이 어딜 가든 그들의 출두를 먼저 알려야 한다는 것을 가르쳐야 할 의무가 있었다. 그런데 유모와 가정교사가 눈이 맞아 맡은 바 임무에 충실해야 할 시간에 비난받아 마땅한 행동에 빠져들어 있었다는 사실이 밝혀졌다. 어린 왕자들이 낯 뜨거운 애정행각을 목격하고 나쁜 영향을 받을까봐 두려웠던 왕비는 크나큰 불안에 사로잡혔다. 그래서 그녀는 죄인들을 내쫓고 왕비의 의무가 막중함에도 자신이 직접 어린 왕자들의 교육을 맡기로 결정했다.

왕은 용감한 만큼 꼭 필요한 (왕실의 재정이 예전 같지 않았기 때문에) 그 결정에 박수를 보냈다. 조정 대신들은 좋은 일인지 아닌지 잠시 긴가민가했으나 곧 덩달아 박수를 쳤다.

이튿날 다시 왕비를 찾아간 왕은 정신없이 바쁜 그녀를 발견했고, 하찮은 쾌락 때문에 그녀의 숭고한 작업을 방해하는 것 같아 감히 나서지 못했다.

그는 앞으로 다가가다가는 뒤로 물러섰고, 어떻게 해야 할지 모르는 사람처럼 고개를 숙인 채 이리저리 오락가락했다. 이 견디기 힘든 동요는 이웃 국가의 수반이 품은 야심이 왕국의 부와 영토에 대해 가하는 전쟁의 위협에서 갑자기 방책을 찾았다.

이미 오래전부터 조짐을 보이던 그 전쟁은 선두에 서서 왕국을 이끌 젊고 혈기왕성한 군주만을 기다리고 있었다. 따라서 왕은 열정적으로 전쟁 준비에 뛰어들었다.

그런데 얼마 지나지 않아 그는 군 고위 장교들이 그들의 병기창 바깥에서 경제적 신무기들이 발전되는 것에 불만을 품고 일으킨 반란에 맞서야만 했다. 백발이 성성한 왕국의 원로들은 왕에게 개인 근위대를 보내 반란의 수괴들을 비밀리에, 지체없이 처형해버리라고 주문했다. 하지만 개인 근위대도 없고 국사를 비밀리에 처리하지도 않았던 왕은 예전 같았으면 잘 통했을 그 해결책을 받아들이지 않았다. 그는 완전히 다른 전략을 채택했다. 그는 왕비의 조언을 구한 후에 그 이튿날 바로 파티나 하자며 반란을 일으킨 고위 장교들의 아내와 자식들을 궁궐로 초대했다.

공원을 이미 오래전에 분양해버렸기 때문에 궁궐 근처의 큰 정원을 빌려야만 했다. 그네, 축음기, 그림책, 수영장의 맑은 물, 통통 튀는 테니스볼, 모든 것이 그 파티를 매혹적인 쇼로 만드는 데 한몫을 했다. 사방에 깔깔대는 아이들, 벨벳 반바지 차림의 사내아이, 리버티 원피스 차림의 여자아이, 챙이 넓은 여성용 모자, 시가, 술, 초콜릿이 널려 있었다. 부인들은 그토록 매력적인 왕비의 배려에 보답하고자 했고, 궁궐에서는 무도회, 아이들과 함께하는 오전 파티, 향연, 차와 칵테일파티가 연이어 벌어졌다. 부부들은 예전에 서로 헐뜯기 위해 발휘했던 창의력을 서로 우아함을 뽐내는 데 소진했다. 따라서 왕은 긴 세월 동안 마음 편히 전장을 누빌 수 있었다. 그는 평화에 매진했을 때와 똑같은 열의를 가지고 전쟁에 매진했으며, 고귀한 혈통을 가진 왕에게 기대할 수 있는 모든 능력을 드러냈다.

따라서 왕비는 매일같이 궁궐의 탑으로 올라가 그리운 낭군의 귀환을 알리는 첫 기별이 도착하기를 기다렸다. 하늘에서 귀환하는 비행기들의 하얀 깃털장식을 보았을 때 그녀는 정신을 잃는 줄 알았다. 주군인 왕의 비행기가 마침내 궁궐에서 보이는 곳에 내려앉았을 때 그녀는 정말로 정신을 잃고 말았다.

아뿔싸, 그녀는 남편의 품에 안겼을 때 정신을 차리지 말았어야 했다. 왜냐하면 왕이 쏜살같은 승리의 기세를 몰아 이번에는 그 왕국과 반대쪽에 접해 있는 국가들과도 전쟁을 하기로 마음먹었기 때문이다. 왕비는 왕을 지구상 가장 위대한 군주로 만들어줄 결정에 박수를 칠 수밖에 없었다.

왕과 그의 비행기들은 십 년 후에야 돌아왔다. 이번에는 절대로 정신을 잃고 싶지 않았던 왕비는 궁궐 한편에 꼿꼿하게 서서 왕을 기다렸다. 그런데 북부를 정복하고 싶어 마음이 바빴던 왕은 단지 궁궐 위를 날아 지나가기만 했고, 또다시 십 년이 흐르기 전에는 돌아오지 않았다. 전령들은 왕비에게 연전연승의 소식만을 전해주었고, 왕비는 조정과 함께 왕의 덕성을 찬양했다. 북부 전쟁이 끝나자, 왕비는 왕과 그의 장군들이 남쪽으로 가려면 물자를 보급받기 위해서라도 궁궐을 지나야만 할 것이라고 생각했고, 논리를 넘어서는 술수를 생각해내어 전보로 왕에게 그녀가 죽어가고 있다고, 그래서 그를 보고 싶어 한다고 전하게 했다.

왕은 이루 말할 수 없을 정도로 짧은 시간 내에 도착했고, 곧 아내의 병상으로 달려갔다. 그는 워낙 서두른 탓에 숨을 헐떡이느라 그토록 오랜 부재 끝에 보이고자 했던 애정을 아내에게 제대로 드러내지 못했다. 그럼에도 왕비의 상태를 보고 안심한 그는 곧 새로운 전선을 향해 다시 출발할 수 있었다.

그런데 왕비가 정말로 시름시름 앓기 시작했다. 신하들은 존경받았던 여주인, 하지만 운명이 완전히 망쳐놓은 것처럼 보이는 왕비가 시들어가는 것을 절망의 눈길로 바라보았다. 눈물이 흐르고 탄식이 흘러나오는 가운데, 그녀는 혼미한 상태로 죽음의 침상에 누워 죽음을 기다리고 있었다.

왕이 다시 돌아왔다. 그가 인적 드문 복도를 나아가자, 마주친 조신들이 고통스러운 표정을 지으며 길을 터주었다. 급히 부름을 받고 달려온 사제가 마지막 의식을 거행하고 있었다. 왕이 다가갔다. 그런데 바로 그때 왕비가 다리를 벌리고는 마지막…… 아이를 낳았다. 왕비 자신도 어찌나 놀랐는지 죽음의 문턱에서 화들짝 물러섰다. 왕은 자신에게 딸이 생긴 것을 보고는 기뻐 어쩔 줄 몰랐다. 신하들은 그 기적에서 유구하고 영광스러운 통치에 대한 보상을, 전쟁의 승리를 예고하는 길조를 보았다. 그래서 그들은 이루 말할 수 없을 정도로 아름다운 세례식을 열었고, 요정들이 찾아와 공주에게 이런저런 선물을 했다. 모든 것이 수도 없이 얘기된 대로 진행되고 있는데, 알 수 없는 어떤 이유로 인해 잔뜩 화가 난 늙은 마녀가 갑자기 나타나더니 어린 공주가 물레의 바늘에 손을 찔려 깊은 잠에 빠질 것이고, 운이 좋으면 백 년 후에나 한 왕자가 찾아와 그녀를 깨울 것이라고 예언했다.

좋은 아버지였던 왕이 이미 오래전부터 더는 사용되지 않고, 지금은 박물관을 제외하고는 찾아보려야 찾아볼 수도 없는 물레를 전 영토에 걸쳐 금지시키려는 찰나, 갑자기 "거기서 잠깐!"이라는 외침이 방 안에 크게 울려 퍼졌다. 모두가 영구대를 돌아보았다. 그들은 이미 죽은 사람으로 치부했던 왕비가 죽음의 침상에서 사뿐히 뛰어내려 아이의 요람까지 이어지는 층계를 가벼운 걸음으로 내려오는 것을 공포와 경악이 뒤섞인 눈으로 쳐다보았다. 그녀의 거동은 경쾌했고, 뺨은 붉었으며, 얼굴에는 늘 몽상에 잠겨 있던 왕비에게서 볼 수 없으리라고 생각했던 결연한 표정이 엿보였다.

왕비가 어린 딸을 요람에서 들어 올려 품에 꼭 안고는 마녀를 향해 돌아서서 외쳤다.

"당신의 예언은 옛날 거예요. 내가 백 년 동안 잤으니 그걸로 됐어요. 가세요, 당신하고는 더 이상 볼일이 없으니."

그러고는 조정을 향해 돌아서서 웃으며 말했다.

"바늘에 손이 찔린다고 해서 잠이 들지도 않고 왕자를 본다고 해서 깨어나지도 않아요. 반면에 왕자를 보는 바람에 바늘로 자기 손을 찔러 백 년 동안 잠이 들 위험은 분명히 있죠."

이번에는 왕을 바라보며 말했다.

"깨어납시다, 내 사랑. 이따위 우스꽝스러운 왕과 왕비의 복장은 벗어던지고 사랑을 합시다."

나는 왕비가 한 이 말들을 지어내야만 했다. 이것들을 기록으로 남긴 사람이 아무도 없었으니까. 그와 동시에 조정과 조신들이 마치 마법처럼 사라졌다. 궁궐 역시. 전쟁마저도, 그 굉장한 전쟁도 어떻게 됐는지 아무도 신경 쓰지 않을 뭔지 모를 일련의 공사들로 변해 뿔뿔이 흩어져버렸다.

왕과 왕비, 그리고 그들의 딸은 변두리 임대아파트를 찾아다니기 시작했다. 나는 최근에 그들이 이 마지막 거주지마저 버리고 거리를 떠돌아다니며 방랑자로 지내고 있다는 소식을 접했다. 하지만 나는 안다, 그들이 매일 서로 사랑하고, 해가 작은 지방도로 위로 뉘엿뉘엿 내려오는 저녁이면 황금빛 들판이나 파도가 치는 절벽 가장자리에 자전거를 세워두고 그 옆에 앉아 그들의 삶을 장식한 이상한 사건들을 떠올리며, 그 길고 설명할 수 없는 몽환을 떠올리며 재미있어한다는 것을.

빨간 바지, 푸른 수염, 그리고 주석

어느 마을에서 약간 떨어진 초가집에 세상 누구보다 발랄한 여자아이가 살고 있었다. 남편이 아예 없었던 어머니, 남편이 여럿 있었던 할머니는 그 아이를 미친 듯이 사랑했다. 그들이 아이에게 작고 빨간 바지를 만들어줬는데, 그 바지가 아이에게 너무 잘 어울려서 어딜 가나 사람들은 그 아이를 '작은 빨간 바지'라 불렀다.

빨간 바지는 성장하면서 힘도 세지고 지혜도 많아졌다. 어머니는 빨간 바지가 새벽녘의 어둑어둑한 오솔길도, 해 질 녘이면 이상한 유령들을 끌고 다니는 안개도, 무시무시한 광기로 울부짖는 바람도, 너무나 슬퍼 가슴을 찢어놓는 비도, 모든 것의 종말을 이야기하는 폭풍도 무서워하지 않게 가르쳤다. 빨간 바지는 소용돌이치는 물과 폭포 속으로 뛰어들었고, 높디높은 나무 꼭대기로 기어올랐다. 곧 강하고 튼튼한 여자였던 어머니처럼 능숙하게 세월이 망가뜨린 지붕을 고쳤고, 서리나 뙤약볕이 황폐화시킨 밭을 일궜으며, 담을 어찌나 단단하게 쌓는지 그 무엇도 그것을 넘어뜨릴 수 없었다.

할머니 역시 드넓은 세상에서 자신이 겪은 모험들을 얘기해줬고, 자신이 가지고 있는 책들과 마을 아낙들이 들었다면 깜짝 놀랐을 수많은 것들에 대한 기억으로 아이를 가르쳤다.

하지만 용감한 만큼 신중했던 어머니와 할머니는 빨간 바지가 어두운 밤에 외진 곳에 혼자 있지 않도록 주의를 기울였다. 아닌 게 아니라, 초가집 주변에는 수많은 늑대가 돌아다녔다. 눈이라도 내리면, 개중 특히 당돌하거나 더 굶주린 늑대들이 숲 언저리를 벗어나 오솔길까지 내려오기도 했다. 그래서 어느 날 어머니가 이렇게 말하자 빨간 바지는 몹시 놀랐다.

"빨간 바지야, 이건 뭐든 붙이는 만능 풀이란다. 이걸 가지고 가서 늑대랑 놀고 오렴."

빨간 바지는 집을 나섰고 어머니가 시킨 대로 했다. 늑대가 아주 가까이 다가오자, 빨간 바지는 늑대의 길고 날카로운 이빨 사이로 만능 풀을 던져 넣었다. 손이나 팔을 물었다고 착각한 늑대는 곧 아가리를 다물었고, 먹잇감을 씹기 위해 아가리를 다시 벌리려 했지만 그럴 수가 없었다. 그러자 빨간 바지가 늑대의 등 위로 뛰어오르며 말했다.

"늑대야, 신나게 한번 달려봐."

깜짝 놀란 늑대는 꽁지가 빠지게 달려 집을 두 바퀴 돌았다. 빨간 바지는 그때까지 타보았던 개, 당나귀, 새끼돼지보다 늑대가 훨씬 낫다고 생각했다.

이튿날, 어머니가 또다시 빨간 바지를 부르고는 만능 풀과 채찍을 주며 말했다.

"빨간 바지야, 이 만능 풀과 채찍을 가지고 가서 늑대랑 놀려무나."

두 번째 늑대가 오솔길로 다가오자, 빨간 바지는 집을 나서 그에게로 달려갔다. 그녀는 벌어지는 늑대의 아가리에 만능 풀을 던져 넣고 등 위에 올라타서는 채찍으로 마구 후려갈겨 집을 여러 바퀴 돌게 했다. 바람에 매질을 당한 늑대의 귀는 머리에 납작하게 들러붙었고, 꼬리는 깃발처럼 나부꼈으며, 배는 땅바닥을 스치고 지나갔다. 늑대의 털을 꽉 붙든 빨간 바지는 야수의 냄새에 거의 넋을 잃은 채 잔뜩 찌푸린 눈으로 신나는 직선 주로와 아슬아슬한 곡선주로로 그녀를 향해 돌진해오는 풍경을 뚫어지게 응시했다. 가끔 늑대가 벌겋게 충혈된 눈으로 그녀를 돌아보았다. 그럴 때면 축 늘어진 입술 아래로 들러붙은 송곳니가 드러났지만 빨간 바지는 전혀 개의치 않았다.

세 번째 날, 어머니가 딸을 불러 만능 풀과 채찍, 그리고 끝부분이 잉걸불처럼 벌겋게 달아 올라 있는 불쏘시개를 주었다.

"빨간 바지야, 여기 너도 알고 있는 만능 풀과 채찍을 받으렴. 그리고 이건 불쏘시개인데 절대 놓지 말거라. 지금 나가면 문이 잠길 거고 해가 뜨기 전에는 집으로 들어올 수 없으니 명심하여라."

어머니는 작은 끈으로 딸의 손목에 불쏘시개를 묶어준 다음 매듭을 꼼꼼히 확인했다. 그러고는 그녀를 꼭 안아주고 집으로 들어가 열쇠로 문을 잠가버렸다. 집 밖에 홀로 남게 된 빨간 바지는 한시라도 빨리 늑대와 놀고 싶었다. 그런데 이번에는 늑대들이 행동에 나서기보다 관망을 하기로 마음먹었는지 숲 언저리에서 꼼짝도 하지 않았다.

"어이 사촌, 네가 또 한번 가볼 테야?" 늑대들이 첫 번째 늑대에게 물었다.

턱을 어느 정도 움직일 수 있게 된 첫 번째 늑대가 약간 굼뜨긴 했지만 대답을 하는 데 성공했다.

"저 앤 너무 말랐어. 다리가 꼬챙이처럼 내 살갗을 마구 찌르더라니까."

"넌 어때?" 늑대들이 두 번째 늑대에게 물었다.

하지만 최근에 봉변을 당해 아가리를 거의 벌릴 수 없었던 두 번째 늑대는 겨우 이렇게 속삭였다.

"위, 위, 위."[a]

"더 분명하게 말해봐. 무슨 말인지 못 알아듣겠어." 다른 늑대들이 깜짝 놀라 말했다.

"사촌이 감기가 걸려서 그래. 저 여자아이가 못된 바이러스를 옮겼어." 첫 번째 늑대가 황급히 말했다.

"그런데 저 여자아이가 너희 등에 타고 무슨 짓을 했어?"

"우리 등에 타다니, 천만에." 불명예보다 거짓을 택한 첫 번째 늑대가 말했다.

"너희 등에 올라탄 저 여자아이를 분명히 봤는걸."

"너희들이 잘못 본 거야. 착시효과라고나 할까."

"아, 이, 요, 아." 두 번째 늑대가 맞장구를 쳤다.[b]

"그 아이는 우리 등에 올라탄 게 아니라 우리 뒤를 쫓아온 거야. 우리가 그 아이를 원치 않았거든." 첫 번째 늑대가 말을 이었다.

"아아, 아아." 두 번째 늑대가 동의했다.[c]

"그럼 어떻게 저 아이 다리가 꼬챙이처럼 네 살갗을 찌르는 걸 느낄 수 있었지?"

그러자 첫 번째 늑대가 영웅적인 노력을 기울여 겨우 턱을 벌리면서 말했다.

"사촌들, 난 너희들을 실망시키고 싶지 않았어. 저 아이는 우리 등에 타고 있었고, 우리는 저 아이를 너희에게 데려올 심산이었어. 그런데 저 아이가 빠져나갔지. 이게 모든 진실이야."

"아, 으, 여." 두 번째 늑대가 외쳤다. 어찌나 용을 썼는지 이빨 하나가 빠질 뻔했다.[d]

그 사이, 빨간 바지는 오솔길에 멀뚱멀뚱 서서 몹시 심심해하고 있었다. 늑대들이 다가오지 않자, 아이는 결국 자신이 다가가보기로 마음먹었다. 아이가 숲으로 바싹 다가오자, 늑대 중하나가 더는 참지 못하고 나섰다. 그 늑대는 마치 사람처럼 옆으로 종종걸음을 쳐서 다가왔다. 얼마나 신중을 기하는지 빨간 바지와 코가 거의 닿을 정도로 가까워졌을 때에야 비로소 아가리를 벌리고 덤벼들었다. 그러자 빨간 바지는 잽싸게 만능 풀을 던져 넣고 늑대의 등 위로 뛰어올라 명령했다.

"자, 신나게 한번 달려봐."

하지만 이전의 두 늑대보다 훨씬 교활하고 봉변을 당한 그들의 사례에서 교훈을 얻은 이 늑대는 빨간 바지에게 속아 자신의 흔적을 뒤쫓으며 집 주위를 뱅뱅 돌기만 했던 멍청한 두 늑대와는 달리 다른 사촌 늑대들이 기다리는 숲을 향해 내달렸다.

이미 해가 져서 깜깜했다. 숲 가장자리에 시커먼 그림자들이 우글우글 모여 분주히 오가고 있었다. 그것을 본 빨간 바지가 있는 힘을 다해 늑대를 후려치자, 흥분한 늑대가 전속력으로 질주해 야수들의 장벽을 뚫고 지나갔다. 하지만 야수들이 곧 그들을 따라잡았다. 놀이의 분위기가 후끈 달아올랐지만 빨간 바지는 냉정함을 잃지 않았다. 빨간 바지는 늑대의 옆구리에 다리를 꼭 붙이고 어마어마한 높이까지 타오르는 불쏘시개를 쳐들었다. 이렇게 기마행진이 시작되었다. 빨간 바지는 한 손으로는 늑대의 엉덩이에 채찍질을 가하고, 다른 손으로는 풀어 헤친 머리카락처럼 타오르는 불꽃을 빙빙 돌려댔다. 이글거리는 눈들이 나무 사이를 내달렸고, 늑대의 털에서 김이 피어올랐으며, 불쏘시개가 타며 따닥따닥 소리를 냈고, 마침내 동이 텄다. 빨간 바지를 태우고 달리느라 기진맥진한 늑대가 어머니와 할머니가 기다리는 초가집 근처로 되돌아왔다. 어머니와 할머니는 빨간 바지를 씻기고 재웠다. 빨간 바지는 사흘 밤낮을 쉬지 않고 잤다.

한편 거의 같은 시기에 한 남자가 아내를 맞아들이기로 마음을 먹었다. 그는 도시와 시골에 위치한 아름다운 집, 금은 식기,

온통 크롬 도금된 마차, 가지지 않는 것보다 가지는 것이 훨씬 더 기분 좋은 모든 것을 가지고 있었지만, 불행하게도 수염이 푸른색이었다. 레이저와 호르몬 치료가 아직 알려지지 않은 때라 그 무엇으로도 그 추한 수염을 감출 수가 없었다. 나이 든 부인이든 젊은 아가씨든 그를 보고 달아나지 않는 여자가 없었다.

그는 그 나라의 모든 공주에게 청혼을 했다. 그가 어마어마한 부자였기 때문에 공주들의 아버지인 왕들은 그의 청혼에 호의를 보였다. 하지만 마침내 자신 앞에 모습을 드러낸 구혼자를 본 공주들은 어김없이 혼절을 하고 말았다. 따라서 혼사 역시 어김없이 수포로 돌아가고 말았다. 구혼자는 인사말을 늘어놓기 전에, 얼굴로 얻을 수 없는 것을 현란한 화술로 얻으려 시도해보기도 전에 퇴짜를 맞고 말았다.

푸른 수염은 이번에는 아직 남편이 없거나 어떤 우연으로 인해 남편을 잃은 모든 귀족 집안 규수들에게 청혼을 했다. 남편을 얻고 싶었던 그 규수들은 호의를 가지고 그를 맞이했다. 하지만 곧 그들은 그 남자와 사느니 차라리 혼자 지내는 편이 낫겠다고 판단했다. 그 남자의 수염이 그들에게 쾌락을 주었거나 함께 지내면 쾌락을 찾을 수 있을 거라 생각했던 다른 남자들의 것과는 너무나 달랐던 것이다. 그러자 푸른 수염이 말했다.

"아가씨들, 푸른색은 하늘, 바다, 그리고 여러분이 가진 아름다운 벨벳 드레스의 색깔이 아닙니까?"

"물론이죠." 아가씨들이 말했다.

"하늘, 바다, 아름다운 벨벳 드레스의 색깔은 아름다운 색깔이 아닙니까?"

"물론 아름다운 색깔이죠." 그 질문에 함정이 있다는 것을 눈치채지 못한 아가씨들이 대답했다.

"광채가 없는 어떤 물건이 우연히 하늘에 반사되는 천상의 빛깔을 취한다면 여러분은 그 푸른색을 덜 아름답다고 여기시겠습니까?"

"그렇진 않겠죠." 가정교사와 문답을 주고받던 어린 시절로 되돌아간 것 같은 기분이 든 아가씨들이 웃으며 대답했다.

"어떤 투명한 물고기가 맑은 바다를 헤엄친다면, 바다의 푸른색이 그 물고기의 지느러미를 통해 보인다고 해서 덜 아름다울까요?"

"그렇진 않겠죠." 아가씨들이 대답했다.

"심지어 더 아름다울 거예요." 마음이 들떠 얼굴이 발갛게 달아오른 다른 아가씨들이 말했다.

"조금 전까지 여러분에게 구애를 하던 남자들의 탄성을 자아냈던 여러분의 아름다운 벨벳 드레스에서, 푸른색이 떨어져 나와 여러분 장갑의 레이스나 구두의 새틴 천에 있게 된다고 해서 그 푸른색이 덜 푸르거나 덜 아름다울까요?"

"그렇진 않겠죠. 그런데 도대체 무슨 말을 하려는 거죠?" 그들의 구혼자가 그토록 예찬하는 드레스에 잘 어울리는 신발이나 장갑 한 켤레쯤은 다 갖고 있는 아가씨들이 소리쳤다.

"그러니까 색깔의 아름다움이 그 색깔이 구현된 대상과는 무관하다는 것을, 그것이 어떠한 물질로 구현되더라도 퇴색되지 않는 이상적인 아름다움이라는 것을 여러분도 시인하는 거죠?"

"그래요." 아가씨들이 대답했다.

푸른 수염이 무슨 말을 하는지 전혀 알아들을 수 없었지만, 그들은 거기서 이상한 점은 전혀 느끼지 못했다. 왜냐하면 그 말이 그들이 소녀 시절에 철학 선생님에게 받았던 수업을 떠올리게 했기 때문이다. 열정적이고 설득력 있는 젊은 선생님이 무슨 말을 하건 그들은 습관적으로 고개를 끄덕여 동의를 표하지 않았던가!

"그렇다면 푸른색이기만 하다면 그것이 어디에 있는지는 중요하지 않지요?" 푸른 수염이 말했다.

"동의해요."

"따라서 여러분이 좋아하는 그 푸른색이 내 눈이 아니라 수염에 있다고 해도 상관은 없지요?"

"하지만 그건 상관이 있어요. 중요하다고요." 아가씨들이 소리쳤다.

"뭐라고요? 조금 전에는 반대로 말하지 않았나요?" 너무나 비논리적인 아가씨들의 태도에 당황한 푸른 수염이 말했다.

"조금 전에는 수염이 문제된 게 아니었잖아요." 아가씨들이 말했다.

"만약 내 수염의 맑고 푸르른 빛깔이 내 눈에 있다면……." 낙담한 푸른 수염이 말을 이었다.

"하지만 거기 없잖아요! 거기 없잖아요!"

푸른 수염이 아무리 논리적인 추론을 펼쳐도 뻔히 눈에 보이는 그 명백한 사실을 아가씨들이 포기하게 만들 수는 없었다. 어떤 아가씨들은 잔인하게도 이렇게 덧붙이기까지 했다.

"게다가 먹구름이나 까마귀의 음침한 날개처럼 당신의 수염에도 맑고 푸르른 빛깔은 없어요."

이 지적에 푸른 수염은 두 손 두 발 다 들 수밖에 없었다. 정신을 순수한 색깔에까지 고양시킬 능력이 없어서 천박한 밑바닥 수준에 머물러 있는 아가씨들이었지만 어쨌거나 퇴짜를 맞은 건 퇴짜를 맞은 거니까. 그는 그들에게 작별을 고해야만 했다.

그래서 그는 이번에는 궁궐, 성, 개인저택, 혹은 호텔에서 일하는 모든 하녀에게 청혼을 했다. 하지만 그들은 그를 보자마자 연극 출연을 위해 광대 분장을 한 사람이나 카니발 축제 참가를 위해 가면을 쓴 사람쯤으로 여기고는 웃어 넘겨버렸다. 아무리 설득을 해도 그들은 그의 청혼이 진지한 것이고 수염 또한 진짜라는 것을 믿지 않았다. 사실, 사랑과 폭소가 양립하는 경우는 극히 드물다.

그는 이번에는 거리의 여자 중에서 신붓감을 찾았다. 그들이라면 그의 청혼을 기꺼이 받아들였겠지만, 그들이 몹시 찜찜해한 것은 그가 이미 여러 여자와 결혼한 적이 있는데 그 여자들이 어떻게 되었는지 아는 사람이 아무도 없다는 사실이었다. 이러한 정황은 그들이 벗어나고 싶어 하는 상태를 그들에게 더 절실하게 상기시켜주기만 했다. 보호자의 지배를 받아야 하는 것이 그들의 운명이라면, 그들은 기왕에 있는 보호자가 차라리 낫다고 판단했다. 적어도 그들의 수염은 푸른색이 아니었으니까.

푸른 수염은 끝으로 시골 여자들에게 청혼을 해보기로 했다. 다 해진 누더기를 걸치고 있더라도, 얼굴이 흉하게 얽었더라도, 땟국물이 줄줄 흐르더라도, 무덤이나 요람에 한 발을 디디고 있지만 않다면 구애를 해보기로 마음먹었다. 그가 가진 부가 그 결점들을 만회할 수 있는 신속하고 확실한 보완책이 될 거라고 생각하며. 하지만 때는 이미 부자가 깃털 달린 모자로 인사를 해서 양치기 소녀의 마음을 빼앗을 수 있는 그런 시절이 아니었다. 텔레비전이 각 가정마다 파고든 탓에 시골 여자들도 뺨이 아주 말끔하고 안색이 뭐라 형언할 수 없을 정도로 독특한 아나운서들만을 남편으로 꿈꾸었다.

온갖 고장을 여행해본 빨간 바지의 할머니라면 아마도 다른 모든 여자의 눈에 너무나 기괴해 보이는 남자라도 공평한 눈으로 바라볼 수 있었겠지만, 드넓은 세상을 두루 돌아다니러 다시 떠난 터라 도시와 시골을 휩쓸고 다니는 그 새로운 신랑감에 대한 얘기를 전혀 듣지 못했다. 빨간 바지의 어머니는 딸을 돌보느라, 또 빨간 바지는 늑대들과 노느라, 역시 푸른 수염에 대한 얘기를 전혀 듣지 못했다.

그런데 어느 날 어머니가 빨간 바지를 불러 이렇게 말했다.

"이 크레이프와 작은 버터 항아리를 들고 마을 여인숙으로 가서 할머니 소식이 있는지 물어보고 오렴. 만능 풀, 채찍, 불쏘시개 가져가는 거 잊지 말고."

빨간 바지는 늑대부터 찾았다. 그런 다음 바구니에는 크레이프와 작은 버터 항아리를, 바지 주머니에는 만능 풀, 채찍, 불쏘시개를 넣고 곧바로 출발했다. 빨간 바지가 조심스럽게 늑대를 몰아가며 오솔길을 달리고 있는데 마차 한 대가 멈추더니 그 안에 타고 있는 남자가 물었다.

"예쁜 아이야, 그 늑대가 널 데려가니?"

"아뇨, 내가 이 늑대를 몰고 가요."

"그 위험한 것을 타고 어딜 가니?"

"이 크레이프와 작은 버터 항아리를 갖다 주고 할머니 소식을 물으러 마을 여인숙에 가요."

"길이 먼데 짐이 많구나. 이 마차에 타거라. 내가 거기까지 데려다주마."

빨간 바지가 턱이 붙은 늑대를 풀어주자 늑대는 다리 사이에 꼬리를 말고 부리나케 숲으로 달아났다. 빨간 바지는 주머니를 단단히 부여잡고 그녀에게 말을 건 남자 곁에 앉았다. 그제야 그의 수염을 본 빨간 바지가 말했다.

"어머나, 할머나, 당신 수염이 정말 푸르네요!"

"난 이게 훨씬 재밌는데, 넌 안 그러니?" 푸른 수염이 말했다.

"물론 재밌죠." 빨간 바지가 이렇게 대답하고는 웃었다.

곧 길을 나선 마차가 나뭇가지들을 꺾어놓으며, 길 잃은 온갖 짐승들을 달아나게 하며 숲을 내달렸다.

"어머나, 할머나, 이 마차는 정말 저돌적이네요!" 빨간 바지가 말했다.

"내가 밟아 다져진 오솔길을 싫어해서 그래. 넌 안 그러니?" 푸른 수염이 말했다.

마차가 요동칠 때마다 폴짝폴짝 튕겨 오르며 빨간 바지가 웃었다.

"나도 그래요." 빨간 바지가 말했다.

그 사이, 마차 밖의 풍경들이 마구 바뀌며 이어졌다. 그러자 빨간 바지가 말했다.

"어머나, 할머나, 내가 모르는 길이네요."

"마치 영화를 보는 것 같지 않니? 마음에 안 들어?" 푸른 수염이 차창 커튼을 들어 올리며 물었다.

아닌 게 아니라 흥분되는 것을 느낀 빨간 바지가 또다시 웃었다.

"아뇨, 마음에 쏙 들어요."

마침내 마차가 멋진 성이 우뚝 서 있는 언덕에 도착했다. 마차가 멈췄고, 그들이 내렸다. 그곳의 주인이었던 푸른 수염은 진수성찬이 차려져 있는 방까지 빨간 바지를 안내했다.

"이 여인숙은 마을 여인숙이 아니네요." 빨간 바지가 말했다.

"마을 여인숙이 더 좋니?" 푸른 수염이 물었다.

"어머나, 할머나, 이곳이 훨씬 나아요." 거짓말을 할 줄 모르는 빨간 바지가 말했다.

"그럼, 먹자꾸나." 어머나와 할머나 때문에 점점 짜증이 나기 시작한 푸른 수염이 말했다.

하지만 그에 대해서는 전혀 내색을 하지 않았다. 그는 일부러 이리저리 말을 돌리고, 재미있는 이야기를 해주고, 갖은 재치와 유머를 보여주며 저녁 식사 시간을 질질 끌었고, 그러는 동안 빨간 바지는 어머니와 할머니를 까맣게 잊고 말았다. 이윽고 상을 치워야 하는 순간이 왔고, 그들은 그 큰 방에 단둘만 남게 되었다. 여러 차례 잔인할 정도로 참담한 실망을 맛봤고 그후로도 너무나 긴 세월 동안 신붓감을 기다려온 터라 더 이상 못 참을 정도로 안달이 난 동시에 신중할 대로 신중해진 푸른 수염은 갑자기 그 상황에 처하자 어찌 할 바를 몰랐다. 무엇을 해야 할지, 뭐라고 말해야 할지 몰라 쭈뼛거리고만 있었다. 바로 그때 그의 바지 속에서 호기심을 불러일으키는 뭔가를 발견한 빨간 바지가 낭랑한 목소리로 말했다.

"푸른 수염 아저씨, 아저씨의 불쏘시개를 나한테 보여줘요."

"그러려면 우선 결혼부터 해야 돼." 또 한 번 일을 그르쳤다고 확신한 푸른 수염이 얼굴을 붉히며 웅얼거렸다.

하지만 어떻게든 다른 불쏘시개에도 한 번 불을 붙여보고 싶었던 빨간 바지는 참지 못하고 푸른 수염의 제안을 즉석에서 수락했고, 따라서 결혼식이 곧 거행되었다. 신혼부부는 푸르른 오솔길을 산책하고, 우뚝 솟은 바위를 등반하고, 은빛 강에서 수영을 했다. 피크닉과 시를 즐기고, 미칠 것 같은 열광을 맛보았다. 그 열광은 바람처럼 솟아올라서는, 땅바닥으로 저절로 가라앉거나 우윳빛 거대한 하늘 속에서 사라져 버릴 때까지 풍경을 춤추게 했다. 바로 그 순간 하늘은 아주 부드러운 깃털처럼 서서히 내려오는 것만 같았다. 그들은 밤에도 잠을 자지 않고 갖은 장난을 쳤고, 불쏘시개를 교환했으며, 서로에게 홀딱 반한 두 존재, 그들만의 세계에서 깬 채로 꿈을 꾸는 두 존재만이 할 수 있는 것처럼 순간순간을 즐겼다.

　　푸른 수염이 어찌 되었는지 아무도 모르고 빨간 바지가 자신의 초가집, 어머니와 할머니를 계속 잊고 있었다면 그 행복은 오랫동안 지속될 수도 있었을 것이다. 그런데 어느 날 푸른 수염의 턱수염이 놀라울 만큼 빨리 자라기 시작했다.

　　수염은 깎자마자 곧 다시 자라났고, 시커먼 광택들이 곳곳에 나타났으며, 곧 덤불처럼 성 주인의 얼굴을 뒤덮어버렸다.

　　누구도 그에게 가까이 다가갈 수 없었다. 수염 한 올 한 올이 주변 모든 것을 찌르고 찢어놓는 가시였다. 또한 누구도 그에게 말을 할 수가 없었다. 수염이 귀를 덮고 있었기 때문에 어떠한 문장도 갈가리 찢겨 거의 반대의 뜻이 되지 않고는 그의 귀에 가닿을 수 없었다. 푸른 수염이 하는 말 또한 왜곡된 말의 조각들에 지나지 않았고, 너무나 크게 소리를 질러야 했기 때문에 그의 목소리조차 알아들을 수 없을 지경이었다.

　　더 이상 놀이도 장난도 없었다. 불쏘시개들조차 엇갈려서 타오르거나 아예 불이 붙질 않았다. 푸른 수염의 불쏘시개는 수염의 덤불에 가려 아예 자취를 감춰버렸고, 빨간 바지는 자신에게 불쏘시개가 있다는 사실조차 잊고 말았다.

　　상황이 그 지경이던 어느 날 아침, 수염이 자라 이제 팔과 다리, 그리고 남아 있는 모든 것을 뒤덮어버리려고 하자 푸른 수염은 아내를 불러놓고 온갖 몸짓과 으르렁거림을 동원해 그가 여행을 떠날 것이고 수염이 자라길 멈출 때에야 돌아올 거라는 뜻을 전했다. 그는 그녀에게 성에 있는 모든 방의 열쇠를 줬는데, 열쇠가 얼마나 많은지 그 꾸러미가 그녀 몸집만 했다. 그외에 그녀가 열쇠를 잃어버렸을 경우에 그녀를 난감한 상황에서 꺼내줄 수 있을 마스터키도 하나 줬다. 빨간 바지는 그가 마지막 남은 열쇠 하나를 가지고 가는 것을 봤는데, 그 열쇠가 어찌나 작은지 그녀는 크게 신경을 쓰지 않았다. 마침내 거칠게 작별인사를 한 푸른 수염은 아주 힘겹게 마차에 올라타고 여행을 떠났다.

성에서는 모두가 안도의 한숨을 내쉬었다. 수염이 가시덤불과 가시로 변한 후로 푸른 수염의 성미가 워낙 괴팍해져서 성여기저기 모퉁이를 돌다가 한 번쯤 그와 마주쳐 혼쭐이 나지 않은 사람이 없었기 때문이다.

그제야 빨간 바지는 자신의 초가집, 어머니와 할머니를 떠올렸고 서둘러 그들을 모셔오게 했다. 하지만 빨간 바지를 다시 만나게 되어 너무나 기뻤던 나머지 어머니와 할머니는 불행하게도 비밀을 지킬 생각을 전혀 하지 못했고 소문이 사방으로 퍼져나갔다. 초대받지 못한 수많은 손님들이 젊은 신부의 성으로 몰려들었다. 그만큼 그들은 전혀 그들의 취향이 아니었던 푸른수염과 감히 결혼한 식인귀 같은 여자가 누군지 알고 싶어 안달이 나 있었다.

공주, 귀족 집안 규수, 하녀, 길거리 여자, 시골 여자 들이 모두 몰려왔다. 그들은 식인귀 대신, 초라한 빨간 바지를 입은 채 평범한 마을 아가씨처럼 행동하는 빨간 바지를 보고는 깜짝 놀랐다. 그들은 수없이 많은 성의 침실과 방, 옷장들을 구경하며 앞 다투어 탄성을 내질렀고, 푸른 수염에게 퇴짜 놓은 걸 뼈저리게 후회했다.

그들은 모두 속으로 이렇게 생각했다. '그때 내가 그렇게 멍청하지만 않았다면, 옷을 갖춰 입을 줄도 모르고 우아하게 행동할 줄도 모르는 빨간 바지가 아니라 바로 내가 이 모든 부의 여주인이 되었을 텐데.'

공주들은 혼절을 하는 기술을 잘못 가르쳐줬다며 아버지 왕들을 원망했다. "혼절부터 해버리면 판단을 할 수가 없잖아요. 판단부터 하고 그다음에 혼절을 하는 게 낫다고 가르쳐주셨어야죠." 귀족 집안의 규수들은 그들을 하녀처럼 키우는 게 차라리 나은데 마치 공주처럼 키웠다고 그들의 어머니를 원망했다. 하녀들은 그들의 주인인 귀족 집안 규수들에게 그들이 집에서 보여주었던 우아한 행동방식을 따른 게 후회스럽다고, 거리의 여자들을 흉내 내는 편이 나았겠다고 말했다. 거리의 여자들은 왜 푸른 수염처럼 해주지 못하냐며 그들의 보호자를 원망했다. 그리고 시골 여자들은 백마 탄 왕자님의 외모와 관련해 텔레비전이 그들을 속여왔다는 것을 깨달았다. 이로 인해 그 나라에 너무나 큰 혼란이 야기되어 오늘날까지 지속되고 있다. 한편 빨간 바지는 모든 사람이 물러가고 어머니와 할머니하고만 남게되자 행복감을 되찾았다.

이런 경우에 흔히 그렇듯, 푸른 수염과 결혼해 산책과 수영을 즐기며 미친 듯한 열광을 함께 나누었던 시절의 추억이 되살아났다. 하지만 그들을 헤어지게 한 끔찍한 가시덤불이 그 추억역시 곧 뒤덮어버렸다. 빨간 바지는 이 모든 것을 어떻게 생각해야 할지 알 수가 없었다.

　빨간 바지는 시름시름 말라갔다. 헐거워진 빨간 바지는 허리 위에서 따로 놀았고, 그토록 큰 즐거움을 주었던 불쏘시개의 매력도 사라지고 없었다.

　그런데 잠을 이루지 못하고 뒤척이던 어느 날 밤, 빨간 바지는 무덤 같은 성의 적막 속에서 한 번도 들어본 적이 없는 소리, 너무나 희미해 소리의 유령에 지나지 않는, 저 너머 세상에서 들려오는 것 같은 소리를 얼핏 들은 것 같았다.

　"어머니, 할머니, 저 소리 들리세요?" 겁에 질려 침대에서 일어나 앉은 빨간 바지가 말했다.

　"고양이 소리겠지." 혼곤한 잠에 빠져 있던 그들이 대답했다.

　"저 소린 더 희미해요." 빨간 바지가 말했다.

　"그럼 생쥐 소리겠지." 그들이 말했다.

　"더 희미해요."

　"박쥐 날갯짓 소리 아닐까?"

　"오, 더 희미해요, 훨씬 더 희미해요."

　"둥지에서 떨어진 모기 소리?"

　"더 희미해요." 그녀가 말했다. 하지만 어머니와 할머니는 이미 다시 잠들어 코를 골고 있었다.

　매일 밤 소스라쳐 깨어난 빨간 바지는 성의 밑바닥에서 아지랑이처럼 피어오르는 그 소리를 들었다. 어머니와 할머니는 곧 빨간 바지가 미쳤거나 그들의 귀가 먹었거나 둘 중 하나라고 인정하지 않을 수 없었다. 빨간 바지가 걱정되었던 그들은 조금도 망설이지 않았다. 그들은 당장 미스터리를 풀고자 했고, 그래서 빨간 바지에게 그들과 떨어져 지내는 동안 도대체 무슨 일이 있었는지 모두 말해보라고 했다. 그때까지 심려를 끼치고 싶지 않아 입을 다물고 있었던 빨간 바지도 더 이상 견딜 수 없어 그 성에 발을 디딘 첫날부터 푸른 수염이 여행을 떠난 날까지 있었던 일을 모두 이야기해주었다.

"그 사람이 너한테 주지 않은 그 작은 열쇠가 어느 방 열쇠인지 알고 있니?"

"아뇨, 어머니, 그 사람이 그것에 대해서는 아무 말도 안 해줬어요."

"이 성에 있는 모든 방에 가봤니?"

"아뇨, 할머니, 그 사람이 나한테는 하나도 구경시켜주지 않았어요."

"그 남자는 너한테 뭔가를 감추고 있어. 그걸 찾아내야만 해." 그들이 곧바로 행동에 나서며 말했다.

성이 어마어마하게 컸던 만큼 해야 할 일도 어마어마하게 많았다. 열쇠구멍에 끼우고 돌려봐야 할 열쇠가 수도 없이 많았다. 하루하루가 지나갔고, 서서히 지치기 시작한 그들은 결국 그 작은 열쇠가 어쩌면 꿈에서 본 것에 지나지 않는다고 생각하기에 이르렀다.

그즈음, 성의 외진 곳에서 나름대로 문제의 방을 찾고 있던 빨간 바지는 문득 그때까지 까맣게 잊고 있던 자신의 불쏘시개를 꺼내보자는 생각을 했다.

불쏘시개가 몇 번 힘없이 깜빡거리나 싶더니 마침내 아주 희미하게나마 빛을 발했다. 빨간 바지는 이미 여러 차례 그 앞을 지나쳤지만 교묘하게 감춰져 있어서 미처 보지 못했던 작은 층계를 발견했다. 워낙 급히 그곳으로 뛰어드는 바람에 그녀는 하마터면 머리가 걸려 목이 부러질 뻔했다. 여러 개의 복도가 아래쪽으로 나 있었고, 모두가 칠흑 같은 어둠 속으로 뛰어들고 있었다.

어느 쪽으로 가야 할지 알 수 없었던 빨간 바지가 잠시 망설이고 있는데 갑자기 어디선가 밤마다 그녀를 두려움에 떨게 했던 소리가 들려오는 것 같았다. 너무나 희미한 그 소리는 공기의 한탄이었을까, 뭔가 스치는 소리였을까, 그것도 아니면 어떤 병든 물체가 썩어가는 소리였을까? 하지만 그 땅의 어두운 내장 속에 있는 모든 것은 꼼짝도 하지 않았고, 복도들은 텅 비어 있었으며, 짐승이든 새든 벌레든 생명체의 흔적은 전혀 찾아볼 수 없었다.

또다시 그 소리가 들려왔다. 그것은 앞쪽으로 가파르게 뻗어 내려가는 복도에서 올라왔다. 빨간 바지는 그 복도로 접어들었다. 그 복도는 악몽에 시달리는 사람의 머릿속처럼, 비밀스러운 병에 걸린 내장처럼 돌고 또 돌았다. 여기저기 옆쪽으로 다른 복도들이 나 있었다. 빨간 바지는 소리를 좇아갔다.

때때로 소리가 멈추면 빨간 바지도 발길을 멈춰야 했다. 어쩔 수 없이 멈춰 서야 했던 지점 중 한 곳에서, 도무지 끝날 것 같지 않은 탐색에 두려움이 밀려온 빨간 바지는 발길을 돌려 어머니와 할머니에게로 되돌아가기로 마음먹었다. 하지만 뒤로 돌아선 빨간 바지는 자신의 실수와 자신이 처한 상황의 끔찍함을 깨달았다. 사방에 서로 뒤엉켜 있는 비슷한 복도들밖에 없었다. 자칫 복도를 잘못 들어섰다가는 미로 속에서 길을 잃고 말 터였다. 소리를 질러대도 아무도 들을 수 없는.

"오 어머니와 할머니, 당신들이 주신 만능 풀과 채찍, 불쏘시개가 나한테 무슨 소용이 있나요." 빨간 바지가 비통하게 외쳤다.

그러자 화가 난 불쏘시개가 타오르길 멈추었고, 빨간 바지는 완전히 암흑 속에 갇히고 말았다.

"나는 왜 작은 조약돌들을 놓지 않았을까!"

"아니면 긴 실이나!"

"아니면 머리카락이라도!"

"도대체 왜, 나는 왜 여기까지 왔을까!"

빨간 바지는 감히 앞으로 나아가지도 그렇다고 뒤로 물러서지도 못한 채 이렇게 한탄했다. 그런데 그때 마치 대답이라도 하듯 한숨 소리가, 눈물을 흘리며 신세를 한탄하는 사람의 목소리가 들려왔다.

빨간 바지는 다시 걷기 시작했다. 그녀가 앞으로 나아갈수록 한탄은 점점 더 애절해졌고, 여러 개의 목소리가 마치 비통의 합창이라도 하듯 서로 이어졌다. 마침내 복도 끝에 다다른 빨간 바지 앞에 작은 문 하나가 나왔다. 문이 너무나 낮고 좁은데다 자물쇠 또한 단춧구멍만 해서 유심히 보지 않으면 있는지조차 모를 정도였다.[e] 바로 그 순간 다시 한탄이 시작되었다. 그 한탄을 들은 빨간 바지는 피가 얼어붙는 것 같았다.

"우리의 형제여, 네가 어찌 우리에게 이런 짓을 할 수 있느냐!"

"우리의 남편이여, 당신은 어찌 우리에게 이런 짓을 할 수 있나요!"

"당신들은 누구죠?" 빨간 바지가 떨리는 목소리로 물었다.

"우리는 푸른 수염의 형제와 아내들이오." 목소리들이 대답했다.

"몇 명이나 있나요?" 빨간 바지가 다시 물었다.

"일곱이오." 아내들이 대답했다.

"둘이오." 형제들이 대답했다.

"당신은 누구죠?" 아내들이 물었다.

"난 푸른 수염의 아내예요."

"불행한 여자! 푸른 수염이 한 사람을 또 데려왔어." 목소리들이 소리쳤다.

"난 혼자예요. 당신들을 풀어주려고 왔어요." 빨간 바지가 말했다.

"열쇠는 있어요?"

"아뇨, 푸른 수염이 여행을 떠나면서 가져갔어요."[f]

문 너머에서 한탄이 다시 시작되었다.

"그가 여행을 떠났으니 이제 수염이 검게 변할 거고, 그러면 돌아와서 당신을 죽일 거예요."

"뭐라고요?" 빨간 바지가 말했다.

"그가 돌아와서 당신을 죽일 거예요." 목소리들이 말했다.

"그는 나를 사랑해요." 빨간 바지가 말했다.

"그는 당신을 죽일 거예요." 그들이 말했다.

"거짓말쟁이 유령들." 빨간 바지가 돌아서며 말했다.

"가지 말아요!" 목소리들이 소리쳤다.

'이 무슨 난리람. 이러다간 죽도 밥도 안 되겠네. 되는 일 없이 시간만 가니 행동에 나서야겠어.'[g] 불쏘시개는 이렇게 생각하고는 있는 힘을 끌어모아 더 밝게 빛을 발하기 시작했다. 그의 빛이 어둠에 갇힌 사람들을 비춰주었다. 열쇠구멍이 아주 작긴 했지만 그래도 빛이 약간 지나가기는 했다. 목소리들이 무슨 일이 있었는지 설명했다.

푸른 수염의 형제들에게 일어난 일이 그의 아내들에게도 일어났다. 처음에는 그 이상한 수염을 잊을 정도로 다정했던 푸른 수염이 머지않아 변하기 시작했고, 수염이 가시덤불처럼 자라나서는 그의 귀와 입을 막아버렸고 그가 지나는 곳에 있는 모든 것을 갈가리 찢어놓았다. 그러면 그는 여행을 떠났고, 돌아왔을 때는 인정사정없는 괴물로 변해 희생자들을 그 어두운 지하 벽장에 가두고 작은 열쇠로 잠가버렸다. 그런 다음에 그는 원래 모습으로 되돌아갔고 모든 것이 처음부터 다시 시작되었다. 이제 그 지하 벽장 속에는 아홉 명이 갇혀 있었다. 꼼짝달싹 못한 채 거의 죽어가는 상태로. 빨간 바지가 그들을 당장 풀어주지 않으면 그게 그들이 남기는 마지막 말일 게 확실했다.

겁에 질린 빨간 바지는 그들을 거기서 나오게 해주겠다고 약속했다. 하지만 어떻게? 그녀 자신부터 거기서 어떻게 빠져나가야 할지 막막했다. 바로 그때, 사람들이 얘기를 나누는 동안 잠시 졸고 있었던 불쏘시개가 다시 힘을 내 필요한 만큼 밝게 빛을 발하기 시작했다. 빨간 바지는 어렵지 않게 길을 찾았고, 곧 크게 걱정을 하고 있던 어머니와 할머니에게로 가서 말했다.

"탑 꼭대기로 올라가서 푸른 수염이 오는지 보고 계세요. 그는 나한테 오늘 돌아오겠다고 약속했어요. 그가 오는 게 보이면 그에게 서두르라고 신호를 보내세요."

어머니와 할머니는 탑 꼭대기로 올라갔고, 빨간 바지는 다시 지하로 내려갔다.

"형제들과 아내들, 아직 살아 있나요?" 복도 끝에서 빨간 바지가 소리쳐 물었다.

"네." 목소리들이 대답했다.

빨간 바지는 곧 탑 아래까지 뛰어갔다.

"어머니, 할머니, 누가 오는 게 보이세요?"

"아니." 두 여자가 대답했다.

그러자 빨간 바지는 지하로 달려갔다.

"아직 살아 있나요?"

"네." 목소리들이 대답했다.

그러자 빨간 바지는 탑으로 달려갔다.

"누가 오는 게 보이세요?"

"아니." 두 여자가 대답했다.

빨간 바지가 이렇게 오르락내리락하는 동안, '네'는 점점 약해졌고, '아니'는 점점 지쳐갔다. 불쏘시개가 뭔가 크게 역할을 할 때를 이제나저제나 기다리고 있으니 여기서 길고 긴 하루를 단 몇 분으로 줄여야겠다. 그러니 여기서 길 위에 먼지가 구름처럼 피어오르며 성으로 돌아오는 푸른 수염의 마차가 모습을 드러냈다고 하자. "오고 있어"라고 두 여자가 크게 소리쳤고, "겨우"라고 목소리들이 힘없이 웅얼거렸다. 마차가 성으로 들어섰고, 빨간 바지가 달려나갔다. 익히 알려진 이전 부분에 대해선 후딱 지나갔으니 이 부분에서 일어난 일에 대해서는 좀 더 자세히 전해야겠다. 왜냐하면 구불구불 시간이 흐르는 동안 이 이야기에 이런저런 왜곡이 일어나서 이제 그것들을 바로잡지 않을 수 없기 때문이다.

푸른 수염이 마차에서 내렸다. 하지만 그는 더 이상 빨간 바지가 남편으로서 사랑했던 푸른 수염이 아니었다. 검고 긴 수염이 머리끝에서 발끝까지 뒤덮고 있었고, 그의 두 눈은 잉걸불처럼 시뻘겋게 번뜩였다. 아내를 보자마자, 그의 목구멍에서 사나운 포효가 터져 나왔다. 그 긴 포효는 성의 복도들을 통해 울려 퍼져 그곳에 사는 모든 사람을 공포로 떨게 했다.

그때 빨간 바지는 어두운 숲과 초가집 앞의 오솔길을 떠올렸고, 자신의 주머니에서 한시도 떠난 적이 없는 만능 풀과 채찍, 그녀가 타보았던 사나운 늑대들, 야밤에 야생의 무리와 함께했던 미친 듯한 경주, 큰 화재라도 난 것처럼 하늘 높이 타올랐던 불쏘시개를 기억해냈다. 그녀 안에 있었던 모든 사랑은 무거운 돌처럼 마음의 바닥으로 떨어졌고, 잔뜩 찌푸린 두 눈에서 뿜어져 나오는 눈길은 날카롭게 변했다. 푸른 수염이 아가리를 쩍 벌리고 덤벼들자, 빨간 바지는 펄쩍 뛰어 옆으로 피한 다음 잽싸게 주머니에서 만능 풀을 꺼내 번뜩이는 이빨 사이로 던져 넣었다. 깜짝 놀란 야수가 턱을 닫았지만 그것은 더 이상 벌어지지 않았다. 빨간 바지는 채찍을 꺼내 사정없이 후려치면서 푸른 수염에게 작은 열쇠를 당장 내놓으라고 명령했다. 그러자 야수는 무시무시한 소리, 붙어버린 송곳니 사이로 수많은 독사들이 아우성치기라도 하는 것처럼 쉭쉭거리는 소리를 냈다. 그가 온몸의 털을 곤두세우고 앞발을 들어 올리더니 빨간 바지를 향해 돌진했다. 하지만 빨간 바지가 또다시 옆으로 살짝 피했기 때문에 그는 벽을 들이받고 말았다. 무시무시한 충격으로 성이 토대까지 뒤흔들렸다. 채찍질에 둔감해진 괴물이 또다시 빨간 바지를 공격했다. 그 기세가 얼마나 사나웠는지 빨간 바지가 불쏘시개를 꺼내 들어 괴물을 갑자기 물러서게 하지 않았다면 틀림없이 그 공격에 그녀의 뼈란 뼈는 모조리 산산조각 나고 말았을 것이다.

여기서 잠시 이야기를 멈추고, 자신의 변변찮은 본성을 떨치고 멋지게 솟아올라 너무나 훌륭한 기적을 일궈낸 불쏘시개를 칭찬해야겠다. 내가 이 이야기를 있는 그대로 전하려 시도했던 것도 바로 이 때문이다.

자신 안에 있는 모든 불꽃을 모은 불쏘시개는 결연히 피어올라 푸른 수염의 털 하나하나에 들러붙었고, 푸른 수염의 비명이 울려 퍼지는 가운데 모든 것을 일순간에 홀랑 태워버렸다.

불길이 잦아들었고, 기진맥진한 불쏘시개는 검게 그을려 다시 망각 속으로 빠져들었다. 그리고 깜짝 놀란 빨간 바지 앞에 남성적인 우아함과 견고한 부드러움으로 가득한 멋진 남자가 서 있었다. 그의 얼굴은 매끄러웠다. 다만, 가벼운 광택이 살짝 남아 그의 수염이 예전에 푸른색을 띠었다는 것을 말해주고 있었다.

"고맙소. 어서 내 형제와 가엾은 여인들을 풀어주러 갑시다. 아직 늦지 않았다면 말이오." 그 남자가 서둘러 말했다.

모두가 지하 벽장으로 황급히 달려갔다. 너무나 낮은 문 앞에서, 머리를 짓누르는 천장 아래에서 밀치고 당기느라 또다시 약간의 시간을 허비했다.

"아직 살아 있나요?" 푸른 수염이 바늘구멍만 한 자물쇠를 붙들고 씨름을 하는 동안 빨간 바지가 애원하듯 물었다.

아무도 대답을 하지 않았다. 이미 모든 게 끝났다고 체념하고 있는데 마침내 문이 열렸고 모든 것이 설명됐다. 감옥에 갇힌 사람 중에 숨이 끊어진 사람은 아직 아무도 없었다. 배반을 당했다고 여긴 그들이 푸른 수염이 그들을 죽이러 왔다고 생각하고는 죽은 척을 하고 있었던 것이다.

그 혼란 속에서 누가 누구를 얼싸안았는지 확실히 알 수 없으므로 재회의 기쁨에 대해서는 그냥 넘어가도록 하자. 마침내 그들은 약간이나마 정신을 차렸고, 그나마 기운이 남은 사람들이 몸을 못 가누는 사람들을 업은 채 지상으로 올라왔다. 푸른 수염이 모두를 성의 대 연회실에 모아놓고 식탁에 몸을 기댄 채 떨림을 억누르며 단호한 목소리로 말했다.

"내가 결혼할 나이가 되었을 때 나에게 저주가 내려졌습니다. 나는 한 여인의 사랑 없이는 살 수 없지만 그 사랑을 얻자마자 불행히도 나에게 그것을 준 여자를 죽이게 될 거라는 것이었죠. 그 저주가 나를 비탄에 빠트렸습니다. 나는 독신으로 살겠다고, 나에게 너무나 큰 위험인 여성에게는 절대 눈길을 주지 않겠다고 굳게 마음먹었습니다. 그런데 아뿔싸, 나는 저 여인을 (그가 첫 번째 아내를 돌아보며 말했다) 보았습니다. 저토록 아름다운 여인에게 해를 끼치려 한다는 게 나에겐 불가능해 보였죠. 그래서 나는 저주가 풀렸다고 믿었고 저 여인과 결혼을 했습니다. 하지만 몇 달 후, 나 나름대로 노력은 했지만 내 수염이 걷잡을 수 없이 자라기 시작했습니다. 그와 함께 끔찍한 살해 욕구도 덩달아 커져갔죠. 내 신경들이 끊임없이 뒤흔들렸고, 두꺼비처럼 검은 생각들이 내 입에서 튀어나왔습니다. 내 귀에 들리는 모든 것이 독을 품고 있는 것 같았고, 가시덤불이 다른 사람들과 나를 갈라놓았습니다. 나는 너무나 고통스러운 나머지 탑 꼭대기로 올라가 몸을 던지거나 의사들에게 나 자신을 아예 맡겨버리자는 생각도 해보았습니다. 그러다 결국 여행을 떠나기로 결심했죠. 그렇게 하면 고통을 잊을 수 있을까 해서요. 하지만 성에 남은 저 여인에 대한 생각이 한시도 나를 놓아주지 않았습니다. 결국 나는 돌아올 수밖에 없었고, 내가 저주에 맞서 할 수 있는 것은 저 불행한 여인을 산 채로 잡아먹지 않기 위해 감옥에 가두어 빵과 물을 주는 것뿐이었습니다. 이야기가 이런 식으로 일곱 번이나 반복되었죠."

여기서 목소리가 갈라지자 그가 말을 멈췄다. 잠시 후 모두
가 입을 다물고 있는 가운데 그가 말을 이었다.

"이 흉포한 반복에 대해 나를 단죄하진 말아주십시오. 일이
벌어지고 나면, 당신들이 이 감옥에 갇히고 내 몸이 원래대로
돌아오고 나면, 내 기억에서 모든 것이 지워져버렸습니다. 그래
서 나는 동일한 희망을 품고 다시 시작했죠. 저주스러운 운명
이 나에게 전혀 말해주지 않은 것은 두려움이 없는 여인만이 나
를 해방시켜줄 수 있으리라는 사실이었습니다. 잘한 일이었죠.
왜냐하면 만약 그 말을 해줬다면 내가 저 어린 빨간 바지에게는
눈길조차 주지 않았을 테니까요."

모두가 눈물을 흘렸다. 푸른 수염 역시 터져 나오는 울음을
억누를 수가 없었다. 모든 기억이 돌아오면서 달콤했던 순간들
과 가슴 아팠던 순간들이 일곱 배로 증폭되어 떠올랐기 때문이
었다. 그는 이미 골치 아픈 분란, 이별, 심지어 소송(누가 알겠
는가!)까지 예상하고 있었다. 하지만 무엇보다 두려운 건 버림
받는 것이었다. 모두에게 버림받는다면, 다시 부드럽고 선해진
그의 마음이 이전처럼 황폐해지고 말 것 같았다. 하지만 그는
애써 기운을 차렸고, 빨간 바지의 어머니와 할머니를 향해 돌아
보며 이렇게 말을 이었다.

"두 분의 부인, 빨간 바지를 아무 두려움 없이, 아무 속박 없
이 키워주셔서, 어린 시절부터 늑대들에게 익숙하게 키워주셔
서, 그럼으로써 저를 무시무시한 운명으로부터 벗어나게 해주
셔서 얼마나 고마운지 모르겠습니다. 두 분께 그 보답으로 제
영지에 있는 것 중에 마음에 끌리는 게 있으면 무엇이든 드리겠
습니다."

세상을 돌아다니는 데 지쳐 슬슬 자리를 잡고 정착하고 싶어진 나이가 된 할머니는 푸른 수염의 두 형제 중 나이가 어린 쪽과 결혼을 했으면 좋겠다고 말했다. 늘 남자를 바꿔가며 사귀기를 좋아했던 어머니는 가끔은 삶의 방향을 정해주기도 하는 그 신비스러운 정황의 일치 중 하나에 마음이 동해, 푸른 수염의 또 다른 형제가 그녀의 마음을 사로잡았으니 당장 그에게 청혼을 하고 싶다고 말했다. 공포와 광기에 떨며 보낸 기나긴 세월에 신물이 났던 두 형제는 강인하고 분별을 갖춘 두 여인의 청혼을 흔쾌히 받아들였다.

푸른 수염은 빨간 바지를 에워싸고 있는 일곱 명의 여인을 향해 돌아섰다. 오랫동안 지하 벽장에 갇혀 있어서 너무나 창백하게 변한 그 일곱 명의 여인은 말하자면 일종의 이상한 꽃을 형성하고 있었는데, 그들을 구한 빨간 바지는 생기로 가득한 붉은 암술처럼 그들 가운데 서서 자신의 힘으로 그들이 시든 꽃잎처럼 떨어지지 않게 꽉 붙들고 있는 것처럼 보였다.

그 꽃잎들 각각은 암술과 마찬가지로 그의 모든 사랑을 받았다. 그가 매번 새롭게, 온 마음을 다해 사랑했으니까. 하지만 너무나 붉고 생기에 넘쳐서 그의 눈을 거의 멀게 만들 것 같은 빨간 바지를 차치하고라도, 그가 매번 새롭게 사랑했던 대상이 일곱이나 있었지만 지금 이 난감한 상황에서 벗어나게 해줄 그의 분신은 아무도 없었다. 그는 어느 누구도 겪어본 적이 없을 것 같은, 어쩌면 그에게 던져진 저주의 마지막 술수일지도 모르는 아주 묘한 고통을 맛보았다. 이제 갓 어둠에서 벗어난 그 부인들의 창백한 얼굴을 보면서 그는 자신이 얼마나 극악무도한 범죄를 저질렀는지 실감했다. 빨간 바지가 그 가운데에서 열심히 행하고 있는 임무는 그 범죄의 끔찍함을 여실히 보여줄 뿐이었다.

그의 눈앞에는 치명적인 만큼 매력적인 꽃 한 송이가 있었다. 그는 그 곁에서 너무나 크게 부풀어 오른 자신의 삶이 금방이라도 모든 둑을 무너뜨리고 단번에 빠져나가 그를 쓰디쓴 후회의 사막 속에 핏기 없이 남겨둘 것 같은 느낌을 받았다.

그런데 운명이 다시 한 번 그의 예상을 비켜갔다. 그가 지켜보는 가운데, 창백한 꽃잎들이 시들어 떨어지는 대신 둘씩 짝을 지어 서로를 향해 기울었고, 얼마 안 가 갑자기 훨씬 덜 창백한 커다란 꽃잎 셋, 홀쭉한 꽃잎 하나, 그리고 여전히 가운데를 지키고 있는 붉은 암술만 남았다. 깜짝 놀란 푸른 수염이 말했다.

"여러분, 제가 너무나 큰일을 겪어 정신이 혼미하고 시력도 흐려지는 것 같습니다. 그러니 제가 좀 쉬도록 허락해주시기 바랍니다."

친절하게도 불쏘시개가 황급히 달려와 의자가 되어주려고 했다. 그런데 이젠 마법을 부릴 때만큼 원기왕성하질 못했기 때문에 너무나 잘생긴 남자의 무게를 버텨내지 못하고 날카로운 소리를 내며 부서지고 말았다. 그 소리를 듣고 자신의 마음이 찢어진 줄 안 푸른 수염은 정말로 기절을 해버리고 말았다.

다행히 두 귀 중 하나는 그 기능을 완전히 잃지 않아서 다음의 대화를 엿들을 수 있었다.

"저런, 가엾은 사람!" 가장 약한 목소리가 말했다.

"가엾은 사람 좋아하시네." 가장 확고한 다른 목소리가 말했다. "저런 악당을 가엾게 여기다니 자넨 정말 착하기도 하네. 그가 우리에게 무슨 짓을 했는지 그새 잊었는가."

"그렇게 힘이 세던 사람이 한낱 구정물처럼 저렇게 마룻바닥에 너부러져 있는데 가엾지 않으세요?" 가장 약한 목소리가 다시 말했다.

"잘됐지 뭐야. 속 시원하게 물을 확 끼얹지 않고 내가 뭘 하고 있는지 모르겠네." 또 다른 목소리가 말했다.

"저 인간이 부엌일의 저주받은 사슬에서 날 해방시켜주겠다고 약속한 거, 알아요?"

"나한테는 더는 빨래를 안 하게 해주겠다고 했어."

"나한테는 수도원에서 꺼내주겠다고 했어."

"나한테는 공부에서 해방시켜주겠다고 했어."

"자네들, 저 인간이 우릴 어떡하려고 그 모든 걸 약속한 줄 알아?"

"지하 벽장에 처넣으려고!"

"하지만 그가 말했잖아요. 자신도 그러고 싶어서 그런 게 아니었다고!" 가장 가냘픈 목소리가 말했다.

"자넨 도무지 이해를 못 하는군. 저 인간이 그렇게 불쌍하면 자네가 돌봐주지그래."

"저 사람한테는 뭐라고 말하고요?"

"사실대로 말해야지. 아주 오랫동안 지하 벽장에 갇혀 있다 보니 우리 자신에 대해 잘 알게 되었다고, 여자들이 행복하기 위해 남자 따위는 전혀 필요 없다고."

그 말에 푸른 수염의 고막이 아주 세게 진동하기 시작해 기절했던 그를 완전히 깨워놓았다. 명백한 사실을 인정해야만 했다. 지하 벽장에서 꼭 붙어 지낸 일곱 명의 여자들은 한 명을 제외하고는 애틋한 마음으로 서로를 사랑하게 되었고, 그 애틋한 마음은 밝은 세상에 나온 후에도 다른 어떠한 매력에도 흔들리지 않고 확고하게 남아 있었다. 그 여섯 여인은 둘씩 짝을 지어 결국에는 세 쌍이 되었다.

첫 번째 경악, 첫 번째 고통이 지나간 후에도 푸른 수염은 수적으로 줄어들긴 했어도 못지않게 난감한, 이전과 똑같은 딜레마와 마주하게 되었다. 이제 일곱 여자 중 막내와 빨간 바지만 남아 있었다. 그의 마음은 너무나 큰 시련을 겪어 아주 약한 신호밖에 보내지 않았지만 그는 그 신호가 빨간 바지를 향해야만 할 것 같았다. 아닌 게 아니라 그녀는 예전 상태의 그뿐만 아니라 새로운 상태의 그도 겪어보지 않았는가? 그를 저주에서 풀어준 것도 그녀가 아니었는가? 그의 고질병이 재발할 경우에도 그녀가 훨씬 더 잘 그를 다시 치료해줄 수 있지 않겠는가?

불쏘시개가 여력을 다해 약간의 연기를 토해내며 그에게 불어넣으려 애쓴 것도 바로 이것이었다. 그는 기력이 다하긴 했지만 빨간 바지에게도 이런 신호를 보내려고 최선을 다했다.

"이, 어, 오. 아, 이, 아, 어." 연기가 힘없이 소용돌이치며 내뱉었다.[h]

무거운 자음들은 불쏘시개 안으로 다시 떨어져버렸고, 빨간 바지의 귀에 겨우 가닿은 그 말은 별 의미가 없었다. 오호, 연기여, 연기와 재여, 과거는 결코 되살아나지 않을 것이니! 선의로 가득하긴 했지만 불쏘시개도 그 불꽃을 다시 피어오르게 할 수는 없었다.

결국 빨간 바지가 푸른 수염에게 말했다.

"그럼 안녕히, 내 의붓 외조부와 의부의 형제이자 전남편, 그리고 제부뻘인 분에 대해 내가 마땅히 가져야 하는 우정을 받아주세요. 제수뻘인 내 할머니와 어머니, 두 형제분, 그리고 전 부인 여섯과 현 부인을 잘 보살펴주세요."

"부인, 염려 마시오, 당신은 나를 끔찍한 운명에서 구해주었소. 당신에게 고마워하는 나의 마음은 영원할 거요. 나한테 다시 어떤 나쁜 충동들이 인다면, 나의 제수들인 당신의 할머니와 어머니가 즉시 나에게 사악한 저주를 푸는 데 아주 효과가 좋다고 알려진 테메스타 시럽을 처방해줄 거요."

"그럼 이제 난 떠날게요, 푸른 수염."

"잘 가시오, 빨간 바지."

다른 모든 사람과 작별인사를 나눈 빨간 바지는 마침내 바구니를 보따리 삼아 든 채 먼 길을 나섰다. 자매 중 어느 누구와도 짝을 짓지 않은 일곱 번째 여자가 갑자기 불안해졌는지 거의 울먹이며 성을 뛰쳐나와 빨간 바지의 발아래로 몸을 던지며 말했다.

"무서워요."

"그럼 그 사람을 사랑하지 않나요?" 빨간 바지가 물었다.

"사랑하는 것 같기도 하고 아닌 것 같기도 해요." 그 불행한 여자가 대답했다.

"이봐요, 내 만능 풀과 채찍, 그리고 불쏘시개를 당신에게 줄게요. 이것들이 당신에게 많은 것을 가르쳐줄 수 있을 거예요."

일곱 번째 여자는 계속 무릎을 꿇은 채 넋이 나간 표정을 짓고 있었다.

"우선 개나 고양이를 데리고 연습을 해봐요." 빨간 바지가 그리 큰 기대를 품지 않은 채 여자를 보며 말했다.

"난 감히 그러지 못할 거예요." 그 가엾은 여자는 이렇게 말을 하긴 했지만 은인이 남긴 기념품으로 삼기 위해 만능 풀, 채찍, 불쏘시개를 받아들었다.

빨간 바지는 길을 나섰다. 발걸음을 재촉하던 그녀가 멈춰 서서 성을 바라보았다. 그녀의 두 뺨 위로 눈물이 흘러내렸다. 그러자 그녀는 바구니에서 결코 말라붙지 않는(그게 그것들의 마법이었다) 크레이프와 작은 버터 항아리를 꺼내 크고 먹음직한 타르틴을 만들어서는 한 입 크게 베어 물고는 다시 발걸음을 옮겼다.

성 앞에 서서 점점 멀어지는 빨간 바지를 바라보고 있던 일곱 번째 여자가 마지막으로 한 가지를 더 묻고 싶어 했다.

"그런데 어디로 가는 거예요?" 그녀가 목청껏 소리를 질러 물었다.

하지만 그런 질문에 어느 누가 대답할 수 있겠는가?

주석

    a) 최근 연구 결과에 따라 우리는 턱이 붙어버린 늑대의 말에서 빠진 자음이 <ㅍ, ㅅ, ㄹ>일 거라고 생각해볼 수 있다. 그렇다면 이 말은 <퓌, 쉬, 뤼>로 읽힐 것이고, <그녀는 냄새가 나고(elle pue, 엘 퓌), 땀을 흘리고(elle sue, 엘 쉬), 뒷발질을 한다(elle rue, 엘 뤼)>로 이해될 수 있을 것이다.

    그런데 일부 주석가들은 이러한 해석에 대해 형식적인 정당성은 인정되나 제시된 의미가 너무 천박하다며 불만을 표시하고 다른 이론을 제시했다. 이 이론에 따르면, <위, 위, 위>는 <보았노라(je l'ai vue, 주 레 뷔), 가졌노라(je l'ai eue, 주 레 위), 달아났노라(je m'en fus, 주 망 퓌).>로 이해되어야 할 것이다.

    나는 여기서 이 이론에 일반적으로 제기된 반박들을 간략하게 소개하고자 한다. 우선, 대칭이 확연히 눈에 띄는 이 문장에서 늑대는 왜 복합과거를 두 번 사용한 다음에 갑자기 단순과거로 넘어갔을까?[*] 다른 반박은 의미 자체와 관련된 것이다. 그 늑대는 작은 빨간 바지를 <가지지> 못했을 뿐 아니라, 그의 사촌들이 모두 그의 실패를 목격했<u>다는 사실을 아주</u> 잘 알고 있다. 따라서 늑대의 허풍에 근거한

[*] 복합과거와 단순과거는 프랑스어에서 사용되는 과거시제. je l'ai vue와 je l'ai eue는 복합과거인 반면, je m'en fus는 단순과거이다.

이 가설은 제거해야만 하겠다.

또한 무엇이든 결코 두 번 돌아오지 않는다고 주장하여 일반적으로 <강 학파>라 불리는 이상한 사상학파에 대해서도 잠시 언급해야겠다. 우리와 관계된 경우에 있어서, 이 학파의 신봉자들이 내세우는 논증은 이러하다. 우선, 카이사르의 유명한 경구가 두 번 반복되는 것은 불가능하다. 이야기 속의 늑대는 일개 촌 늑대이므로 황제가 말한 것을 알고 있었을 리가 없다. 따라서 그것은 인용도, 표절도, 비꼴 목적의 어떤 패러디일 수도 없다. 그렇다고 이것이 우연에서 기인한 반복일 수도 없기 때문에 늑대의 불완전한 말은 어떠한 경우에도 <보았노라, 가졌노라, 달아났노라.>일 수 없다.

이 논쟁에 끼어들고 싶진 않지만, 여기서 상식에 근거해 간단한 지적을 하는 것도 쓸데없는 짓은 아닐 듯싶다. 늑대의 의도가 라틴어를 썼던 황제의 말을 인용하는 것이었다면, 즉 <Veni, vedi, vici>라고 말하는 것이었다면, 늑대의 붙어버린 이빨 사이로 빠져나온 모음들은 마땅히 <이, 이, 이>였어야 할 테지만 그렇지가 않았다. 따라서 반복은 아예 없었고, <강 학파>의 그럴싸한 논증은 저절로 무너진다.

나로서는 늑대가 문제의 모음 세 개 말고는 전혀 말할 의도가 없었다고 생각하는 것으로, 그리고 이 모음 세 개가 구성된 문장을 나타낸다기보다는, 서로 모순되지만 너무나 명백해 일일이 명명할 필요가 없는 감정들에서 기인한 불확실한 심정을 자연스럽게 드러내는 간략한 표현에 지나지 않는다고 생각하는 것으로 기꺼이 만족할 것이다. 따라서 <위, 위, 위>는 그냥 있는 그대로 <위, 위, 위>로 읽어야 할 것이다. 하지만 이론가가 아니라 이야기꾼에 불과하기에 나는 물론 여기서 아주, 아주 겸허한 심정으로 이 가설을 제시할 뿐이다.

내가 여기서 평소와 다르게 장황한 설명을 늘어놓는 걸 독자들은 용서해주기를. 하지만 나는 많은 양의 잉크를 흐르게 했고, 세계 각지의 저명한 민속학자, 언어학자, 기호론자, 기호학자, 역사가, 비평가, 라틴 문헌학 전문가, 정신분석학자, 심리학자, 구강학자들이 설전을 벌였던 이 놀라운 논쟁을 간략하게나마 설명하는 것이 좋겠다고 생각했다.

b) <아, 이, 요, 아>가 <착시효과>의 모음들이라는 데에 많은 사람의 의견이 일치한다.

c) <아아, 아아>는 아마도 <맞아, 맞아>가 아닐지.

d) <아, 으, 여>에 대해서는 두 가지 해석이 제시되었다. 하나는 <아, 그려>이고, 또 하나는 <나쁜 년>인데, 두 번째 해석이 더 널리 받아들여진다.

e) 불쏘시개마저 꺼져버린 그 깜깜한 어둠 속에서 빨간 바지가 어떻게 그 문과 자물쇠를 볼 수 있었을까? 이 논리적 모순은 가필을 하는 과정에서 생겼을 가능성이 크다.

f) 새로운 논리적 모순. 푸른 수염은 그의 아내에게 마스터키를 주지 않았는가? 그 자물쇠가 마스터키로는 열리지 않는다고 결론지어야 할까? 그렇다면 왜 이야기는 마스터키에 대한 기억을 간직하고 있는 걸까?

g) 다른 버전들에 따르면, 불쏘시개는 여기서 말을 하지 않고, 모험은 그 지하 감옥에서 흐지부지되고 만다. 혹은 둘로 나눠져, 늑대가 빨간 바지를 잡아먹거나, 푸른 수염이 칼에 배가 갈라져 죽는다. 이 모든 버전들이 아주 잔인하다는 것을 고려하지 않더라도, 나는 여기서 불완전하긴 해도 적어도 요정인 불쏘시개를 믿는다.

h) 연기가 남긴 말: <미워도 다시 한 번>

일곱 여자 거인

옛날 옛적에 왕에게 소박을 맞은 왕비가 있었다. 어느 날, 그 왕비가 흑단으로 틀을 짠 창문 근처에 앉아 바느질을 하고 있었다. 그런데 갑자기 하얀 눈송이들이 들이닥쳐 그녀의 눈앞에서 깜박이며 흩날렸다. 순간적으로 앞을 볼 수 없었던 왕비는 바늘에 손이 찔리고 말았다. 하얀 눈 위에 떨어진 피가 너무 붉고, 바늘에 찔린 손가락이 너무 아파, 왕비는 오랜 슬픔이 마음을 휘젓는 것을 느끼며 이렇게 중얼거렸다.

"오, 내 아이가 세상 모든 여자 가운데 가장 아름답기를, 그리고 그 아이와 아름다움을 겨루려는 여자는 죽기를."

왕비는 무심결에 뱉은 기원을 곧 거둬들이려 했다. 본성이 착하고 사려 깊었기에 무심코 뱉은 그 소원이 화(禍)를 부르고 말리라는 것을 능히 예견할 수 있었기 때문이다. 하지만 그 창문의 검은 틀 아래에서, 무리지어 들이치는 하얀 눈송이들 사이에서, 그 불행한 왕비는 딸을 낳고는 이내 숨을 거두고 말았다.

아기는 왕비가 선물하고자 했던 것 중 세 가지를 이미 보여주고 있었다. 살결은 눈처럼 희고, 뺨은 장미처럼 붉고, 섬세한 머리카락은 흑단처럼 검었다. 죽어가는 왕비에 대해 말하자면, 태어나자마자 고아가 된 아기 때문에 마음은 어두웠고, 너무나 많은 눈물을 흘린 탓에 눈은 붉었으며, 경솔하게 내뱉었고, 이루어졌다는 모든 표식을 보여주는 소원 때문에 머리카락은 순식간에 하얗게 세고 말았다.

근처에서 경치를 바라보던 한 사냥꾼이 아기 울음소리를 들었다. 눈에 파묻혀 꽁꽁 언 아기를 발견한 그는 황급히 품에 안아 아기의 몸을 따뜻하게 데워주었다. 아기를 안고 왕비의 상태를 살피던 그는 놀라움과 연민을 주체하지 못하며 궁궐에 닥친 불행을 생각했다. 그는 그 고장에 막 도착한 사냥꾼으로 숲속 연못만큼이나 깊은 눈으로 만사를 바라보는 사람이었다.

겨우 눈을 떠 아기가 사냥꾼의 품에 안겨 있는 것을 본 왕비는 그들이 서로에게 영원히 충실하기를 열렬하게 기원했고, 자신의 명이 다했다고 생각하고는 사냥꾼에게 말했다.

"젊은이, 내 자네에게 한 가지 청할 게 있네. 내가 여기서 편히 죽을 수 있게 왕을 잠시 붙들고 있어 주게."

"왕비님, 기필코 그렇게 하겠습니다." 사냥꾼은 이렇게 말하고는 혈색이 돌아온 아기를 아버지인 왕에게 데리고 갔다.

"전하, 전하의 혈육을 모시고 왔습니다."

카드놀이에 푹 빠져 있던 왕은 고개도 들지 않은 채 사냥꾼에게 말했다.

"저기 앉혀놓게." 미래의 후계자를 위해 최고의 장인들에게 시켜 일부러 만들게 한 왕자의 권좌를 가리키며 왕이 말했다.

아기가 그곳에 앉아 있기에는 너무 약해 자칫 떨어져서 목이 부러질 수도 있겠다고 판단한 사냥꾼은 아기를 그냥 품에 안고 있었다.

"분부대로 했습니다, 전하." 마치 권좌와 거기 앉은 아기를 우러러보는 것처럼 단지 등만 돌린 채 그가 말했다.

"관을 씌워주게." 왕이 말했다.

사냥꾼은 가장 솜씨가 뛰어난 보석세공사들이 제작한 관을 보고는 그것이 거의 노루 한 마리의 무게가 나가겠다고 판단해 그냥 권좌 위에 올려놓기만 했다.

"관이 잘 어울리느냐?" 왕이 물었다.

"놀랍도록 잘 어울립니다." 사냥꾼이 대답했다.

"그래? 장차 너의 왕이 될 사람에게 최초로 관을 씌워준 신하가 됐으니 영광인 줄 알거라." 농담을 즐겨 하는 왕이 말했다.

"전하, 공주님이옵니다." 사냥꾼이 말했다.

화가 난 왕이 벌떡 일어나서는 권좌에 앉을 일이 전혀 없는 계집애 따위를 그곳에 앉혔냐며 사냥꾼을 꾸짖으려 했다. 하지만 사냥꾼이 그런 허튼짓을 삼간 것을 보고는 그의 지혜를 칭찬하며 앞으로 아주 영광스러운 임무가 생기면 그에게 맡기겠다고 약속했다. 사냥꾼이 허리 숙여 절을 하고는 말했다.

"전하, 왕비께서 운명하셨습니다."

왕이 이번에는 정말로 불같이 화를 내며 말했다.

"왜 그 사실을 먼저 고하지 않았느냐? 의전상, 왕비가 공주보다 먼저 아니더냐?"

"전하, 신하들 때문에 그랬사옵니다." 사냥꾼이 목소리를 낮추기 위해 다가서며 말했다.

"뭐라고?" 왕이 말했다.

"전하께서는 저들이 물러갈 때까지 기다리셔야 하옵니다." 사냥꾼은 당돌하게도 자신이 왕을 에워싸고 있는 사냥개 무리의 선두에 있다고 상상하며 말했다.

왕도 가끔은 그의 개들보다 나을 게 없다. 왕은 마치 주인의 목소리를 알아듣기라도 한 것처럼 더 이상 캐묻지 않고 입을 다물었다.

사냥꾼의 품에 안긴 여자아이와 카드놀이에서 패한 왕 말고는 쳐다볼 게 없어 지루해진 신하들은 허리 굽혀 절을 하며 왕에게 축하의 말을 건네고는 하나둘씩 물러갔다. 그러자 젊은 사냥꾼이 말했다.

"전하, 제가 전하를 안내하도록 허락해주옵소서."

왕비가 있는 곳에 도착한 왕은 그녀의 얼굴을 시커멓게 만들어놓은 검은 슬픔, 그녀의 눈을 붉게 물들인 쓰디쓴 눈물, 마지막 순간에 자라나 거대한 장례용 백합 다발처럼 그녀를 에워싸고 있는 새하얀 머리카락을 보았다.

"끔찍하기도 하지!" 왕이 소리쳤다.

"왕비께서는 근심이 많으셨습니다." 사냥꾼이 말했다.

아녀자의 근심 따위에는 관심조차 없는 왕은 내심 신하들을 대동하지 않고 혼자 와서 얼마나 다행인지 모르겠다고 생각했다.

"신하들이 저 마녀를 봤다면 아주 난처할 뻔했구나."

왕이 이렇게 말하며 사냥꾼의 지혜로운 처신을 또다시 칭찬하고는 그에게 맡길 만한 임무가 생기면 왕국의 대신들을 제쳐두고 그를 먼저 부르겠노라고 맹세했다. 이렇게 약속을 하자마자 그에게 맡길 아주 특별한 임무를 떠올린 왕은 엄숙한 목소리로 말했다.

"내 지금 이 자리에서 너를 장례주관자로 임명하고 저 여자의 시신을 너에게 맡기노니, 시신을 옮기고 묘를 파서 묻는 장례 절차 일체를 너 혼자 맡아서 하도록 하여라. 그리고 사람들 눈에 띄지 않게 각별히 조심하거라."

그래서 사냥꾼은 석양이 질 무렵 죽은 왕비를 품에 안고 숲으로 가서 커다란 참나무 아래의 풀숲에 묻었다.

그는 왕비의 묘에 기념 삼아 남길 만한 것을 찾았다. 그 외진 곳에서 아무것도 찾을 수 없었던 그는 자신의 큰 칼을 빼 풀사이에 내려놓았다. 그러고는 풀숲에 앉아 깊은 생각에 빠져들었다.

궁궐로 돌아온 왕은 성 안의 일곱 개의 거울을 덮게 하고는 다른 아내감을 찾아 여행을 떠났다. 한 달 후, 그는 새 아내를 데리고 돌아왔다.

신하들은 시동처럼 짧은 머리에 기사 복장을 하고, 한 걸음을 내디딜 때마다 두 걸음씩 나아가게 할 만큼 탄성이 좋은 고무 반장화를 신은 왕비를 보고 깜짝 놀랐다. 그들은 왕이 왕비와 똑같이 옷을 차려입은 것을 보고는 더욱 놀랐다. 푸른 사과색인 왕비의 옷과는 달리 온통 딸기색이긴 했지만. 어쨌든 그들은 입을 쩍 벌린 채 왕과 왕비를 번갈아 쳐다보고 있을 새가 없었다. 왕비가 긴 여행으로 굳은 몸도 풀고 결혼식으로 인해 중단된 박사논문을 한시라도 빨리 다시 시작하기 위해 곧바로 궁궐 안에서 조깅을 하기로 마음먹었기 때문이었다. 왕도 곧바로 그녀를 뒤따랐다. 약간 헐떡이긴 했지만. 전혀 격식을 차리지 않는 그런 방식에 익숙하지 않은 신하들은 자기 자리에 머문 채 궁궐을 한 바퀴 돌아 반대편에서 달려오는 왕과 왕비를 맞이하기 위해 그저 돌아서기만 했다.

오로지 공부에 더 집중할 목적으로 조깅을 하는 데다 왕실의 골동품에 별 관심이 없어서 어디서도 뜀박질의 속도를 늦춰야 할 이유를 찾지 못한 왕비가 왕보다 훨씬 일찍 도착하자, 무리지어 서 있던 신하들은 한 달 전부터 연습해오던 왕비에 대한 예를 마침내 올릴 수 있게 된 것이 기뻐 즉시 이마가 땅에 닿을 정도로 깊이 허리를 숙여 절을 했다.

그렇게 허리를 숙인 탓에 그들은 왕비가 그들에게 눈길조차 주지 않은 것을 알지 못했다. 단지 왕비가 어떤 숫자를 말하는 것을 들었을 뿐이었다. 그 숫자가 무엇을 뜻하는지 알 수 없어

어리둥절해 있던 그들은 곧이어 왕비가 박수를 쳤기 때문에 그녀를 따라하는 게 좋겠다고 판단하고 덩달아 박수를 쳤다.

하지만 왕이 땀에 젖은 채 헐떡이며 마침내 도착했을 때 당황하는 그들의 표정은 보기 안쓰러울 정도였다. 왕비가 첫 번째 숫자보다 더 큰 숫자를 말하고는 그들이 한 번도 들어본 적이 없는 소리를 냈기 때문이었다. 실제로 왕비는 아주 큰 소리로 "부, 부, 부*"라고 외쳤다. 그런 경우에 어떻게 행동하는 것이 예절에 맞는지 알 수 없었던 신하들은 일제히 시종장을 돌아보았다. 직책상 마땅히 외국어들을 훤히 알고 있어야 했던 시종장은 왕비의 나라에서는 자리를 비웠다가 돌아오는 왕을 환영할 때 저런 식으로 외치는 모양이라고 여기고는 일찌감치 왕비의 총애를 사기 위해 조금도 망설이지 않고 아주 큰 소리로 "부, 부, 부"라고 외쳤다. 신하들도 즉시 "부, 부, 부"라고 소리쳤다. 그런데 왕이 불만스러운 표정으로 쳐다보자, 왕이 그들의 시원찮은 발음 때문에 화가 났다고 여긴 그들은 또다시 더 큰 소리로 "부, 부, 부"라고 외치기 시작했다. 왜냐하면 궁에서는 열의가 부족한 것보다는 과해서 질책을 받는 편이 훨씬 낫기 때문이었다. 하지만 애석하게도 이 오해는 두고두고 잊히지 않을 것이고, 그 원인이 된 왕비에게 오랫동안 짙은 그림자를 드리우게 될 터였다.

궁궐을 두 바퀴째 돌던 왕비는 처음 보는 여자아이와 덮개가 씌워진 거울들을 발견했다.

"저 아이는 누구고, 저것들은 또 뭐죠?" 그녀가 왕에게 물었다.

---

* 왕이 도착할 때, 기록을 재고 너무 늦었다며 볼을 부풀려서 야유하는 소리.

"내 딸이고, 내 거울들이오." 숨이 턱까지 차오른 왕이 짧게 대답했다.

새 왕비는 외톨이로 지내는 아이에게 크나큰 애정을 품었고, 아이가 등에 업을 수 있을 만큼 자라자마자 조깅을 할 때마다 데리고 다녔다. 아부의 말도 훈장도 얻을 수 없어 시들해진 조깅을 이미 오래전에 그만둔 왕 대신에.

전 왕비가 죽은 지 일 년이 지나고 눈이 다시 내리자 사람들은 첫 번째 거울의 덮개를 벗겼다. 여느 때처럼 아침 조깅에 나선 왕비는 자신을 닮은 이미지가 궁궐 회랑 안쪽에서 자신을 향해 달려오는 것을 보았다. 왕비가 놀라 입을 다물지 못하는 사이, 거울이 그녀에게 말했다.

"왕비님, 이 나라에서 가장 가는 허리를 갖지 못하면 당신은 죽게 될 겁니다."

겁에 질린 왕비는 성의 연회장에서 번쩍이는 금과 은으로 된 식기들, 한시도 꺼뜨리지 않아 벌겋게 달아오른 큼지막한 화덕들, 사냥꾼들이 갖다 바치는 멧돼지, 사슴, 노루, 산토끼, 메추라기, 그리고 냉동식품들, 너무나 오래 지속되어서 끝나자마자 다시 시작해야 하는 저녁 식사들을 떠올리고는 자신의 마지막 순간이 왔다고 믿었다. 그래서 그녀는 왕에게 양해를 구하고 운동, 금식, 고행으로 하루를 보냈다. 저녁이 되어 신하들이 모두 물러가자, 그녀는 거울 앞에 서서 물었다.

"거울아, 오 거울아, 이 나라에서 누가 가장 가는 허리를 갖고 있니?"

그러자 거울이 대답했다.

"왕비님, 당신입니다."

마음이 놓인 왕비는 다시 공부를 시작했고, 조정은 그녀가 다시 왕의 점심과 저녁 식사에 나오는 것을 보고 크게 기뻐했다. 그런데 어느 날 아침, 그녀가 여느 때와 마찬가지로 정신을 일깨워 책들과 함께 엄격한 하루를 보내기 위해 궁궐의 회랑들을 달리고 있는데, 거울이 또다시 그녀에게 말했다.

"왕비님, 백설공주가 이 나라에서 가장 가는 허리를 갖고 있습니다."

왕비가 절망에 빠져 말했다.

"거울아, 오 거울아, 백설공주가 아름답다는 건 나도 알아. 나는 그 아이와 경쟁할 생각이 없단다."

그러자 거울이 말했다.

"왕비님, 이 나라에서 가장 가는 허리를 갖지 못하면 당신은 죽게 될 겁니다."

왕비는 왕에게 달려가 하소연을 했지만, 왕은 그 거울들은 조상 대대로 물려받은 것이라 궁궐의 돌들처럼 움직일 수 없는 것이라고, 그 거울들의 말을 듣는 수밖에 없다고 대답했다. 선택의 여지가 없다는 것을 알게 된 왕비는 또다시 고행을 하고는 저녁이 되자 거울에게로 가서 물었다.

"거울아, 이 나라에서 누구의 허리가 가장 가느니?"

그러자 거울이 대답했다.

"왕비님, 당신의 허리입니다."

그렇게 이 년이 지나자 관습에 따라 두 번째 거울의 덮개를 벗겼다. 왕비가 그 거울 앞을 지나가자, 거울이 말을 하기 시작했다.

"왕비님, 이 나라에서 가장 환한 얼굴빛을 갖지 못하면 당신은 죽게 될 겁니다."

겁에 질린 왕비는 곧바로 희귀한 약초와 맑디맑은 이슬을 찾으러 숲과 평원을 돌아다녔다. 저녁이 되자 그녀는 거울에게 달려가 물었다.

"거울아, 이 나라에서 누가 가장 환하고 눈부신 얼굴빛을 갖고 있니?"

그러자 두 번째 거울이 대답했다.

"왕비님, 당신입니다."

세 번째 거울의 덮개를 벗겼을 때, 이미 허리가 너무나 가늘고 피부가 너무나 환했던 왕비는 얼굴이 창백하게 질리며 무릎이 꺾이고 말았다. 세 번째 거울이 왕국에서 가장 윤기 흐르는 머리카락을 요구했기 때문이었다. 그때부터 신하들은 왕비가 매일 저녁 달빛이 비치는 창가에 앉아 그 긴 머리카락을 빗는 것을 보고는 놀란 표정을 지었다. 왕비의 머리카락이 아주 풍성하고 궁궐의 밤들이 몹시 짧아 머리를 빗는 일은 늘 새벽까지 이어졌고, 왕비는 운동과 고행에 늦지 않기 위해 잠시도 쉬지 못한 채 약초를 따 모으는 일에 곧바로 착수해야만 했다.

네 번째 거울은 그녀의 두 눈을 똑바로 쳐다보며 왕국에서 가장 맑은 눈길을, 다섯 번째 거울은 왕국에서 가장 고운 목소리를 요구했다. 여섯 번째 거울이 요구한 것에 대해서는 여기 모두 옮기고, 여러분 각자가 그 이상한 말들을 해석하게 내버려 두도록 하겠다.

"왕비님, 오 왕비님, 일 분, 째깍째깍, 한 번, 두 번, 세 번, 불꽃놀이와 기쁨의 불꽃, 그렇지 않으면 당신은 죽을 겁니다."

왕비는 더 이상 공부도 하지 않았고 먹지도 않았다. 그녀는 마스크팩과 각종 로션으로 피부를 관리했고, 달빛에 머리카락을 빗었으며, 맑은 시냇물에 눈을 담갔고, 나이팅게일, 꾀꼬리와 함께 노래를 불렀다. 거울들은 "왕비님, 왕비님이 가장 아름답지 않으면……"이라고 말했다. 왕비가 "거울아, 누가 가장 아름답니?"라고 물으면, 거울들은 "왕비님, 당신이 가장 아름답습니다."라고 대답했다.

하지만 왕비는 점점 지쳐갔다. 고행은 그녀의 아름다운 색깔들을 퇴색시켰고, 달빛 아래 밤을 새워 하는 빗질은 그녀의 눈 아래에 그림자를 드리우고 그녀의 목을 쉬게 만들었다. 첫 번째 거울의 요구에 부응하자니 두 번째, 세 번째 거울의 요구를 쫓을 수 없었고, 두 번째 거울의 요구를 너무 고분고분 따르면 네 번째, 다섯 번째의 요구에 불충실할 수밖에 없었다. 그래서 그토록 자존심이 강했던 왕비였지만, 결국 여섯 번째 거울의 비위를 맞춰줄 수조차 없었다.

어느 날 아침, 여섯 번째 거울이 반복해 말했다.

"왕비님, 일 분, 째깍째깍, 한 번, 두 번, 세 번, 불꽃놀이와 기쁨의 불꽃, 그렇지 않으면 당신은 죽을 겁니다."

왕비는 눈물에 젖어 이렇게 대답할 수밖에 없었다.

"거울아, 오 거울아, 한 시간, 여기 문지르고 저기 문지르고, 땀과 습진, 되는 건 없고 와장창."

일곱 번째 거울의 덮개를 벗긴 날 아침, 잠옷 차림의 왕비는 창백한 안색에 맨발로 넓은 궁궐의 얼어붙은 복도들을 돌아다녔다. 달빛 아래 점점 쪼그라드는 왕비의 젖가슴을 훔쳐보다 지겨워진 신하들은 쌍안경을 내려놓고 일찌감치 잠자리에 들었고, 녹초가 된 왕도 시트 속에서 코를 골며 자고 있었다. 기댈 사람도 조언을 구할 사람도 없었던 왕비는 홀로 황량한 복도들을 나아갔다. 마침내 일곱 번째 거울 앞에 도착한 그녀는 눈을 들었다. 그러고는 기다렸다. 잠시 후, 그녀가 말했다.

"거울아, 오 거울아, 왕비가 널 바라보는데 왜 넌 아무 말도 하지 않니?"

그래도 거울은 입을 꾹 다문 채 왕비에게 아무것도 비치지 않는, 깊이를 알 수 없는 은빛 표면만을 보여주었다.

왕비는 또다시 왕에게로 달려가 자신이 궁궐의 자랑인 일곱 번째 거울 앞에 섰는데 거울이 아무것도 비추지 않는다고 알렸다. 그러자 왕이 말했다.

"부인, 부인이 거울 앞에 섰는데 거울이 부인에게 아무것도 보여주지 않는다면 그것은 부인이 아무것도 아니기 때문이오. 아무것도 아닌 것이 왕을 성가시게 하는 것은 있을 수 없는 일이오."

왕비가 부들부들 떨며 말했다.

"하지만 바로 지금 제가 전하 앞에 있지 않습니까? 전하는 제가 보이지 않으십니까?"

"부인, 나는 내 조상이 남긴 유산이자 내 백성의 자랑거리인 내 거울들이 보는 것을 보오. 내 거울들이 부인을 보지 않는다면, 내가 보기에 나도 부인을 보지 않는다고 보는 것이 맞을 것 같소. 아무한테도 말하지 않기 위해 말하는 것이 왕에게는 어울리지 않는 일이니, 이제부터 내가 보지 않는다고 보는 게 맞는 것 같은 것에게 말하는 걸 자제하도록 하겠소."

궁궐의 많은 열쇠구멍에 무리지어 들러붙어 있던 신하들은 그 방에서 오간 대화를 모두 엿들었다. 곧바로 거울의 은색 합금 같은 것이 그들의 눈을 꽁꽁 얼려버렸다. 마침내 회랑 위쪽에 모습을 드러낸 왕비가 본 건 유리구슬 눈에 온몸이 뻣뻣하게 굳은 꼭두각시들뿐이었다. 그들은 왕비가 지나가는데도 손끝 하나 까딱하지 않았다. 회랑 끝에 대리석 층계가 있었다. 아무도 붙들지 않았기 때문에 그 층계를 내려간 왕비는 통로를 계속 나아가 곧 숲 언저리에 도착했다. 날이 어두워지자 문들이 닫혔고 그녀는 버려졌다.

여러 해 동안 거울의 요구에 시달려 더는 아주 젊지 않았던 왕비는 겁에 질린 가슴을 안고 느린 걸음으로 나아갔다. 그녀는 혼자 중얼거렸다.

"내가 이 궁궐로 따라왔던 왕은 어디 있지? 내가 사랑했던 책들은 어디 있지? 내 몸의 활기와 기쁨은?"

왕비는 어두운 오솔길들을 따라 걸었고, 곧 또 다른 고통이 그녀의 가슴을 짓눌렀다.

"나와 그토록 즐겁게 놀았던 어린 백설공주는 어디 있지?"

어린 백설공주를 방치하다시피 한 칠 년의 세월을 떠올리자 왕비는 어지러워 거의 실신을 할 뻔했다.

숲은 무성하고 가시투성이였다. 너무나 가는 그녀의 다리는 후들거렸고, 너무나 연약한 그녀의 피부는 벗겨졌으며, 너무나 긴 그녀의 머리카락은 가시덤불에 자꾸 걸렸다. 어둠을 뚫고 나아가려 했지만 그녀의 시선은 흐트러졌고, 소리를 지르려고 했지만 그녀의 목소리는 갈라졌다. 왕비는 한 나무의 발치에 앉아 죽음을 생각했다.

그 사이 궁궐에서는 왕비가 사라졌다는 소식이 신하들 사이에 퍼졌고, 모두가 그들의 주인인 왕이 어떤 결정을 내릴지 기다리며 고개를 숙인 채 입을 다물었다.

왕은 슬픔과 모욕감 사이에서 난감해하고 있었다. 그러다 마침내 모욕감이 승리를 거두었다. 왕비가 죽은 것처럼 보였기 때문에 그의 생각에는 왕비가 정말로 죽어야만 할 것 같았다.

그래서 그는 비밀리에 사냥꾼을 불러 숲으로 가 왕비를 찾아 죽이고 그것을 증명할 뭔가를 가지고 오라고 명령했다.

하지만 마음이 두뇌만큼 뱅뱅 돌아가고 창자만큼 배배 꼬여 있었던 왕은 젊디젊은 사냥꾼을 설득해 임무를 차질 없이 완수하게 만들기 위해서는 자신의 위엄과 나이의 권능에 보다 상식적인 어떤 도덕적 추론을 더해야 한다고 느꼈다. 따라서 그는 사냥꾼에게 왕비가 왕과 신하들, 궁궐, 농부들, 송아지들, 밀들에게 위험하기 짝이 없는 마녀라고, 그녀가 살아 있는 한 온 자연이 용의 불타는 혀 위에 놓인 한낱 지푸라기에 지나지 않는다고 말했다.

사냥꾼은 생각에 잠긴 채 자신의 임무를 수행하러 갔다. 그는 나무 아래서 슬피 울며 여전히 죽음을 생각하고 있는 왕비를 찾아냈다.

"날이 어두워졌군요." 사냥꾼이 말했다.

누군가 자신을 찾아와준 것에 위안을 얻은 왕비가 울음을 그치고 말했다.

"춥기도 하고요."

"눈이 내릴 것 같아요." 사냥꾼이 말했다.

"그런데 아직 아무것도 못 잡았나요?" 왕비가 물었다.

"누가 저에게 가져다 달라고 한 건 구하기가 아주 어려운 겁니다, 부인."

"그럼 당신이 벌을 받게 되나요?" 왕비가 말했다.

"아마도 그렇게 되겠죠."

"그럼, 여기 내 반지를 받으세요. 마을로 내려가 이걸 팔아서 당신이 요구받은 사냥감을 사세요."

"감사합니다, 부인." 사냥꾼이 말했다.

그는 반지를 받아 왕비의 착한 마음씨를 생각하며 궁궐로 돌아갔다.

"왕비는 죽었습니다. 여기, 왕비의 반지를 가져왔습니다." 그가 왕에게 말했다.

그 반지를 알아본 왕은 사냥꾼을 치하했다. 그런 다음 그는 거울들을 덮개로 씌우게 했고 두 번째 왕비의 상을 치르기 시작했다.

깊은 숲속에 홀로 남은 왕비는 다시 걷기 시작했다. 짐승들이 그녀 앞을 지나가 그녀의 심장을 쿵쾅거리게 했다. 그녀는 너무나 무서워서 어느 쪽으로 가야 할지 알 수가 없었다. 얼마 안 가 그녀는 비틀거리기 시작했다.

"칠 년이 흘렀는데 나를 부축해줄 팔 하나 없고, 내 팔마저도 힘이 빠졌구나!"

시련에 빠진 왕비는 이렇게 한탄했다. 그렇지만 그녀는 더 이상 죽음을 생각하지 않았다. 그렇게 어렵사리 앞으로 나아가고 있는데 갑자기 그녀 앞에 집이 나타났다. 너무나 커서 처음에는 아름드리나무들이 우거진 숲으로 착각했을 정도였다. 가까이 다가가 살펴보니, 그것은 숲속에서 발견하리라고 예상할 수 있는 것보다 훨씬 높고 훨씬 넓은 오두막이었다. 창문 너머에서 불빛이 새어 나오고 있었다. 왕비는 문을 밀고 들여다보았다.

집 안에 있는 것들은 하나같이 거대했다. 드넓은 식탁 위에는 거대한 접시 여섯 개가 배열되어 있었고, 접시마다 거대한 숟가락, 거대한 칼과 포크, 거대한 컵이 함께 놓여 있었다. 식탁 중앙의 뜨거운 판 위에 어마어마하게 큰 냄비가 놓여 있었고, 거기서 김이 모락모락 피어오르고 있었다.

인정사정없는 궁궐의 거울들을 보며 많은 세월을 헛되이 보낸 왕비가 아니었다면 아마도 그 물건들의 어마어마한 크기를 보고는 줄행랑을 치고 말았을 것이다. 하지만 그녀는 물러서지 않았고, 곧 용기를 내어 더 안쪽으로 들어갔다. 더 가까이 가서 보니, 식탁은 레이스 식탁보로 덮여 있었고, 접시들은 꽃들로 장식되어 있었다. 집 전체에서 허브를 넣은 수프 냄새가 은은히 풍겼다.

그런데 식탁이 너무 높았다. 왕비는 의자 위에 의자를 겹쳐 일종의 계단을 만들었고, 그것을 통해 식탁보까지 올라갔다. 그런 다음 접시들을 겹쳐 만든 두 번째 계단으로 냄비 가장자리까지 올라간 그녀는 마치 배를 타듯이 국자 위로 뛰어내려 음식의 호수에서 마시고 먹었다. 배를 채운 그녀는 냄비 한가운데 둥둥 떠 있는 국자 속에서 잠이 들고 말았다.

날이 완전히 어두워지자 그 집의 여주인들이 돌아왔다. 그들은 산을 돌아다니며 광석을 캐는 여섯 명의 여자 거인들이었다. 그들이 여섯 개의 거대한 초에 불을 붙였다. 집 안이 밝아지자마자, 그들은 누군가 집 안으로 들어왔다는 것을 알아차렸다. 왜냐하면 모든 것이 그들이 두고 간 상태로 있지 않았으니까. 그들이 동시에 외쳤다.

"누가 의자들을 이렇게 겹쳐놨지?"

"누가 그것들을 계단으로 만들었지?"

"누가 그 계단으로 올라갔지?"

"누가 접시들을 옮겨놨지?"

"누가 그것들을 계단으로 만들었지?"

"누가 그 계단으로 올라갔지?"

그러고는 모두가 동시에 허리를 숙여 들여다보고는 외쳤다.

"누가 우리 냄비 속에서 자고 있지?"

그들은 국자 속에서 누가 자고 있는지 더 잘 보기 위해 손잡이를 잡아 국자를 수프 위에서 천천히 돌렸다.

"여자야, 여자!" 모두가 국자를 자기 쪽으로 당기며 앞 다퉈 외쳤다.

"어쩜 저리도 말랐을까!" 몸집이 크고 힘이 세서 '거대한 유방'이라 불리는 첫 번째 여자 거인이 말했다.

"어쩜 피부가 저리도 투명할까!" 손이 가죽처럼 거칠어 '예쁜 티눈'이라 불리는 두 번째 여자 거인이 말했다.

"이게 웬 뒤죽박죽이니!" 머리를 빡빡 밀어 '대포알'이라 불리는 세 번째 여자 거인이 허리를 숙여 수프 속에 뒤엉킨 채 칡넝쿨처럼 떠 있는 머리카락을 들어 올리며 말했다. 바로 그 순간 왕비가 눈을 떴다.

"어쩜 눈길이 저리도 슬플까!" 눈빛이 너무나 형형해서 '화염방사기'라 불리는 여자 거인이 외쳤다.

자신을 둘러싸고 있는 여자 거인들을 본 왕비가 비명을 내질렀다.

"어쩜 목소리가 저리도 아기 같을까!" 천둥 같은 목소리로 야수들을 달아나게 하고 길 잃은 사람들을 불러들인다 하여 '트럼펫'이라 불리는 여자 거인이 소리쳤다.

여섯 번째 여자 거인이 허리를 숙이더니 왕비를 집어 손바닥에 올려놓고 잠시 쥐고 있다가 속삭였다.

"어쩜 몸이 이리도 차가울까!"

이 여자 거인의 이름은 '색녀'였다. 수프를 먹었는데도 몸이 따뜻해지지 않았던 왕비는 곧 자신에게 열기가 전해지는 것을 느꼈고 완전히 생기를 되찾았다.

그녀는 몸을 일으키고는 여자 거인들에게 자신도 그 집에서 지낼 수 있게 해달라고 애원했다. 여자 거인들은 크게 기뻐하며 식기를 하나 더 내왔다. 그 후로 왕비는 어디든 그들을 따라다녔다. 낮에는 그들과 함께 산으로 갔고, 밤에는 가장 넓고 늘 연인들로 가득한 색녀의 침대에서 잤다. 돌아누운 등, 삼킨 눈물, 차갑게 식은 시트 속에서 맞는 하얀 새벽밖에 몰랐던 왕비는 금세 단잠과 이웃에 대한 사랑을 되찾았다.

기력을 되찾은 왕비에게는 여자 거인들이 그리 거대해 보이지 않았고, 식탁에 올라가 식사를 하기 위해 의자들을 겹쳐 계단을 만들 필요가 전혀 없게 되었다.

그 사이, 궁궐에서 늙은 신하들과 낡은 거울들에 둘러싸여 늘 해온 짓거리들을 계속하던 왕은 어느 날 아침 마치 잊고 있었던 충치처럼 모욕감이 깨어나는 것을 느꼈다. 그는 또다시 사냥꾼을 불러 비밀리에 말했다.

"아무래도 반지만으로는 안 되겠다. 그 반지를 끼던 손가락이 여전히 생기로 가득해 감춰져 있어야 할 것을 긁어댈 준비가 되어 있지 않다고 누가 장담할 수 있겠느냐? 다시 숲으로 가서, 나를 만족시킬 수 있을 만한 왕비의 신체 일부를 가지고 오너라."

젊은 사냥꾼이 자신에게 전적으로 헌신하기를 바랐던 왕은 그에게 용기를 불어넣기 위해 지난번과 마찬가지로 짧은 연설을 준비했다. 지난번 연설에서 몇 가지 중요한 점을 고친 것으로, 마녀인 왕비 탓에 나라에 실업이 만연하니 가장 신속하고 지속적인 방식으로 그녀를 제거해야 하며, 그러지 못할 경우 젊은 사냥꾼들조차 왕의 지극한 호의에도 곧 일자리를 잃을 위험에 처하게 될 거라는 내용이었다.

심원한 고찰들이 적절하게 섞여 있는 자신의 작문에 크게 만족한 왕이 기쁜 마음으로 연설을 시작하려고 하는데, 아뿔싸, 그에게는 연설을 하고 자시고 할 시간이 없었다.

"전하, 당장 달려가겠습니다." 젊은 사냥꾼은 이렇게 말하고는 인사를 하는 둥 마는 둥 하고, 황당해하는 왕을 남겨둔 채 십자형 유리창을 단숨에 뛰어넘어 숲으로 사라졌다.

"내 백성이 나를 사랑하는구나." 왕은 결국 이렇게 중얼거리고는 그토록 민첩하게 궁궐의 유리창을 뛰어넘는 젊은 사냥꾼들을 상상하며 혼자만의 놀이들을 즐기러 갔다.

사냥꾼은 어렵지 않게 왕비를 찾아냈다. 왜냐하면 왕비가 고통 속에서 헤매다 그를 처음 만났던 오솔길을 자주 찾아와 거닐었으니까. 왕비가 머리카락을 자른 것을 본 그가 걸음을 멈추고 말했다.

"부인, 지나가던 길이었는데 이렇게 또 뵙게 되는군요."

"아, 이번에는 또 뭘 찾고 계세요?" 왕비가 말했다.

"거위깃털을 찾고 있습니다, 부인, 베개를 만들어 전하께 바치려고요."

"헛걸음하셨네요. 여기서는 거위를 본 적이 없거든요."

"전하께서 두통 때문에 못 살겠으니 꼭 구해 오라십니다."

"못 구해 가면 어떻게 되는데요?"

"제가 일자리를 잃게 되겠지요, 부인."

"그럼 잘라놓은 내 머리카락을 드릴 테니 따라오세요. 부드럽고 풍성해서 베개 속에 넣어 가져가면 왕도 틀림없이 거위깃털로 여길 거예요."

"고맙습니다, 부인."

왕비는 사냥꾼을 여자 거인들의 집까지 데려가 자신의 머리카락을 내어주었다. 그러고는 그가 떠나는 것을 바라보며 마음속으로 저토록 젊고 부드러운 매너를 가진 사냥꾼이 늙은 왕의 광기를 만족시키기 위해 숲을 헤매어 다녀야 하는 것이 애석하다며 한숨을 내쉬었다.

한편, 사냥꾼도 마음이야 매한가지였지만 그에게는 한숨을 쉬고 있을 시간이 없었다. 그 광활하고 야생적이고 어두운 숲에서 너무나 착하지만 너무나 멸시당하는 왕비에게로 이르는 길을 잃어버리지 않기 위해 그녀에게서 받은 작은 머리 타래들을 걸어놓을 만한 곳에는 모두 걸어놓느라 몹시 바빴으니까.

마침내 그는 궁궐에 도착했고 왕에게 왕비의 머리카락을 보여주었다.

"머리에서 직접 뽑았느냐?" 왕이 물었다.

"예, 전하." 사냥꾼이 말했다.

"아주 세게 당겨서 단숨에 뽑았느냐?"

"예, 전하."

"그래, 나라도 그렇게 했을 게다."

"전하께서는 이 머리카락을 보관하시려는지요?" 사냥꾼이 물었다.

"이 끔찍한 것을! 꼴도 보기 싫으니 쓰레기통에 버려라." 왕이 대답했다.

사냥꾼은 그 머리 타래들을 쓰레기통에 버리기는커녕 가슴에 품어 보관했고, 그 머리 타래들은 왕실 납품업자들의 엉성한 천보다 그의 가슴을 훨씬 더 따뜻하게 해주었다.

하지만 그로부터 얼마 후, 왕이 또다시 사냥꾼을 불렀다.

"머리카락으로는 안 되겠다. 이번에는 심장을 가져 오너라." 왕이 말했다.

"전하, 왕비께서는 이미 여러 달 전에 돌아가셨습니다. 시신이 부패해 숲의 낙엽과 뒤섞여서 심장도 발도 손도 전하께 가져다 드릴 수가 없습니다." 근심 어린 표정으로 사냥꾼이 말했다.

언제부턴가 젊은 사냥꾼들이 과학을 공부한다는 사실을 떠올린 왕은 그에게 아무것도 모르는 바보로 비치고 싶지 않았다.

"'심장'이라는 말은 은유적 표현일 뿐이고, 내가 생각했던 건 당연히 어떤 부위의 뼈였느니라."

실수를 저질러 내심 언짢았던 왕은 체면을 세우기 위해 자신이 훨씬 더 잘 알아서 확실히 두각을 드러낼 수 있는 주제를 다시 꺼냈다. 왕비는 마녀인고로 왕의 임무를 수행하기 위해 노심초사하는 그는 신하들에게, 특히 마녀와 맞닥뜨리는 위험에 자주 노출될 수밖에 없는 젊은 사냥꾼들에게 불미스러운 사고가 생기지 않도록 마녀가 확실히 죽었다는 것을 확인하고 또 확인해야만 했다.

왕의 말을 귀 기울여 듣지 않았던 사냥꾼은 왕이 말을 마쳤다는 것도 몰랐다.

"자, 이제 가보아라." 왕이 말했다.

사냥꾼은 넋 나간 사람처럼 느린 걸음으로 문을 향해 걸어갔다.

젊은 사냥꾼이 훌쩍 뛰어넘는 모습을 보고 싶어서 일부러 창문을 활짝 열어줬던 왕은 속으로 생각했다.

'내 백성이 나를 덜 사랑하는군.'

그래서 그는 앞으로 신하들과 대화의 눈높이를 맞추기 위해 궁궐의 학자를 불러 과학과 다른 쓸데없는 것들에 대해 강의를 좀 해달라고 해야겠다고 마음먹었다.

사냥꾼이 여자 거인들의 집에 도착했을 때, 왕비는 밖에 나와 정원을 일구고 있었다.

"어머나, 또 당신이네요. 이번에도 지나가는 길이었나요?" 왕비가 말했다.

뭐라고 대답을 해야 할지 알 수 없었던 사냥꾼이 시간을 벌기 위해 말했다.

"부인, 제가 궁궐로 돌아가면서 실수로 부인의 머리 타래 몇 줌을 떨어뜨리고 말았습니다. 왕께서 베개가 너무 가볍다고 하셔서 그것들을 주우러 다시 돌아와야만 했습니다."

사냥꾼의 장황한 변명을 조금도 믿지 않았던 왕비가 웃으며 말했다.

"이렇게 또 날 찾아왔으니 이번에는 뭘 달라고 할 건데요?"

왕비가 또다시 웃었다. 그 순간 사냥꾼은 왕비의 입에서 금줄 두 개로 고정시켜놓은 작은 은니를 보았다.

"부인의 그 작은 은니를 저에게 주십시오." 그가 갑자기 감정이 격해져 말했다.

왕비가 웃음을 멈추고 물었다.

"내 은니는 가져다 뭐 하게요?"

하지만 자신이 당돌했다는 생각에 말문이 막힌 사냥꾼은 대답할 말을 찾지 못했다. 아무리 생각을 해봐도 마땅히 대답할 말이 없었다. 왕이 그녀를 죽이려 한다고 말한다면? 왕비가 아직 왕을 사랑한다면 어쩌면 그 말을 듣고 스스로 목숨을 끊을 수도 있었다. 그렇다고 입을 다물고 있을 수도 없었다. 그러면 틀림없이 왕비가 이상한 생각들을 품게 될 것이고 그를 영원히 쫓아버릴지도 몰랐다. 자신에게 닥칠 것은 오로지 불행뿐이라고 생각한 사냥꾼은 어느 것이 더 큰 불행인지 저울질해봤지만 결정을 내릴 수 없었다.

불행하기는 왕비도 마찬가지였다. 한편으로는 달라는 것을 흔쾌히 줘버리고 싶기도 했지만, 입만 벌리면 보이는 데다 솜씨 좋게 끼워놓아서 다른 이들과 거의 구별이 되지 않는 이를 덥석 줄 수도 없는 노릇이었으니까.

그들은 둘 다 이러지도 저러지도 못하고 있었다. 결국 사냥꾼이 더는 그곳에 머무르지 못하고 가야만 하는 순간이 찾아왔다.

집으로 돌아온 여자 거인들은 슬픈 표정으로 삽에 몸을 기댄 채 마치 마법에 걸린 것처럼 미동도 하지 않는 왕비를 발견했다. 그들은 왕비가 살아 있는지 확인하고는 그들이 집을 비운 사이 누가 찾아왔느냐고 물었다.

"왕의 사냥꾼이 왔었어요." 그녀가 말했다.

여자 거인들은 궁궐 사람이 그들의 집까지 찾아왔다는 사실을 알고 크게 노했다.

"원하는 게 뭐래요?" 그들이 다시 물었다.

"내 은니요." 왕비가 대답했다.

여자 거인들은 왕비가 그 사냥꾼을 만난 게 이번이 처음인지 알고 싶어 했다.

"전에도 한 번 왔었어요." 왕비가 말했다.

"그때는 뭘 원했는데요?"

"잘라놓은 내 머리 타래요."

그러자 여자 거인들은 왕비에게 그 사냥꾼을 만난 게 딱 두 번뿐이냐고 물었다.

"그 전에도 한 번 왔었어요."

"그때는 또 뭘 원했는데요?"

"내가 끼고 있던 반지요."

그 후로는 여자 거인들이 아무리 캐물어도 왕비는 아무것도 말해주려 하지 않았다. 그녀는 홀로 집 뒤쪽 작은 골방으로 가서 허름한 거적 위에 몸을 뉘었다.

여자 거인들은 크게 당황했다. 산에서 땅속 깊이 박힌 광석이 좀처럼 나오지 않을 때 늘 하던 것처럼, 그들은 왕비가 감추고 있는 알 수 없는 비밀을 그 맥석에서 캐내기 위해 의견을 나누었다.

"그 남자, 제비족이야." '트럼펫'이 하도 크게 외치는 바람에 다른 거인들의 몸이 잠시 흔들렸다.

"어려움에 처한 가엾은 사람이야." '거대한 유방'이 하도 동정 어린 어투로 말해 다른 거인들의 눈에 눈물이 핑 돌았다.

"아마 놈팡이일 거야." 사냥보다 연애를 더 좋아하는 '예쁜 티눈'이 말했다.

"스파이거나 밀수꾼일지도 몰라." '화염방사기'가 말했다.

"아니면 사냥꾼으로 변장한 살인자거나." '대포알'이 말했다.

"하지만 그는 왕비를 죽이지 않았어." '색녀'가 하도 간드러지게 말하는 바람에 여자 거인들은 이상하게 마음이 흔들리는 것을 느꼈다.

착한 여자 거인들은 산에서 광석이 나오지 않고 버틸 때 하듯이 이렇게 의논에 의논을 거듭했다. 하지만 왕비의 마음은 가장 깊이 묻힌 광석보다 더 깊이 묻혀 있는 미스터리였다. 그것이 그들이 캐내고자 하는 모든 광석 중에 가장 아름답고 가장 소중한 것이 아니었다면, 그들은 이미 오래전에 그것을 포기하고 말았을 터였다.

그 사이, 사냥꾼은 숲속을 헤매고 있었다. 그믐이라 몹시 어둡고 사방에는 뒤틀린 나뭇가지들뿐이었다. 그는 자신이 어디로 가는지도, 무엇을 하는지도 알지 못했다.

오랫동안 헤맨 그는 흰 안개가 긴 띠처럼 떠다니는 숲속 빈터에 도착했다. 그는 얼핏 빈터 중앙에서 원형으로 놓여 있는 커다란 돌 여섯 개를 본 듯했다. 너무나 피곤했던 그는 그 돌들이 좋은 쉼터가 될 수 있을 거라고 생각했다. 사냥이 아무리 힘들어도 피곤한 줄 몰랐던 그였는데 이상하게도 몸을 가눌 수 없을 정도로 피곤했다.

그래서 그는 여섯 개의 돌 한가운데 몸을 뻗고 누웠다. 그러자 곧 흰 안개가 그의 정신에 스며들어 그를 이상한 꿈속으로 데려가는 느낌이 들었다. 돌 하나가 그에게 말을 하기 시작했다.

"너는 왜 왕비를 만나러 왔니?"

"왕이 그녀를 죽이려고 하니까."

"그런데 너는 왜 그녀를 죽이지 않았지?"

"그녀를 사랑하니까." 사냥꾼이 깊이 잠든 채 말했다.

"왕비는 너보다 훨씬 나이가 많아." 다른 돌이 말했다.

"왕도 왕비보다 훨씬 나이가 많아." 사냥꾼이 말했다.

"왕비는 네 엄마뻘이야."

"엄마뻘이면 어때? 난 엄마한테 불만 없어." 사냥꾼이 다시 말했다.

"왕비는 엄청난 고통을 겪었어."

"내가 위로해줄 거야."

"왕비는 이제 다른 여자들과는 달리 거인이 됐어."

"그럼 뙤약볕 아래에서는 더 큰 그늘을, 추위 속에서는 더 많은 열기를 주겠지."

"왕비는 사랑을 원해."

"내가 그녀의 수사슴이 되어줄 거야."

"그녀는 아이를 가질 수 없을 거야."

"그녀는 나의 암사슴이자 새끼 사슴이 될 거야." 사냥꾼이 여전히 잠든 채 부드러운 목소리로 말했다.

"왕비는 더 이상 왕비가 아니게 될 거야."

"그럼 더 좋지!" 사냥꾼이 말했다.

돌들이 잠시 입을 다물었고, 곧 그중 하나가 말을 이었다.

"왕비가 너를 보고 웃으면 진주 같은 치아들 사이에 빈 구멍이 하나 보일 거야."

사냥꾼은 곧바로 대답하지 않았다.

"내가 그녀를 위해 새끼 멧돼지의 이빨 하나를 구해올 거야." 그가 마침내 말했다.

이 마지막 질문에 대답하기 위해 그가 기울인 노력과 당장 그 임무를 시작하려는 욕망이, 마치 그가 이미 어떤 길 잃은 짐승의 뒤를 쫓고 있기라도 한 것처럼 그를 갑자기 깨어나게 했다.

숲속 빈터를 떠돌던 안개는 이미 사라지고 없었다. 그가 그곳에서 보았다고 믿었던 달과 커다란 돌들 역시. 햇살 아래, 이끼 속에, 금줄 두 개가 둘러진 작은 은니가 반짝이고 있었다.

사냥꾼은 그것을 왕에게 갖다 주었고, 이에 만족한 왕은 상(喪)이 끝났다고, 그러니 지체 없이 거울들의 덮개를 벗겨도 좋다고 선언했다.

　한껏 기분이 들뜬 왕은 자신이 가진 보물들을 둘러보며 그 놀라운 아름다움을 한 번 더 우러러보고 싶은 마음이 생겼다. 이렇게 해서 그는 그가 가장 소중하게 여기는 경이로운 보물, 일곱 개의 거울이 있는 대 회랑에 도착했다. 첫 번째 거울이 그에게 금관과 흰 담비 망토, 그리고 은 왕홀을 보여주었다. 두 번째 거울도 첫 번째 거울을 따라했다.

　거울들이 여전히 그들의 의무를 다하고 있는 것을 본 왕은 제일 안쪽에 있는 일곱 번째 거울이 있는 곳에 도달하는 순간까지 보무도 당당하게 계속 나아갔다. 그런데 다른 거울들보다 훨씬 어두운 그 거울은 처음에는 그에게 아무것도 보여주지 않았다. 그것을 의아하게 여긴 왕이 허리를 숙여 거울을 들여다보았고, 곧 그는 거기서 깊은 숲, 그리고 그 깊은 숲속에서 밝게 빛나는 집, 그리고 그 집의 창문에서 마치 그를 쳐다보는 듯한 왕비를 발견했다.

　불같이 화가 난 왕은 당장 사냥꾼을 불러오라고 명령했다.

　"네놈이 날 속였어." 왕은 이렇게 말하고는 신하들에게 그를 숲속의 나무에 묶어두라고, 굶어 죽거나 야생의 짐승들에게 잡아먹히게 절대 풀어주지 말라고 명령했다. 동시에 왕은 군대를 보내 살려서든 죽여서든, 사지가 멀쩡한 대로 혹은 곤죽을 만들어서라도 왕비를 잡아 오라고 명령했다.

　궁궐이 왕비를 잡아 올 채비로 소란스러운 동안, 나무에 묶인 사냥꾼은 속으로 자신의 신세를 한탄했다.

'나는 두 번 다시 해를 보지 못할 거야.'

이 생각은 그의 고통을 누그러뜨리기는커녕 곧 훨씬 더 끔찍한 또 다른 생각을 불러일으켰다.

'나는 두 번 다시 왕비를 보지 못할 거야.'

그러자 끊임없이 뒤로 물러서는 지평선처럼 다른 생각들이 뒤따랐고, 그것들은 모두 하나같이 참혹한 것들이었다.

'왕비는 다시 왕을 만나겠지.'

'왕이 왕비를 죽일 거야.'

'어쩌면 죽이지 않을 수도 있어.'

'혹시 재결합할지도 몰라.'

눈이 내리기 시작했다. 숲을 하얗게 뒤덮는 부드러운 눈송이를 맞으며 사냥꾼은 그의 도움에도 끝내 숨을 거두었던 첫 번째 왕비를 떠올렸다. 그러자 그의 가슴에 평화가 찾아들었다. 울음을 멈추자 눈이 맑아졌다. 그 순간, 발아래 풀잎 사이에서 반짝이는 칼날이 그의 눈에 들어왔다. 그는 첫 번째 왕비의 무덤 위에 묶여 있었던 것이다. 그것은 그가 기념 삼아 놓아뒀던 칼이었다. 결박을 푼 사냥꾼은 왕이 공격을 준비하고 있다는 사실을 알리기 위해 곧장 여자 거인들에게로 달려갔다.

제일 먼저 도착한 병사들은 강가에서 벌거벗은 채 그들을 향해 다리를 벌리고 있는 아름다운 여인을 발견했다. 웬 떡이냐는 듯 그녀에게 달려든 병사들은 얼마 안 가 그녀의 다리 사이에서 헤어 나오지 못했다. 그러자 여자 거인은 그들을 마치 끈끈이에 걸린 파리처럼 하나씩 떼어내어 강에 던져버렸고, 얼음이 그들을 꼼짝 못하게 만들었다.

"열 명 처리요." 그녀가 말했다. 그 여인은 바로 '색녀'였다.

캄캄한 오솔길을 나아가던 두 번째 부대의 병사들은 갑자기 앞쪽에서 이글거리는 두 눈이 번쩍이는 것을 보고 어린 시절에 들은 이야기에 나오는 늑대인간이나 악마의 고양이를 보기라도 한 것처럼 꽁지가 빠져라 달아났다.

"열 명 처리요." '화염방사기'가 말했다.

또 다른 병사들이 깊은 골짜기를 나아가고 있었는데, 갑자기 어마어마하게 큰 소리가 메아리쳐 울리자 병사들은 엄마가 자신들을 엄하게 꾸짖는 소린 줄 알고 한낱 개구쟁이들처럼 달아나버렸다.

"열 명 처리요." '트럼펫'이 말했다.

휴한지에 흩어져 있던 네 번째 부대는 '예쁜 티눈'과 맞닥뜨렸고, 그녀는 그들을 먼지처럼 쓸어버렸다.

경솔하게도 좁디좁은 협곡에 발을 들여놓은 다섯 번째 부대는 용수철이 달린 듯 보이는 거대한 공과 마주쳤다. 공은 데굴데굴 굴러 모든 병사를 볼링 핀처럼 허공에 날려버렸다.

끝으로, 겁도 없이 집에 너무 가까이 다가간 마지막 병사들은 거대한 유방을 가진 여인과 마주쳤다. 그녀는 그들을 붙들어 모두 품어버렸다. 그 품이 너무나 좋았던 그들은 젖먹이처럼 온순하게 변해 떠날 줄 몰랐다.

왕의 크고 막강한 군대 중에 죽은 자들은 더 이상 움직이지 않았고, 죽지 않은 자들은 감히 왕 앞에 모습을 드러내지 못하고 자취를 감췄다.

신하들에게 이 패배를 감추는 게 낫겠다고 판단한 왕은 일곱 번째 거울을 다시 덮어버리는 것으로 만족했다. 하지만 왕이 새로운 계략을 펼칠까봐 걱정이 됐던 여자 거인들은 왕비와 사냥꾼에게 다른 곳으로 가서 자리를 잡으라고 채근했다. 그러나 백설공주를 떠올린 왕비는 차마 그 아이를 궁궐에, 눈길이 수시로 변하는 신하들과 여섯 개의 거울을 들여다보는 왕의 곁에 홀로 남겨두고 떠날 수가 없었다.

그러던 어느 날, 궁궐 근처에 갔다가 돌아온 사냥꾼이 왕비에게 말했다.

"부인, 백설공주가 첫 번째 거울 앞을 지나는데, 거울이 <백설공주, 이 나라에서 가장 가는 허리를 갖지 못하면 넌 죽게 될 것이다.>라고 말했다고 합니다."

"그 아이한테도!" 얼굴이 백지장처럼 변한 왕비가 말했다.

"부인, 백설공주는 이제 마시지도 먹지도 자지도 않습니다. 그 아이는 거울들을 견뎌내지 못할 거예요. 이제 우린 어떡하죠?"

왕비는 자신의 대모인 여섯 명의 여자 거인을 찾아가서 자신이 딸처럼 아끼는 백설공주를 도와달라고 부탁했다. 그들은 야밤에 사냥꾼이 알고 있는 문으로 몰래 궁궐로 들어가 백설공주를 너무나 뻔한 죽음으로부터 구해내기로 결정했다.

궁궐이 무덤보다 더 적막해서 백설공주 구출작전은 일사천리로 진행되었다. 그런데 그들이 대 회랑에 이르렀을 때 갑자기 왕비가 벌벌 떨기 시작했다.

회랑은 길고 적막했다. 십자형 창문들을 통해 미광이 스며들었고, 거대한 커튼들이 얼음처럼 차가운 공기 속에서 일렁였다. 아귀가 안 맞는 문짝들의 삐걱거림이 가슴을 에는 한탄처

럼 바닥을 내달렸다. 왕비는 돌처럼 굳어 감히 걸음을 내딛지
못했다.

"부인, 왜 그러세요?" 사냥꾼이 물었다.

"저기." 얼이 빠진 눈길로 벽 안쪽을 가리키며 왕비가 말
했다.

저기, 회랑 맨 안쪽, 짙은 어둠 속에서 일곱 개의 거울이 넘
어설 수 없는 장벽처럼 우뚝 서서 번뜩이고 있었다.

사냥꾼은 두 팔로 왕비를 잡아 부드럽게 안아주었다. 이제
그들은 그 무시무시한 벽으로부터 몇 미터밖에 떨어지지 않은
곳에 있었다. 그런데 그때 갑자기 왕비가 사냥꾼의 품에서 빠져
나와 첫 번째 거울을 향해 몸을 내던졌다. 그러고는 흐느껴 울
며 맨주먹으로 거울을 치기 시작했다. 어찌나 세게 쳤는지 손의
감각을 거의 잃을 지경이었지만 거울에는 금조차 가지 않았다.

"부인, 저것들은 마술거울이에요. 힘으로는 어쩔 수 없을 겁
니다." 사냥꾼이 애원하듯 말했다.

하지만 왕비는 거의 기절한 상태로 바닥에 쓰러져 더 이상
움직이려 하지 않았다. 사냥꾼이 그녀의 머리를 자신의 무릎에
올려놓고 상처투성이인 그녀의 팔을 부드럽게 쓰다듬어주었다.
여자 거인들이 비탄에 잠겨 그들을 바라보았다.

"이제 곧 해가 뜰 거예요." 그 지경에서도 약간 기운을 차린
'트럼펫'이 나지막이 말했다.

"어서 가야 해요." '화염방사기'가 덧붙였다. 그녀의 이글거
리는 두 눈은 눈물에 젖어 있었다.

위험하게도 고집을 부리는 왕비를 모두가 말리려 했다. '예
쁜 티눈'이 힘으로 왕비를 데려가려 했지만 사냥꾼이 반대했다.

"왕비님이 마음으로 느끼는 게 틀릴 리가 없어요." 그가 말했다.

그는 양팔로 왕비를 부축한 채 거울과 여자 거인들을 번갈아 쳐다보며 혼자 사냥을 다니던 젊은 시절부터 어려움이 닥치면 늘 하던 대로 깊은 생각에 빠져들었다. 갑자기 그가 벌떡 일어섰다.

"여기 있는 첫 번째 거울은 가는 허리밖에 생각하지 않아요. 당신들 중 허리가 가장 굵은 사람이 거울 앞에 서보세요. 어떤 일이 벌어질지 봅시다."

사냥꾼이 시키는 대로 '거대한 유방'이 거울 앞에 서자, 듣는 이를 소름 끼치게 하는 기분 나쁜 소리가 나며 거울 위로 긴 금이 갔다. 금이 맨 아래까지 이어지자 거울이 와장창 소리를 내며 깨졌다.

"이번에는 '예쁜 티눈'이 광채가 나는 안색만을 생각하는 거울 앞에 서세요."

그러자 두 번째 거울이 깨졌다.

"'대포알'이 머릿결만 생각하는 거울 앞에 서세요."

그러자 세 번째 거울이 깨졌다.

"'화염방사기'가 물거품 같은 텅 빈 눈길만 비추길 원하는 거울 앞에 서세요."

그러자 네 번째 거울이 깨졌다.

"여자들이 새의 목소리를 갖기 위해 새대가리가 되기를 원하는 거울 앞에 '트럼펫'이 가서 서세요."

'트럼펫'이 그렇게 했고, 다섯 번째 거울이 깨졌다.

"이번에는 '색녀'가 앞으로 나서세요."

아름다운 '색녀'가 그 탐스러운 엉덩이를 실룩거리자 여섯 번째 거울이 사랑 없는 연인들의 침대 시트에 잡힌 슬픈 주름들처럼 산산조각 났다.

하지만 일곱 번째 거울은 무엇으로도 깨트릴 수가 없었다. 그 사이, 왕비는 탑에 갇혀 홀로 울고 있는 백설공주를 찾으러 갔다. 왕비, 여섯 여자 거인, 병든 아이를 업은 사냥꾼은 마침내 궁궐을 빠져나왔다.

이미 왕비를 치료한 적이 있는 착한 대모들에게 백설공주를 맡긴 왕비와 사냥꾼은 아이가 건강을 되찾자마자 아주 머나먼 곳, 어느 커다란 항구 근처로 가서 아이를 가지지 않고 셋이서 아주 행복하게 살았다.

일곱 번째 거울은 있던 자리에 그대로 서 있었다. 왕이 그 앞을 지나다 허리를 구부려 들여다보면 해양박물관의 관장이 된 사냥꾼, 도시의 한 대학에서 철학을 가르치는 왕비, 큰 열의 없이 대학입학자격시험을 준비하고 있는 백설공주를 볼 수 있었다.

여자 거인 중 몇몇은 신혼부부를 따라갔고, 몇몇은 그냥 산에 남아 여름방학 때마다 휴가를 즐기러 찾아오는 백설공주를 기다렸다. '색녀'는 국회에 진출해 열심히 정치를 하고 있다.

왕은 일곱 번째이자 하나 남은 거울 앞에 자신의 권좌를 갖다놓게 하고는 은으로 두르고 보석을 박아 넣은 대형 텔레비전을 보기라도 하듯 그로서는 이해할 수 없는 그 이미지들을 매일 밤 꾸벅꾸벅 졸며 쳐다보고 있다.

잠자는 숲속의 왕비

소문 하나가 뜰과 아래 뜰들을 떠돈다. 그것은 성을 둥글게 에워싸는 벽, 굳게 닫힌 십자형 유리창, 수군거림이 들려오는 문들을 넘는다. 그것은 뜰 한구석에 덩그러니 놓인 검고 큰 통을 넘고, 두꺼비와 뱀이 숨어 있는 수풀과 돌들을 뒤흔든다. 복도를 돌아다니는 하녀들은 깜짝 놀라 귀를 쫑긋 세운다. 하인들도 마찬가지다. 수군거림이 두려움에 떠밀려 이리저리 돌아다닌다. 왕비는 식인귀래, 궁궐 사람들은 말한다. 왕은 좋은 사람이고, 이렇게도 말한다.

나는 궁궐을 번민으로 에워싸는 그 소문을 듣는다. 여러 날 전부터 성벽 주변을 맴돌던 내 생각들은 벽들 내부로 빨려 들어가 내동댕이쳐지고 격분 속에서 뒹굴었다. 흥분에 들뜬 수군거림이 잦아들 때까지, 사태가 다시 명백해질 때까지, 사람들이 다시 명확하게 들을 때까지.

왕은 좋은 사람이다. 그는 선왕들, 그의 조상들이 그에게 물려준 의무를 다한다. 그는 아침마다 외딴 정원으로 부왕을 알현하러 간다. 그는 주렁주렁 줄지어 매달린 토마토 사이를 비틀거리며 걸어 다니는 부왕을 발견한다. 부왕은 매일 토마토가 잘 자라는지 살피러 그곳에 온다. 그 토마토는 색이 누렇고, 연꽃잎 비슷하게 생긴 넓은 잎사귀 위에서 자라는 어마어마하게 큰 종이다. 하지만 그것은 먹을 수가 없다. 냄새가 너무 고약하기 때문이다. 어떤 것은 얼마나 큰지 늙은 왕의 가장 큰 왕관과 둘레가 거의 같다.

"아름다운 토마토입니다." 감히 코를 막지 못한 채 왕이 말한다.

"그래." 늙은 왕이 고개를 주억거리며 말한다. "내가 매일 이곳에 오는 이유지. 내 비록 늙고 지쳤지만 의무는 다해야 하니까."

왕은 퉁퉁 불어 잎사귀 위에 웅크리고 있는 그것이 혐오스럽다. 하지만 그는 그 사실을 깨닫지 못한다. 그는 공손하게 허리를 숙인 채 늙은 왕의 말에 귀 기울이고, 배배 꼬인 고리 모양의 회색 꼬리로 그를 대놓고 비웃는 것처럼 보이는 그 크고 누런 토마토를 다시 쳐다본다. 젊은 왕은 성마른 성격의 늙은 왕비가 종종걸음으로 토마토 사이를 지나 그들에게 다가오는 것을 보고, 침이 마르도록 찬사를 늘어놓는다.

"네 아버지는 기력이 예전 같지 않은데도 의무를 다하신단다. 너도 네 의무를 다하고 있겠지?" 그녀가 말한다.

"그럼요, 어머니. 대신들뿐 아니라 요리사들의 회의에도 빠지지 않고 참석하고 있어요." 왕이 대답한다.

"네 아버지가 일전에 너한테 준 토마토는?"

"마르진 않았어요." 왕이 대답한다.

"커지긴 하고?" 늙은 왕비가 다시 묻는다.

"생각해보니, 커지지는 않은 것 같아요."

"네 토마토는 커져야 해. 네 왕관만큼 커져야만 해. 네 아버지의 토마토를 보렴. 너보다 무덤에 훨씬 가까운데도 저렇게 크게 키우셨잖니."

왕은 불안한 마음으로 아내에게 맡긴 자신의 토마토를, 아내가 창문 턱 위에서 썩어가게 내버려둔 그것을 생각한다. 그는 감히 눈을 들어 늙은 부모를 쳐다보지 못한다. 그의 불안한 눈길이 밭 한쪽 구석에서 뒹구는 검은 통에 가닿았다가 땅바닥으로 미끄러져 머문다.

젊은 왕은 근심이 많다.

"네 안사람은 어떻게 지내니?" 늙은 왕비가 묻는다.

"이야기를 해주면서 지내요."

"이야기?"

"아이들한테요."

"아이들?" 늙은 왕비가 다시 묻는다.

"부모 잃은 아이들요."

"그따위 일들은 하녀들한테 맡기면 되지 않니?"

"하녀들은 틀린 이야기를 해준대요."

"틀린 이야기?"

"아이들한테요."

"의무는 어떡하고?"

"그게 그 사람 의무래요."

"아이들에게 이야기를 해주는 게?"

"부모를 잃은 아이들에게 진짜 이야기를 해주는 게요." 당황한 왕이 대답한다.

늙은 왕비의 눈살이 뾰족한 지팡이에 찔린 토마토처럼 찌푸려진다. 궁궐에 이런저런 소문이 떠돌고, 하녀들이 밤마다 그것들을 늙은 왕비에게 전해준다. 예를 들어, 젊은 왕비가 밤마다 일어나 정원을 거닌다거나, 밑도 끝도 없는 말들을 중얼거린다거나, 울다가 웃기를 반복한다거나, 그 눈물과 웃음이 어디서오는지 아무도 모른다거나, 그녀가 물끄러미 쳐다볼 때면 그녀의 눈 뒤에 아무도 본 적이 없는, 어마어마하게 크고 축축하게 젖은 짐승의 눈 같은 것이 있다거나 하는 등의 소문을.

"못된 짐승의 눈?" 이야기를 듣던 사람들이 눈을 반짝이며 묻는다.

"반은 땅속에 숨어 땅의 일들을 생각하는 짐승의 눈이래요."

"그 짐승을 쳐다보면 뭐가 보인대요?"

"깊은 우물 속의 물처럼 일렁이는 반사광이 보인대요."

"그 짐승이 쳐다보면 무슨 일이 일어난대요?"

"주변 풍경이 사라지고 뭐가 뭔지 알 수 없는 다른 풍경이 나타나서 막 어지럽대요."

"왕비의 눈 뒤에 숨어 쳐다보는 짐승이 무슨 짓을 한대요?"

"자신을 쳐다보는 사람 속으로 들어가서 기(氣)를 빨아먹는대요. 일단 기가 빨리면 자신이 누군지도 모르게 되고, 주변의 것들도 더는 이전 같지 않대요."

틀림없어, 왕비는 식인귀야.

늙은 왕비는 갖은 시련에 지쳤다. 그녀는 이 마지막 시련의 무게에 눌려 등이 굽은 채 성벽 아래에 난 길을 따라 돌아간다. 그녀의 눈에는 높은 성벽을 따라 언제나 거기, 궁궐 바로 위에 펼쳐진 드넓은 하늘을 향해 올라갈 만한 믿음이 없다. 그녀의 눈길은 바닥을 헤맨다. 그녀는 옆쪽에 누가 그곳까지 끌어다 놓은 시커먼 통이 있는 것을 보고는 자신의 노쇠한 몸과 끓어오르는 분노를 거기에 기댄다. 마음 같아서는 휘어버린 팔다리를 그곳에서 쉬게 하고, 그 통 아래에서 더는 움직이지 않고 싶다. 그녀의 머리를 들끓게 하는 저주가 그 통의 검은 금속으로 건너가 그것을 냄비처럼 달구기를 바라면서.

늙은 왕비가 투덜대는 동안, 젊은 왕은 그의 영토 끄트머리에 있는 아주 작은 나라와 전쟁을 하러 떠났다. 날마다 승리와 죽음의 소식이 도착한다. 날이 저물면, 사람들은 그토록 큰 영광을 기뻐하는 군중 틈에서 젊은 왕비가 어두운 나무 그늘에 앉아 얼이 빠진 창백한 얼굴을 하고 흐느끼는 것을 본다. 왕비는 밤이 되면 전장을 누비며 시체를 먹고 싶어 하는 식인귀다.

왕이 전쟁에서 돌아왔다. 그가 포로들을 끌고 와 장식 융단들이 내걸린 커다란 방에 전시한다. 군중이 돌아가고 포로들이 지쳐 쓰러지자, 왕비는 그들에게 달려가 아무도 관심을 갖지 않는 그들의 낯선 언어와 이야기에 귀를 기울인다. 이튿날, 왕좌실(王座室)에서 그녀가 무릎을 꿇고 기며 소리친다. "저들의 말을 들으세요. 저들의 말을 들으세요!" 왕비는 식인귀다. 그녀는 그 괴물들에게 자신의 백성을 먹잇감으로 던져주고, 그들과 함께 패륜의 잔치를 벌이고 싶어 한다.

포로들의 아내가 아기를 낳았다. 왕비는 피와 태반이 말의 배설물과 함께 짚단 속에서 흘러 다니는 외양간으로 갔다. 그녀는 진창에서 뒹구는 신생아들을 거둬 데리고 갔다. 왕비는 적들의 내장에서 나온 상한 살을 먹고 사는 식인귀다.

한편, 젊은 왕은 사냥을 한다. 그는 어느 굴 앞, 두더지가 쌓아놓은 흙더미 위에 누워 있는 하녀를 발견한다.

"당신이 내 굴을 막고 있소." 젊은 왕이 말한다.

"죄송해요, 내가 멍하니 몽상에 잠겨 있었네요." 하녀가 말한다.

그날 오후, 토끼 그림자를 얼핏 봤다고 생각한 젊은 왕이 그것을 쫓아 내달렸다. 그런데 토끼 굴 위에 또 그 하녀가 누워 있었다.

"당신이 내 길을 막고 있소." 젊은 왕이 말한다.

"아, 내가 깜빡 졸았네요." 하녀가 말한다.

그날 밤, 마침내 사냥감을 바짝 뒤쫓던 젊은 왕이 길 한가운데 누워 있는 몸에 걸려 넘어졌다.

"또 당신이로군!" 젊은 왕이 말한다.

"잠이 들었어요. 깜깜한 밤인데 당신이 날 깨웠군요."

젊은 왕은 그 하녀가 불평을 멈추게, 그래서 방해받지 않고 다시 사냥을 할 수 있게 그녀를 궁궐로 데려갈 수밖에 없었다.

그가 숲속에서 찾는 것은 나무들의 갈색 기둥 사이로 얼핏 보여 다가가 보면 사라지고 없는 여우들의 적갈색 꼬리였다. 하녀 때문에 사냥이 지체된 탓에 젊은 왕은 그곳에서 밤을 새우게 될 것이다.

이튿날, 젊은 왕비는 식탁 상석에 앉아 새 신부를 쳐다본다. 새 신부의 눈동자 속에 돋은 바늘들을 본다. 다른 사람의 눈길이 스칠 때마다 그 눈동자가 어떻게 졸음으로, 졸음에 빠진 안개로 자신을 가리는지 본다. 하지만 젊은 왕비는 아무 말도 하지 않는다. 새 신부가 두려움을 잊을 수 있게, 그 눈동자가 잠에 빠진 여자의 베일 뒤에 웅크린 채 염탐하는 일을 그만두게. "당신의 왕비는 아무 말도 하지 않아요. 그녀는 음험해요." 새 왕비가 나중에 자신의 남편에게 말한다.

젊은 왕비가 복도를 거닐며 새 신부에게 말한다. 왕비가 그녀에게 부드럽게 말한다. 그녀에게 망원경과 지구전도의 방, 두개골과 뼈대의 방, 증류기로 가득한 방을 보여준다. 젊은 왕비는 새 왕비가 마음대로 들어가 자신의 권리를 행사할 수 있게 그 방들이 무엇을 하는 곳인지 설명해준다. "왕비는 말이 너무 많아요. 그 말들이 날 소름끼치게 해요." 한때 하녀였던 새 왕비가 나중에 자신의 남편에게 말한다.

자줏빛으로 물든 깊은 밤, 젊은 왕비가 생각에 잠겨 산책로를 거닐다가 정원의 뾰족한 철책 위에 내려앉은 달을 보았다. 그녀는 새 왕비를 찾으러 달려갔다.

"저것 좀 봐, 꽃 같은 달이 줄기 같은 철책들 위를 미끄러질 거야. 조금 있다 마지막 줄기에 이를 때쯤이면 달이 붉게 물들 거야. 그러면 잎들이 저 달을 침대 속에서처럼 품에 안아줄 거야. 이런 일은 딱 한 번만 일어나. 그리고 그건 널 위한 거야."

새 왕비는 철책의 번뜩이는 쇠창살 위로 달이 굴러가는 것을 쳐다보았다. 그녀는 핏빛으로 물드는 달을, 잎들의 검은 송진이 그 달을 삼키는 것을 보았다. 돌아선 그녀는 왕비의 눈을 보았다. 그 눈 뒤에서 미처 몰랐던 다른 커다란 눈, 어둡고 축축하게 젖은 눈을 보았다. 그녀는 달도, 그 눈도 싫었다. 그녀는 자신이 알아보지 못하는 것들이 전혀 마음에 들지 않았다. 그로 인해 그녀는 더는 그 무엇도 풀 수 없을 딱딱하고 위험하기 짝이 없는 작은 응어리를 가슴에 품었다.

그녀는 달아났다. 궁궐을 향해 달려갔다. 달려가다가 누가 정원 한가운데에 끌어다 놓은 커다란 통, 너무 검어서 달이 없는 밤에는 눈에 보이지도 않는 통에 부딪히고 말았다. 그 아래 웅크리고 있던 늙은 왕비가 욕설을 내뱉었다. 새 왕비는 겁에 질려 내달리다가 자갈길 위에서 신발까지 잃어버리고 말았다. 화가 단단히 난 그녀가 쩔뚝이며 궁궐에 도착한다.

"왕비는 식인귀예요. 그녀는 달의 피를 즐겨 마시고, 그녀의 눈길은 철책의 쇠창살처럼 모든 것을 찢어놓아요. 게다가 그녀의 목소리는 숲속 오솔길을 늑대처럼 내달려요." 그녀가 말한다.

젊은 왕은 궁궐을 떠도는 두려움, 뜰과 회랑, 방들 위에서 소용돌이치는 두려움을 느낀다. 그는 그 두려움을 붙잡아 어딘 가에, 저 아래, 사람들이 아는 것들 가운데, 사람들이 그것에 지정해주는 것에, 다시 말해 식인귀에게 전가하고 싶다. 다들 그얘기를 하니까. 젊은 왕과 새 왕비는 서로 미워한다.

왕비는 그들이 다투는 소리를 듣는다. 그녀는 너무나 아름 답지만 방치된 아이들, 오로르와 프티 주르*를 데리러 간다. 격 분과 앙심의 불꽃이 튀어 아무에게나, 심지어 죄 없는 사람에게 도 상처를 입힐 수 있는 그 복도들로부터 멀리 떨어진 곳으로 그들을 데려간다.

"왕비님, 다들 왕좌실에서 기다리십니다." 잔뜩 화가 난 하 인이 와서 말한다.

"나는 오로르와 프티 주르를 데리고 있어서 갈 수가 없네." 왕비가 말한다.

하인은 할 수만 있다면 당장 그 자리에서 왕비의 치마를 걷 어 올리고 그녀의 엉덩이를 자신의 크고 시퍼런 손으로 흠씬 패 준 다음 자신의 크고 붉은 성기로 범하고 싶다. 궁궐에 사는 어 느 누구도 그렇게 하지 않으니까. 그는 누가 자신에게 허락만 해준다면 왕비를 바닥에 내동댕이치고 자신의 누런 엉덩이로 그녀의 얼굴을 깔아뭉개고 싶다.

---

* 샤를 페로의 동화에서 잠자는 공주를 깨운 왕자와 공주 사이에서 낳은 아이들이 오로르와 프티 주르이다. 왕자의 어머니는 식인귀였는데, 손주 들과 공주를 잡아먹고 싶어 했다.

왕비는 하인의 눈길에서 그 모든 것을 본다. 그녀의 눈 뒤에 있는 커다란 눈의 물이 탁해지며 역류한다. 그녀의 양손이 부들부들 떨린다. 하지만 그녀는 오로르와 프티 주르를 데리고 있다. 그녀가 양팔로 두 아이를 감싸 안는다. 두 아이가 그녀의 목에 기대 몸을 웅크린다. 그녀는 그들의 따뜻한 침과 작은 쪽쪽거림을 느낀다. 그녀에게 기운이 돌아온다. 소박맞은 왕비들, 위험에 빠진 왕비들의 오래된 비밀이 그녀를 도우러 날아온다.

　"썩 물러가거라!" 그녀가 하인에게 소리친다. 목소리에 담긴 울먹임이 날카로운 수정으로 변한다.

　하인은 예리한 수정들이 뻗친 방패처럼 그녀를 감싸는 것을 본다. 그는 지금 당장은 그녀가 강자라는 것을, 그래서 그녀에게 접근해서는 안 된다는 것을 깨닫는다. 그가 그를 노려보는 눈길에 떠밀려 회랑 끝까지 천천히 물러서더니 결국 모습을 감춘다.

　구름이 비춰 만들어진 단순한 무지갯빛이었던 것처럼 수정들이 사라진다. 다시 회색으로 변한 빛 속에서 그녀는 자신이 덜덜 떨고 있는 것을 느낀다. 그녀는 해가 떠서 질 때까지, 그리고 밤새, 궁궐의 의사들이나 잠을 모르는 하녀들이 염탐할 수 있는 그녀의 꿈속에서까지 위험이 닥칠 때마다 그 방패를 솟아나게 할 수 있을까? "내가 그럴 수 있을까? 과연 그럴 수 있을까?" 그녀가 홀로 말한다. 아무도 그 불안에 찬 호소에 대답하지 않는다. 그 무엇도 걷어낼 수 없는 회색빛이 창문들 주위에, 아이들의 뺨 위에, 그녀 자신의 생각들 아래 깊은 그늘을 드리운다.

　왕비가 두 아이를 데리고 복도를 내달린다. 그것은 놀이일까, 도망일까? 그들은 알시 못한다. 그들은 숨이 차서 말을 하지 못한다. 회랑 끝에서 병사들의 호위를 받으며 아주 긴 행렬이 다가온다. 왕비는 한 장식 융단 앞에 꼼짝 않고 선다. 그녀는 다가오면서 점점 커지는 얼굴들을 본다. 그녀는 앞으로 나아갈 수도, 그렇다고 뒤로 물러설 수도 없다. 바로 그때 그녀 뒤에 걸려 있는 장식 융단이 그녀를 도와준다. 불안에 사로잡힌 그녀의 피부 조직과 하나가 되어 그것들을 진정시키고, 그 비단 섬유로 왕비와 아이들을 장식 속의 태연한 인물들과 뒤섞는다. 왕비는 눈앞을 지나가는 사람들을 본다. 그들은 고개를 돌려 그녀를 뻔히 보고도 벽밖에 못 본 것처럼 아무 표정 변화 없이 다시 고개를 돌린다. 행렬 한가운데, 무장한 병사 넷이 크고 검은 통을 벨벳으로 싸인 바퀴 위에 실어 조용하게 끌고 간다.

왕비와 아이들은 복도를 달리고, 층계를 오르고, 여러 층을 지나고, 또 다른 복도와 층계를 올라 성벽 꼭대기에 도착한다. 그들은 그렇게 높은 곳까지는 가본 적이 없다.

그들 셋이 겨우 서 있을 정도로 좁은 성벽 꼭대기의 공간 위로 거센 바람이 분다. 그 바람은 한 틈새에서 다른 틈새로 슬그머니 달아나는 바람이 아니다. 깃발들을 펄럭이게 하는 바람도, 드레스 천 아래로 차가운 칼날들을 날리는 바람도 아니다. 부엌의 죽은 냄새들을 저녁 공기 속으로 퍼트리는 바람도, 밤이 되어 철책을 닫을 때 뜰을 지나는 검은 바람도 아니다. 산책로 외딴 구석에 나뒹구는 낙엽을 훑고 가는 바람은 더더욱 아니다.

그것은 왕비가 한 번도 만나본 적 없는 바람, 한 지평에서 다른 지평으로 달리는 바람, 들어 올리고 쾅 닫히게 하고 실어

가고, 또한 말을 하는 바람이다. 왕비는 그 말을 아주 또렷하게 듣는다.

"당신은 죽을 거야." 바람이 말한다.

"아냐, 아냐." 왕비가 말한다.

"저 아래를 내려다봐." 바람이 말한다.

"싫어." 왕비가 뒤로 물러서며 말한다.

"내려다보라고." 바람이 그녀를 난간으로 밀어붙이며 말한다.

"내려다보고 있어." 왕비가 말한다.

"뭐가 보여?" 바람이 왕비를 떠밀며 묻는다.

"아무것도 안 보여." 왕비가 간신히 버티며 대답한다.

"뭐가 보여?"

"행렬이 보여."

"행렬이 어떡하고 있지?"

"돌고 있어."

"무엇을 돌고 있지?"

"잘 안 보여."

"무엇을 돌고 있지?" 바람이 그녀를 난간 바깥으로 떠밀며 다시 묻는다.

"통 주변을 돌고 있어." 왕비가 말한다.

"통 안에는 뭐가 있어?" 바람이 소리친다.

"두꺼비들." 왕비가 소리친다.

"그리고 또?"

"꽃뱀과 독사들." 왕비가 소리친다.

"그들이 통 속에 누굴 던져 넣을까?" 바람이 울부짖는다.

"나, 바로 나." 왕비가 흐느끼며 대답한다.

"달아나." 바람이 탑 꼭대기 위에서 휘몰아치며 말한다.

"늙은 왕은? 늙은 왕비는?"

"그들은 행렬 속에 있어."

"그럼 젊은 왕과 새 왕비는?"

"그들도 행렬 속에 있어."

"짐승들이 나와서 그들을 잡아먹을 거야."

"네가 할 수 있는 건 없어."

"저 아래로 몸을 던질 순 있어."

"그들은 다른 짐승들을, 다른 식인귀들을 찾아낼 거야."

"통이 기울어. 짐승들이 움직여!"

"달아나, 어서 달아나."

"오로르, 프티 주르." 왕비가 소리친다.

"왕비님." 아이들이 울부짖는다.

"달아나, 달아나." 바람이 소리친다.

바람아, 불어라. 세차게 불어서 왕비를 그 성벽에서 날려버려라. 난간 모서리를 붙들고 매달리는 그녀의 두 손을, 꺼칠꺼칠한 돌에 들러붙은 그녀의 가슴과 배를 떼어내버려라. 추워서 시퍼렇게 질린 그 아이들을 돌려보내버려라. 그녀의 머릿속으로도 마구 불어라. 그녀의 두 발을 단번에 잡아 그 벽들에서 먼 곳으로, 갈래갈래 굽이굽이 이어진 길 위로 실어가라. 그녀의 가벼운 머리가 그녀를 데려가기를, 그녀를 둘러싸고 있는 몸도 함께 가기를, 그래서 가장 높은 성벽에 올라가도 보이지 않는 길 끝까지, 지평선까지 움직이는 모든 것에 가닿기를. 그리고 무엇보다 내가 그토록 큰 희망을 걸었던 왕비를 절대 놓지 말기를.

그런데 바람과 함께 이토록 크게 소리를 질러대는 나는 누구지? 일들이 이렇게 흘러가지 않는다는 걸 내가 모른단 말인가? 돌풍은 잦아들고, 하루하루가 무미건조하다. 왕이 복도를 거닐며 중얼거린다. "아무나 골라서 채찍질이라도 해야겠어." 죽은 자들이 펄럭이는 깃발이 아니라 들판에서 썩어가는 쓰레기로 변해버린 후로, 백성들은 불만이 가득하다. 늙은 왕과 늙은 왕비는 끊임없이 부풀어 오르는 토마토 앞에 앉아 멍청이가 되어가고, 젊은 왕은 도무지 잡히지 않는 여우의 꼬리털을 좇아 습한 숲들을 돌아다닌다. 새 왕비는 밤마다 바람이 불어대는 방에 앉아 꾸벅꾸벅 조는 척을 한다. 그러면서 검은 뜰을 오락가락하며 자신을 염탐하는 붉은 손의 하인을 곁눈질한다. 하녀들의 수군거림이 끊임없이 돌아다닌다. 폭풍우가 몰아치는 저녁의 벌 떼처럼, 잡음이 끼어든 전파의 윙윙거림처럼, 머리를 가득 채워 나날의 내용을 흐리고 날들을 뒤섞어 숨이 턱턱 막히는 털 뭉치로 만드는 소문처럼. 눈 뒤에서 바라보는 어둡고 축축하게 젖은 큰 두 눈이 매번 조금씩 흐려져 젊은 왕비는 생기를 잃어간다. 왕비는 떠날 것인가, 떠나지 않을 것인가?

　　그녀는 첫 번째 것과 거의 다르지 않은 또 다른 궁궐을 향해, 그녀가 남겨두고 갈 사람들과 곧 똑같아질 다른 왕, 다른 왕비들, 하녀들, 하인들에게로 떠날 것이다. 오 왕비여, 나는 또 다른 성벽 속에서 당신을 찾을 수 있을까? 거기에 당신의 위대한 모험, 당신이 나에게 열어줄 모든 길, 당신이 나에게 보여줄 모든 것이 있을까? 내가 사무치게 필요로 하는 왕비여, 나는 당신을 어디서 찾을 수 있을까?

  왕비는 길을 나섰다. 그녀는 순례자의 복장, 눈에 잘 띄지 않는 푸른색 진 바지와 갈색 가죽 윗도리를 입었다. 그녀는 길을 걷는 모든 사람과 똑같이, 바닥에서 눈을 떼지 않으려고 신경을 써가며, 누가 말을 시키면 그 사람과 같은 방향으로 고개를 움직이려고 조심해가며 길을 나아간다. 사람들은 그것을 통해, 그 소심한 표정과 딱딱하게 굳은 팔다리를 통해 그녀를 알아본다. 사람들이 고개를 아래에서 위로 쳐들면, 왕비 또한 잠시 망설이다 눈을 위로 쳐든다. 그녀가 무색의 하늘밖에 보지 못했다는 것을 나는 안다. 무엇이든 시도 때도 없이 바꿔대는 사람들이 고개를 위에서 아래로 내리면, 그녀는 고개를 숙여 발길에 닿은 길바닥만 본다. 사람들이 고개를 이쪽에서 저쪽으로 돌리면, 그녀는 온 신경을 집중한다. 나는 그녀의 넋 나간 표정을 통해 그녀가 오른쪽에서 쇄도하는 군중밖에, 왼쪽에서도 익사자들을 집어삼킨 물처럼 얼굴들을 굴려가는 똑같은 군중밖에 보지 못했다는 것을 안다. 그녀는 말을 거는 사람들처럼 계속 고개를 이쪽저쪽으로 움직인다. 걸음처럼, 군중처럼 멈추지 않는 반복 속에서 좇아야 하는 리듬에 따라, 빠르게 혹은 천천히, 완만하게 혹은 급격하게.
  왕비는 이제 완전히 지쳤다. 팔다리가 쑤시고, 얼룩들이 눈앞을 지나간다. 그녀는 때때로 사팔뜨기가 되고, 고개를 하도 흔들어댄 탓에 틱이 인다.
  다른 사람들, 다른 사람들! 그들은 어디에나 있다. 그들을 수용할 수 있는 궁궐은 없다. 그들은 아무 배려 없이 와서 왕관들처럼 머리를 무자비하게 차지한다. 하지만 그들은 왕관이 아니다. 왕좌처럼 몸을 웅크리게 하지만 그들은 왕좌도 아니다. 그들 자체로 아주 크거나 아름다울 수 없는 그들은 조신들처럼 몰려오고 물러가지만, 그들이 길 위에서 줄어들지 늘어날지는 알 수가 없다. 그 가운데에는 하인들의 무례한 눈도 있고 하녀들의 수다스러운 혀도 있다. 하지만 눈과 혀 주변의 생김새는 결코 똑같지 않다. 왕비들의 마술도 얼굴 없는 눈길과 말들에 대해서는 속수무책이다. 다른 사람들은 너무나 많지만 그들을 수용할 궁궐은 없다! 마치 성벽, 끝이 서로 이어진 복도, 뜰, 탑, 또한 초상화들의 내부에서 모든 살이 빠져나간 것 같다. 그 살이 곧 사방으로 날아가며 마주치는 모든 것에 생채기를 내는 알갱이들로 해체된 것 같다.

　　왕비가 걸음을 멈췄다. 그녀는 물론 오로르와 프티 주르를, 그들의 따뜻한 침과 쪽쪽 빠는 작은 소리를 생각한다. 그녀는 궁궐의 전면을, 전면 앞에 펼쳐진 잔디밭을, 잔디밭 위에 펼쳐진 풍성한 드레스들을 생각한다. 그녀가 눈물을 흘린다. 나는 너무나 지긋지긋한 그 고통을 그녀가 그냥 구렁에, 우물에, 나무 밑 수풀 속에 던져버렸으면 좋겠다. 하지만 그녀와 함께 멈춰 서서 그 고통 속으로 들어가야만 한다. 그녀는 새벽에 부엌에서 들려오는 쨍그랑 소리를, 밤에 철책을 칠 때 요란스레 울려 퍼지는 삐걱거림을, 자기 삶을 후광처럼 주위에 비치면서 방과 회랑들을 떠다니는 그 모든 얼굴을, 행성 주변의 거대한 띠처럼 서로 맞물리는 그 모든 후광들을 생각한다.

이것이 바로 내가 그토록 큰 희망을 걸었던 그녀가 그리워하는 것이다. 그녀는 띠처럼 그녀를 둘러쌌던 궁궐을 그리워한다. 그녀에게 물어볼 필요는 없다. 그녀를 보는 것으로, 마치 뿌리가 뽑힌 채 끝자락 모를 늪 위라도 떠도는 것 같은 그녀의 표정을 보는 것으로, 그녀 눈 뒤의 커다란 눈, 이글거림과 열에 들뜬 찰랑거림으로 가득한 그 눈을 보는 것으로도 충분하다. 겁에 질린 왕비, 걸핏하면 우는 왕비, 난 당신을 알아, 당신과 당신 같은 족속을. 당신은 날 저버릴 거야.

왕비는 옛 궁궐로 돌아가지 않았다. 그렇다고 또 다른 궁궐도 들어가지도 않았다. 그녀는 군중에 떼밀려, 너무 빠른 데다 쉬지 않고 달아나서 잡을 수 없는 다른 많은 것들에 떼밀려 앞으로 나아간다. 그녀의 눈이 끊임없이 돌아간다. 다른 눈, 나를 자신의 이야기 속으로 너무나 강하게 끌어당겼던 그 어둡고 축축한 눈 뒤의 눈은 사라지고 없다. 당신 같은 부류와 꼭 빼닮은 왕비여, 나는 당신에게 무슨 일이 일어나고 있는지 안다. 당신의 몸은 미끄러지는 풍성한 드레스들을, 장식 밑단과 리본의 거품 속에, 부드럽고 가벼운 레이스와 하늘거리는 옷자락 속에, 비단의 화려한 들끓음 속에 당신을 실어갔던, 하늘을 나는 드레스들을 떠났다. 그때 당신이 가졌던 건 왕비의 몸이었다. 그 몸은 순수한 힘을 중심으로 주변에서 보글보글 끓어올라 복도와 방들을 채우고, 벽들을 쓰다듬고, 층계들을 흐르고, 잔디밭을 뒤덮었던 그 무엇, 그 외에는 아무것도 아니었다. 당신은 복도, 방, 벽, 잔디밭, 층계, 그 모든 것이었다. 당신은 노래를 부르며 당신을 실어가는 드레스들의 파도가 펼쳐지는 궁궐 전체였다.

이제 당신의 팔다리는 진 바지와 가죽 윗도리에 꽉 낀 채 침묵하고 있다. 아무것도 그 주위에서 움직이거나 살랑대지 않는다. 그것들은 아주 단단한 돌, 왕비의 가벼운 몸에 묶인 쇠공들이다. 당신이 가진 건 이제 그것들뿐이다. 그리고 그것들은 당신에게 아무것도 주지 않는다. 도형수의 이마처럼 고집 센 표면 말고는.

왕비여, 성벽 꼭대기에서 허리 숙여 내려다봤을 때, 지평선을 바라봤을 때, 바람이 미친 듯이 울부짖었을 때, 당신은 이것을 예견하지 못했다. 당신의 드레스들은 당신에게는 당신의 궁궐만큼이나 컸다. 그런데 이제 그 궁궐은 당신 몸에 꽉 끼일 정도로 줄어들었다. 당신은 혼자다. 일렁이며 퍼지지도 않고, 당신을 아무것에도 펼쳐놓지 않으며, 당신을 당신이 한때 궁궐의 부엌에서 봤던 것들, 모피가 벗겨진 채 나뒹굴던 것들과 같은 거의 벌거벗은 짐승으로 만드는 그 팔다리와 함께. 당신의 눈이 다른 다리들이 돌아다니는 바닥을, 다른 팔들이 움직이는 허공을 내달린다. 나는 여기서, 이 거리에서, 지치지도 않고 왕비인 자신의 몸을 찾아다니는 여자들 틈에서 당신을 잃어버릴까봐 두렵다. 그게 당신이 나에게 보여줄 것일까? 그게 당신의 유일한 모험일까?

왕비는 다시 출발했다. 그녀는 이제 궁궐도, 노래하는 드레스도, 끊임없이 따라다니는 군중도 더는 생각하지 않는다. 누가 그녀에게 말을 해도 더는 고개를 소심하게, 또는 열심히 흔들지 않는다. 더는 어깨를 움츠리지도 목을 구부리지도 않고 빨리 걷는다. 나는 그녀를 따라가느라 애를 먹는다. 그 크고 비밀스러운 눈은 그녀의 얼굴에 있는 눈에 거의 녹아들었다. 그녀는 가끔 나를 두렵게 한다. 내가 궁궐에서 끄집어낸 왕비는 어디로 가는 걸까?

왕비가 걸음을 멈췄다. 그녀는 울지 않는다. 생각하지도 않는다. 대신 뜨개질을 한다. 그녀가 손에 쥔 실이 생각들을 따라간다. 절대 가닥을 걸지 않고 생각에 끼어들며 실뭉치를 계속 풀어낸다. 왕비는 흔들릴 때마다 자리를 옮기는 매끈하고 부패하지 않는 고통을 뜨개질한다. 그렇게 자신의 고통을 밀고 간다. 무엇보다 움직임이 멈추지 않게 해야 한다. 그 고통이 망설이는 땀들 사이의 빈자리에서 오락가락하게 내버려두지 말아야 한다. 그러면 그녀가 코바늘들을 집어 고정시키고 기지개를 켠 다음 아무도 알지 못하는 크나큰 고통을 모든 것에 전염시키러 갈 것이다.

왕비는 여러 장소를 지나왔다. 그녀는 장소가 그녀를 붙들 때마다 발길을 멈췄고, 여러 삶을 온전히 살았다. 때로는 섬광처럼 짧고도 날카로운 삶이었고, 때로는 좋거나 나쁜 모든 기억이 단 하나의 기억, 어느 궂은 겨울 혹은 여름날 인도의 육각형 포석 위를 걸었던 기억 속으로 녹아드는 삶, 주름진 신경들의 얇은 곡선 위에 놓인 풍경이 금방이라도 시트처럼 미끄러져 그 아래의 앙상한 씨실을 드려낼 준비가 되어 있는, 그래서 아직도, 아직도 미끄러지지 않은 것에 대해 놀라고, 황홀해하고, 한없이 감사하게 되는 길고도 기복 많은 삶이었다.

그날 밤 왕비는 소스라치듯 잠에서 깨어났다. 예전과 같은 궁궐과 성벽들, 처음의 궁궐과 여전히 똑같은 궁궐이 그녀 주위에 있었다. 마치 오래전에 먼지로 변해버린 커다란 돌들이 소리 없이 다시 형성되기라도 한 것처럼. 그녀는 그 안에 있었다. 그녀는 오싹한 한기를 느끼며 일어나 앉았다. "이게 뭐지? 도대체 이게 뭐지?" 그녀는 소리쳤다. 하지만 어둠 속에는 전기 충격파를 내보내는 수천 개의 핀 머리들밖에 없었다.

가끔, 언제 어디서 와서 그녀를 에워싸는 건 그녀의 다른 삶들, 살짝 스치기만 해서 거의 알아맞힐 수 없는, 심지어 이해할 수조차 없는 다른 삶들이다. "이게 도대체 뭐지?" 왕비는 소리친다. 하늘이 높고 거친 어느 날 저녁, 똑같은 한기가 어떠한 행인도 대답하지 않을 길 한가운데에서 그녀를 아연실색하게 만들고, 작고 어두컴컴한 공원에 서 있는 나무에 대고 내동댕이친다. 그녀는 나무를 껴안는다. 알거나 알지 못하는 삶들이 그녀의 심장에 충격을 가해온다. "이것들이 도대체 뭐지?" 그녀가 외친다. 하지만 나무껍질은 당연하게도 그녀에게 꺼칠꺼칠한 목질의 대답밖에 해주지 않는다. 곧 산책로에 사슬을 치려는 근위병의 무거운 발걸음이 다가온다.

백 년 후, 세상을 거의 일주한 왕비는 어느 거대한 도시 북쪽에 위치한 외진 지방에 있다. 그녀는 생각을 하기 위해 호숫가에 있는 외딴 전원주택으로 거처를 옮겼다. 아침이면 안개가 창문 뒤편까지 올라오고, 정오가 되면 물러나 부교, 나무 기둥들, 호숫가에서 몇 미터 떨어진 곳에서 수초의 떠다니는 머리들을 흔들며 조용히 헤엄치는 외로운 오리를 보여주다가, 조금씩 다시 올라와 부교를 뒤덮고 회색빛과 젖빛의 스카프로 나무들을 휘감는다.

왕비는 물이 있는 곳까지 내려간다. 거기 작은 배가 있다. 그녀가 배에 앉자, 노가 저절로 손에 잡힌다. 배가 미동도 없는 물 위를 미끄러진다. 노가 물에 잠기는 가벼운 소리만 들려오다가 곧 안개 속으로 빨려들고 만다. 왕비는 생각한다. '만약 다른 세상이 있다면 그곳에서 나는 소리는 이럴 거야.' 창문들의 창백한 후광이 불분명한 덩어리 위를 떠다니는 거대한 두 눈처럼 멀리서 그녀를 좇는다. 노들이 오르내리기를 반복하며 마치 수면 아래에서 작은 종들이 울리기 시작해 서로를 불러대는 것처럼 먹먹한 땡그랑 소리 같은 것을 일깨운다. 거의 들리지 않는 그 찰박거림이 점선처럼 그녀를 앞서가며 잡아끄는 것 같다. 그렇게 가까이에서 그녀에게 말을 한 소리는 결코 없었다. 왕비는 곧 힘이 부친다. 하지만 그녀는 그 소리에, 안개의 바래버린 불투명함, 그 바닥 없는 불투명함 속에서 너무나 가볍고, 너무나 간절하게 들려오는 그 소리에 이어져 있다. 그래서 그녀는 노를 놓지 않는다.

배가 마침내 뭔가에 닿는다. 완전히 탈진한 왕비는 잠이 든다.

그녀가 깨어나 보니, 배의 용골이 호숫가의 자갈들 위에서 삐걱거리고 있다. 반쯤 무너져 내린 거대한 나무의 뿌리 사이에서 한 낚시꾼이 자신의 낚싯줄을, 그 낚싯줄 너머로 왕비를 관찰하고 있다.

"여기가 어디예요?" 왕비가 묻는다.

"섬이오." 낚시꾼이 말한다.

"어느 섬요?"

"잠자는 숲의 섬이오."

"잠자는 숲?" 왕비가 깜짝 놀라며 반복한다.

낚시꾼이 어깨를 으쓱한다.

왕비는 그제야 호숫가 자갈밭 위쪽, 가파른 비탈 위에 좌우로 시선이 닿는 곳까지 끝없이 펼쳐지는, 가시와 나무, 덤불이 뒤엉킨 아주 높은 울타리를 본다.

"지나갈 수 있어요?" 그녀가 묻는다.

"거의 못 지나가요." 낚시꾼이 말한다.

"저 너머에 탑이 있어요?"

"아마도."

"거기 사람이세요?"

"가끔은."

"그러니까 저 너머에도 사람들이 있는 거네요."

"그럴 수도."

"그럼 지나갈 수 있는 거네요." 왕비가 결론짓는다.

"거의, 거의 못 지나간다니까요." 낚시꾼이 말한다.

왕비는 자신의 내부에서 뭔가 격한 것이 울컥 치미는 걸 느낀다. 그녀가 땅으로 훌쩍 뛰어내린다. 낚시꾼은 눈을 떼지 않고 그녀의 움직임 하나하나를 좇는다.

"배는 건드리지 마세요." 그녀가 말한다.

"왜요?" 낚시꾼이 말한다.

"그건 당신이 상관할 바가 아니에요."

"당신이 돌아오지 않으면 저 배는 내 것이 될 거요." 낚시꾼이 말한다.

왕비는 거친 자갈밭을 지나 가파른 비탈을 기어 올라간다.

"당신이 처음은 아닐 거요." 나무뿌리 사이에서 낚시꾼이 소리친다.

왕비는 대답하지 않는다.

"난 미리 말했소." 그가 또다시 소리친다.

왕비는 대답하지 않는다.

"배는 내가 가질 거라고." 그가 소리친다.

비탈 위에 도착한 왕비가 두 손을 확성기처럼 모아 외친다.

"왜 갑자기 그렇게 말이 많아졌죠?"

대답이 없다.

"왜, 왜 갑자기 그렇게 말이 많아졌죠, 훼방만 놓는 낚시꾼 아저씨?" 왕비가 절망에 빠져 소리친다.

하지만 안개가 그녀의 목구멍을 파고들어 말들을 익사시킨다. 안개가 그새 나무뿌리까지, 자갈밭까지, 비탈까지 올라왔다. 마치 그녀가 기어오르며 끌어오기라도 한 것처럼. 아래쪽에서 사슬로 묶어놓은 배 여러 척이 서로 부딪히는 소리 같은 것만 아주 또렷하게 들려온다. 왕비가 잠시 귀를 기울이다 돌아선다. 이제 그녀 앞에는 울타리가 서 있다.

그리고 나는, 나는 내가 그녀를 기다렸던 곳이 바로 거기, 안개에 묶인 아주 높은 그 울타리 앞이라는 걸 깨닫는다. 왕비여, 가요, 곤두선 나뭇가지들과 가시덤불의 붉은 발톱들과 튀어 오르는 돌들 속으로 가요. 당신의 허벅지와 이마와 어깨가 그 모든 것보다 더 끈덕지기를! 당신이 가진 모든 것을 던져 집요하게 당신을 막는 숲을 헤쳐 나가요. 거기에 무엇이 있는지 나에게 보여줘요. 물러서지 말아요. 나를 저버리지 말아요.

울타리가 열렸다. 그러고는 다시 닫혔다. 왕비는 앞으로 나아가고 싶지만 그럴 수가 없다. 가시나무들이 마치 손이라도 달린 것처럼 그녀를 붙들고 완강하게 버티기 때문이다. 그런 감옥을 왕비는 한 번이라도 경험해본 적이 있을까? 그녀는 위쪽에서 안개에 젖어 너무나 창백한, 그래서 이미 오래전에 사라진 것 같은, 눈의 떨림, 꿈의 흔적, 희망의 엑토플라즘에 지나지 않는 것 같은 얼룩을 본다. 고요의 넓은 후광 한가운데에서 물리적 매체가 없는 아주 미미한 소리들이 솟아난다. 존재하는 것의 막 속에 있는 기포들이 내는 소리 같다. 그녀는 속으로 생각한다. '분리가 일어나는 걸까? 나는 아직 나 자신과 함께 있는 걸까?'

그녀는 기억들을 떠올린다. 하지만 그것들은 갈가리 찢어지고, 안개가 그것들을 흡수한다. 왕비는 싸운다. 기억의 조각들을 악착스럽게 쫓는다. 그렇게 해서 머나먼 궁궐, 하인의 크고 벌건 손, 성벽 사이에 깊이 파묻힌 뜰을 기억해낸다. 그런데 문득 그녀는 그 뜰의 바닥에서 통 하나를 본다. 그 통이 그녀의 기억을 가득 채운다. 측면은 검고 매끄럽다. 곡선은 벽으로 둘러싸인 탑의 곡선을, 열린 부분은 질겁하는 땅의 뒷걸음질을 닮았다. 그리고 그 안에서 뭔가가 번뜩이며 느리게 빙빙 돌아간다.

왕비는 떠올리고 또 떠올린다. 그녀가 산 삶들의 잃어버린 조각들이 통 주변에 모여든다. 위험에 빠진 왕비들의 오래된 비밀이 기억난다. 그녀는 날카로운 수정의 방패를 불러낸다. 그녀의 모든 기억이 그녀를 에워싸는 날카로운 창으로 변한다. 그녀가 힘을 모으자, 별 어려움 없이 가시, 덤불, 나뭇가지들을 뚫고 길이 열린다.

왕비는 울타리를 통과했다. 달빛 아래 완만하게 경사진, 드넓은 진주색 잔디밭이 펼쳐진다. 안개가 가장자리로 물러나며 정성 들여 닦아놓은 산책로를 드러낸다. 그 산책로 끝 여기저기, 송악을 망토처럼 두른 작은 탑들이 서 있다. 개중 때로는 이것이, 또 때로는 다른 것이 살짝살짝 움직인다. 잔디밭 중앙에 그녀가 해변에서 봤던, 다른 것들보다 훨씬 크고 높고 둥근 건물이 서 있다. 그 건물은 송악이 아니라 달빛을 받아 커다란 은빛 거울처럼 보이는 유리들로 뒤덮여 있다. 왕비는 그 거울들이 자신의 눈을 사로잡는 것을, 그래서 자신이 푹신푹신한 잔디 밭을 지나 거울들을 향해 가고 있음을 느낀다. 발을 내디딜 때마다 수면에서 노가 만들어 냈던 것처럼 작고 묵직한 소리가 난다. 안개가 잔디밭 가장자리를 떠나 그녀를 따르다가 그녀와 함께 탑 발치에서 멈춘다. 유리에는 그녀의 그림자 외에 아무것도 비치지 않고, 닿는 곳마다 조심스레 두드려보는 그녀의 주먹이 내는 소리 말고는 아무 소리도 들리지 않는다.

유리 하나가 스르르 미끄러진다. 왕비는 안으로 들어갔다. 쪽문 뒤에서 누가 창살 사이로 쳐다본다. 왕비가 앞으로 나아간다. 그런데 양팔을 휘젓는 바람에 거기 있는 사람을 쫓아내고 만다. 그 사람은 열린 공간을 통해 바깥 공기에 빨려 나가듯 달아난다.

'저 작은 쪽문은 대화를 위해 만들어진 게 아냐.' 왕비는 속으로 생각한다.

좀 더 나아가자, 이번에는 누가 탁자에 엎드려 양팔에 머리를 묻은 채 자고 있다. 그녀가 조심스럽게 헛기침을 한다. 그러자 잠을 자던 사람이 고개도 들지 않은 채 위쪽에 걸린 괘종시계를 가리키고는 곧 다시 잠에 빠진다.

'아, 아직 안내 시간이 안 된 모양이군.' 왕비는 속으로 생각한다.

그녀가 다시 앞으로 나아간다. 그러자 이번에는 온통 작은 서랍들로 뒤덮인 높은 벽이 나온다. 누가 서랍 중 하나를 열고 그 안을 뚫어지게 들여다보고 있다.

"저기요." 왕비가 불러본다.

그러자 서랍을 들여다보던 사람이 고개를 든다. 그의 얼굴이 워낙 큰 놀라움에 휩싸여 있어서 도무지 생김새를 구별할 수가 없다. 질문은 던져지기도 전에 모두 그곳에 꼬르륵 잠기고 만다.

'아, 저 사람과 나 사이에 있는 저 작은 서랍은 거대한 구렁보다 더 크구나.' 왕비는 속으로 생각한다.

자, 이제 왕비는 어떻게 할까? 거기서 멈추고 되돌아가서 자는 자를 깨우고, 달아난 자를 쫓아가 붙들고, 어디가 어딘지 알 수 없는 장소들, 누가 누군지 알 수 없는 사람들에 대해 불평을 늘어놓으며 자신을 호수로 다시 데려달라고 할까? 삶이 내려앉지 못하는 증기처럼 떠다니는 그 어렴풋한 잔디밭을 가능한 한 빨리 떠나려 할까?

나는 그렇게 생각하지 않는다. 왜냐하면 왕비는 즐기고 있으니까. 그녀는 너무나 가벼워서 가늘고 긴 서랍 위에 올라앉은 경악, 탁자에 기댄 잠, 출구를 관통하는 도피에 지나지 않는 그 존재들을 지각한다. 그녀는 자기 자신도 가볍다고 느낀다. 마치 그녀가 살아온 백 년이 앞으로 도래할 세월인 것처럼, 모든 것이 시작되기 이전의 일렁이는 장소에서 눈에 띄지 않는 형태들 사이를 헤매고 있는 것처럼.

그녀가 작은 서랍을 열고는 그 안에서 카드 한 장을 집어 꺼낸다. 카드 오른쪽 모퉁이에 글자들이 적혀 있다. "N-E-V-A(ㄴ-으-ㅂ-아)."

"Ne va(느 바)야, Me va(므 바)야?*" 첫 번째 글자가 선명하지 않아 그녀가 유심히 들여다보며 말한다.

"Me va(므 바)로 하지 뭐."

그녀는 <M>에 있는 세로획 세 개 때문에 눈앞에 보이는 문 세 개 중에 세 번째 문을 택한다. 오른쪽으로 뻗은 <E>의 팔들 때문에 문 뒤로 뻗은 복도 두 개 중에 오른쪽 것을 택한다. 승강기를 타서는 하늘을 향해 열리는 <V> 때문에 꼭대기 층까지 올라간다. 그런데 거기서 <A>는 어떡하지?

왕비는 어둑어둑한 열 사이를 가능한 한 곧게 나아간다. 그러다 갑자기 그 끝에서 바닥에 앉아 깊은 생각에 빠져 있는 젊은 남자를 본다. 그런데 그 얼굴이 수 세기 전부터 그녀 속에 잠들어 있는 생각들의 발현 그 자체처럼 보인다.

왕비는 그런 모습을 한 번도 본 적이 없다. 그녀의 심장이 아주 오래된 상처로 인해 두근거린다. 덜컹거리는 문들, 방들, 뻗어나가는 복도들, 옛 궁궐보다 훨씬 넓은 궁궐

전체의 소리가 들리는 것 같다. 그 복도들 깊은 곳에서 파도처럼 펼쳐지는 살랑거림이, 노래를 부르며 벽들 사이를 날아다니는 커다란 드레스들의 비단결 같은 소리, 호화로운 소리가 올라오는 것 같다.

"당신은 누구죠?" 왕비가 그 사람에게 묻는다. 하지만 속으로는 이미 그를 므바라고 부른다.

---

* Ne va는 '가지 말아라', Me va는 '나에게 어울린다'는 뜻이다.

므바는 대답하지 않는다.

"어디서 살아요?" 왕비가 다시 묻는다.

"어떤 언어를 사용해요?"

"왜 거기 그러고 있어요?"

대답이 없다. 창문 앞에서 꼼짝 않는 젊은 남자는 아무것도 못 듣는 것 같다. 마치 오래된 잠이 낡은 반투명 천으로 그를 감싸고 있는 것처럼. 그는 눈을 뜨고 있다. 그 눈으로 머나먼 곳에 있는, 혹은 포착하기 어려운 어떤 대상을 쫓고 있는 것처럼 보인다.

"뭘 읽어요?" 왕비가 갑자기 묻는다.

그 말을 하자마자 므바가 생기를 찾더니 그녀를 향해 눈을 든다.

"이야기요." 그가 말한다. 그의 목소리가 숨결과 욕망으로 가득한 거대한 공동 속에서 길게 이어지는 메아리들을 불러일으킨다.

왕비가 옛 궁궐 아래 감춰진 크고 비밀스러운 궁궐이 진정되기를 기다렸다가 묻는다.

"어디 있는 이야기요?"

"내 안요."

"왜 당신 안에 있는 이야기를 읽어요?"

"거기 있으니까요." 므바가 간단하게 대답한다.

"나한테 얘기해봐요." 왕비가 말한다.

"왕비가 성벽 위에 있어요. 바람이 울부짖어요. 왕비가 저 아래 행렬 가운데에서 검은 형태를 봐요." 므바가 말한다.

"맞아요." 왕비가 말한다.

"검은 형태, 그게 뭔지 난 몰라요. 난 바라보고 또 바라봐요.

그런데 보이질 않아요." 므바가 말한다.

"그건 통, 두꺼비와 각종 뱀들이 우글거리는 검은 통이에요." 왕비가 잘 안다는 듯 말한다.

므바가 일어나서 왕비를 품에 안았다. 그가 온 힘을 다해 그녀를 껴안는다. 통이 거기, 바로 옆에 있는 것처럼, 주변에서 온통 통의 내벽을 타고 올라오는 끔찍한 짐승들의 순간적인 마찰음이 올라오기라도 하는 것처럼.

이제 므바와 왕비는 잔디밭 위에 있다. 그들은 이제 서로 떨어질 수가 없다. 안개도 그들 옆에 누워 있다. 꿈꿨던 것들과 살았던 것들이 서로 붙들기를 갈망하는 팔들처럼 뒤섞인다. 그것은 사방에서 서로 만나는, 서로를 떼어놓는 게 자기 자신과 떼어놓는 것이나 다름없을 만큼 그들을 강하게 묶는 자락들에 의해 완성되는 똑같은 삶이다. 안개가 크고 부드러운 직물로 그들을 감싼다. "만약 다른 세상이 있다면 거기서는 사랑이 이럴 거야." 왕비가 말한다. 아주 멀리, 통이 검은 다이아몬드처럼, 반발력으로 그녀를 거기까지, 그녀가 멈춘 잔디밭까지 밀어낸 자석처럼 놓여 있다. 왕비는 자신이 더는 멀리 갈 수 없으리라는 것을 안다.

안개 속에서 그림자들이 지나가는 것 같더니 곧 사라졌다. 왕비가 놀라 소스라치자 므바가 그녀를 꼭 안아주었다.

"저건 뭐죠?" 왕비가 속삭여 묻는다.

"앙도씨들이에요." 므바가 말한다.

"앙도씨?"

"그들은 우릴 못 봤어요." 므바가 왕비의 무릎 사이에 얼굴을 감추며 말한다.

왕비도 살짝 잠이 든다. 하지만 곧바로 깨어난다.

"그들은 어떻게 생겼어요?"

"개중 하나는 큰 송악이에요. 잎 속에 푸른 총안이 두 개 있는데 거기서 화살이 발사돼요." 므바가 말한다.

"위험한가요?" 왕비가 불안한 표정으로 묻는다.

"구름으로 변신하면 돼요. 화살이 그냥 지나가거든요. 그러면 송악 속에서 화난 박쥐 소리가 들려와요." 므바가 대답한다.

므바가 웃는다. 왕비도.

"또 다른 건 줄이 잔뜩 늘어져 있는 종탑이에요. 늘 그 줄 중하나를 길 위에 걸쳐두죠. 누군가 집어 당기게요."

"위험한가요?" 왕비가 묻는다.

"줄을 건드리지 말고 우회해야 해요. 그런 다음에 다른 줄들을 모조리 잡아당기기만 하면 돼요. 그러면 종들이 하도 시끄럽게 울려 대서 녀석이 머리를 싸매고 달아나죠."

왕비가 참 좋은 수라고 말하고는 깔깔 웃는다.

므바가 나무처럼 생긴 것에 대해서도 이야기해준다. 이것은 높게 뜬 달을 가면처럼 쓰고 사방을 태연하게 둘러본다.

"그건 확실히 위험하지 않아요?" 왕비가 묻는다.

"가끔은 그래요. 그런데 윗부분이 갑자기 찌그러지면 그 너머로 달을 잡아서 둥글게 만들려고 움직여대는 바싹 마른 가지들이 보이죠."

왕비가 또다시 웃는다.

므바는 안개로 싸인 잔디밭에서 왕비에게 기대어 잔다. 그리고 왕비는 생각한다.

'앙도씨들인가?' 그녀가 벌떡 일어난다. 왕비여, 왕비여, 빨리, 그녀가 므바를 끌고 간다. 그들이 잔디밭을 내려간다. 이제 그들은 거대한 가시나무 울타리에 와 있다. '이리로', 므바가 말한다. 이제 그들은 호숫가에 다다른다. 작은 배가 여전히 자갈 위에서 삐걱거리고 있다. 왕비여, 빨리, 빨리, 사방을 둘러봐도 낚시꾼은 보이지 않는다. 저 멀리, 해가 뜨는 건너편 호안(湖岸)을 장식하는 푸르스름한 물의 가장자리가, 그 너머로 숲이 모두에게 선물하는 보석상자 속에서 물결 모양을 이루는 전원주택들이, 또 그 너머로 시멘트 공장의 거대한 붉은색 굴뚝 두 개가, 또 그 너머로는 금속성을 띤 제트비행기가 하얀 김을 뿜으며 내달리는 눈부시고 드넓은 하늘이 보인다.

왕비가 배 위에서 바삐 움직인다. 배가 물의 흐름에 실려 간다. 므바는 호숫가에 서서 건너편 호안에 시선을 고정한 채 꼼짝도 하지 않는다. 배 위의 왕비는 문득 자신이 호숫가에서 멀어졌다는 것을 깨닫는다. 안개를 흩뜨린 바람이 배의 옆구리를 세게 밀어댄다. 그녀는 노들이 방향을 못 찾고 물의 흐름에 장단을 맞춘다는 걸 느낀다. 그녀는 물속으로 뛰어들어 가시나무 울타리와 싸웠던 것처럼 물결과 긴 팔을 가진 송악, 고집스러운 물의 흐름과 싸울까?

왕비는 더 이상 그럴 수 없다는 것을 느낀다. 배가 호숫가에서 점점 더 멀어진다. 곧 그녀는 낚시꾼이 뿌리가 무너져 내린 나무 뒤에서 나오는 것을 본다. 그녀는 배 위에 꼿꼿이 서서 바라보고 또 바라본다. 므바가 팔을 들어 오랫동안 그녀를 향해 흔든다. 그러고는 낚시꾼이 그를 비탈 쪽으로 데려간다.

왕비여, 나는 바람이 되어 물결을 뒤집어놓고 싶다. 물결이 되어 호숫가까지 달려가고 싶다. 노가 되어 더 빨리 젓고 싶다. 비탈이 되어 납작해지고, 울타리가 되어 물속으로 무너져 내리고, 자갈이 되어 나의 분노가 폭발할 때까지 다른 자갈을 때리고 싶다. 나는 뒤로 되돌아가 이 이야기를 단숨에 비튼 다음 다시 똑바로 펴서 당신에게 바치고 싶다. 나는 이것을 원치 않았다. 일들이 이렇게 일어나는 걸 원치 않았다. 그리고 이제 나는 왕비의 심장 속에서 고통이 고동치는 것을 듣는다. 나는 그녀의 내부에 자리 잡은 고통을, 내가 어딜 가든 짊어지고 가는, 하지만 더 이상 어찌해야 할지 알지 못하는 고통을 느낀다.

여왕의 궁궐

"여왕님, 오 여왕님, 이 궁궐에서 뭘 하며 지내세요?"

"외롭게 지내. 아침마다 집사들이 줄줄이 와서 궁궐의 이런 저런 공사에 대해 말해. 난 그들의 뾰족한 얼굴과 창백한 눈을 봐. 그들이 가고 나면, 난 빠진 게 없는지 생각해보고, 그들이 놓고 간 장부의 수치들을 오랫동안 들여다봐." 여왕이 말한다.

"여왕님, 이 궁궐에는 집사들밖에 없나요?"

"오후에는 대신들이 와서 우리의 국경과 전쟁 얘기를 해. 그들의 얼굴은 축 처져 있고 눈은 퉁퉁 부어 있어. 난 그들이 물러갈 때 모피 외투 아래 실룩대는 그들의 거대한 엉덩이를 봐. 그런 다음에는 죽은 사람, 포로가 된 사람, 내가 구하지 못할 갓난아기들을 생각해."

"당신의 왕국에는 창백한 집사들과 엉덩이를 실룩대는 대신들밖에 없나요?"

"궁신들도 와. 그들은 복도, 방, 안뜰, 어디에나 있어. 난 그들의 탄원과 불평에 귀를 기울여. 내가 다 듣고 나면, 그들의 눈길이 멍하니 비어. 그들은 그들의 아내에게로, 그들의 거처로, 그들의 생활로 돌아가. 그들의 삶은 눈금이 빼곡히 새겨진 고집 센 직선 자와 흡사해. 궁궐 바닥에 박혀 있는 그 작은 자들은 수없이 많아. 나도 이유를 모르겠는데, 궁궐을 걸을 때면 내가 그것들을 방위 눈금으로 느끼는 것 같아."

"오 여왕님, 그들의 아내들은요?"

"그들도 와. 우르르 몰려와서는 그들의 남편과 힘든 삶에 대해 한탄을 늘어놓지. 하지만 그들은 날이 저물면 삼삼오오 무리를 지어 가버려. 마치 눈먼 사람처럼 궁궐 각 층에 있는 그들의 가정으로 돌아가. 난 그들의 옷이 사각거리는 소리, 수다를 떠는 그들의 목소리를 들어. 하지만 내가 다가가면 그들의 말은 도무지 이해할 수 없는 것으로 변하고 말아. 그래, 그들은 얼굴 가득 미소를 지으며 입을 다물지. 뺨에는 분을 바르고 눈가는 검은색과 푸른색으로 칠한 채.”

“오 여왕님, 당신도 뺨에 분을 바르지 않나요? 당신도 눈가를 검은색과 푸른색으로 칠하지 않나요?”

“나도 그렇긴 해. 하지만 왜인지 몰라도, 집사와 대신들이 나에게 말을 하면 뺨에 바른 분의 분홍빛이 마법처럼 사라져.”

“눈은요, 여왕님?”

“내가 종일 하도 비벼대서 푸른색과 검은색이 메마른 바람에 날리는 모래처럼 눈꺼풀에서 사라져버려.”

“그게 유일한 이유인가요?”

“난 밤마다 울어.”

“왜요?”

“여왕의 눈은 땅속 깊은 물이 올라오는 우물의 테두리 돌 같아. 여왕의 몸은 피부의 경계에서도, 궁궐의 경계인 벽에서도 멈추지 않아. 그것은 멀리, 아주 멀리까지 연장되어서 그것이 어디까지 가는지는 아무도 몰라. 여왕 자신도 그 몸이 보내는 메시지들을 이해하지 못해.”

“여왕에게도 부모는 있죠. 당신의 아버지와 어머니는 어디 있나요?”

“내 아버지 왕은 탑으로 물러나 칩거하고 계셔. 두꺼운 벽들 사이에서 햇볕을 쬐지 않으려 조심하며 자신의 왕관과 훈장들을 바라보시지.”

“그럼 여왕님, 당신의 어머니는요?”

“어머니는 탑에서 왕관과 훈장들을 바라보는 왕을 관찰하셔. 가끔 시녀를 시켜 나에게 메시지를 보내시지. 내가 아직 예전의 공주인 줄 아셔. 두 분이 탑에서 안 나온 지 워낙 오래되어서 이젠 기억이 가물가물해."

"당신에게는 당신 왕국의 왕인 남편이 없었나요?"

"더 크고 눈부신 왕국을 찾아 떠났어. 그의 눈은 늘 국경, 지평, 하늘을 향해 있었어. 계속 달아나는 목표물을 찾는 것처럼. 그가 그것을 찾았는지는 나도 모르겠어. 그가 그렇게 몽롱한 상태로 목을 쭉 뽑고 걷다가 땅의 저쪽 편으로 떨어지지 않을까 두려워."

"다른 남편은 없었나요?"

"있었지. 그 사람은 내가 여왕의 자리에 올랐을 때 왕이 되길 원치 않았어. 그는 다른 모든 신하처럼 우리 왕국에서 살아. 가끔 나도 내 모든 신하의 모든 아내처럼 그의 곁에 머물고 싶어. 하지만 난 여왕이잖아."

"밤에는 뭘 하세요?"

"창가로 가서 안뜰을 바라봐."

"안뜰에서는 뭐가 보여요?"

"즐겁게 노는 젊은이들이 보여. 병사, 학생, 사냥꾼, 요리사, 모두가 그들의 놀이를 하며 놀아."

"그래서요?"

"난 쾌활한 그들의 근육질 몸을 욕망해."

"왜 그들과 못 어울리세요?"

"난 여왕이잖아."

"여자이기도 하잖아요?"

"그렇지. 하지만 그들은 그걸 몰라."

"그들에게 알려주세요."

"어떻게 알려야 할지 모르겠어."

"그래서 어떻게 해요?"

"울어."

"당신의 눈은 이번에는 마음의 우물에 지나지 않는군요. 그 가장자리에서 반짝이는 물은 눈물, 오로지 당신의 눈물이고요."

"그런 말 하지 마. 내일 대신들이 올 거야. 집사와 궁신들도 올 거고."

여왕에게 말을 하는 건 누굴까? 그녀가 일과를 마친 후 무작정 발길을 옮길 때 궁궐에서 마주치는 모든 것. 그녀가 생각에 잠겨 거니는 침실과 복도의 벽들이, 그녀가 스쳐 지나가는 성벽의 풀이, 그녀가 하늘에서 오랫동안, 날이 어두워질 때까지, 아주 깜깜해질 때까지, 눈 속에 들어온 모든 것 때문에 약간 비틀거리며 궁궐로 돌아갈 때까지 바라보는 하늘의 별들이 그녀에게 말을 건다.

벽들은 그녀에게 늘 말해왔던 것을 가차 없이, 집요하게 말한다. 풀은 그 무엇도 피부에 와 닿는 부드럽고 강한 접촉만큼 가치가 있진 않다고 말한다. 별들은 원자도 은하도 공부해본 적이 없는 여왕에게 모든 생각을 뒤섞는 끔찍한 현기증만, 깔때기의 차가운 바닥 속에 있는 불투명한 반짝임만 일으킨다.

어느 날 저녁, 여왕은 긴 외투를 걸치고 궁궐의 포석을 밟고 걸어도 소리가 나지 않는 신발을 신는다.

그녀가 안뜰로 내려간다. 골목길을 걷는다. 아무도 그녀를 쳐다보지 않는다. 그래도 가슴이 두근거린다. 그녀는 멀리 떨어진 광장에 다다른다. 사람들이 긴 탁자들 주변에 놓인 벤치에 앉아 있다.

광장을 가로지르지 않고, 탁자나 벤치를 스치지 않고 길을 계속 가는 것은 불가능하다. 여왕님, 그러니 당신이 가야 했던 곳, 발길을 멈춰야 하는 곳이 바로 거기입니다.

그녀가 한 벤치 모퉁이, 등을 돌리고 나란히 앉은 사람들의 열 끝에 가서 앉는다. 시끄럽고 간헐적인 웅성거림이 들려온다. 여왕은 거기 앉아 앞으로 닥칠 일을 기다린다.

맞은편에 한 여자가 앉아 있다. 여왕은 그 여자가 일어나 탁자들 가운데 둥그런 공간으로 가서 춤을 추기 시작하는 것을 본다. 줄지어 있는 등들이 춤추는 여자를 향해 빙그르르 돌아간다. 박자에 맞춰 두드리는 소리가 탁자에서 탁자로 울려 퍼진다.

여자의 신발이 포석을 힘차게 차대고, 그녀의 가슴이 블라우스 속에서 출렁인다. 그녀의 귀에 매달린 알록달록한 깃털이 가는 끈 끝에서 마구 요동친다.

갑자기 그녀가 발을 헛디딘다. 조화롭고 매혹적인 아라베스크 전체가 무너진다. 찰나의 순간, 여왕은 뒤틀리는 발목, 탁자에 재빨리 기대는 팔꿈치를 본다. 그 몸짓이 순식간에 그 여자를 절망에 빠진 간통녀의 조각상으로 만들어놓는다.

'무희가 아닌가봐.' 여왕은 생각한다. 탁자에 대고 두드리던 박자가 몸속에서 점점 더 빨라져 폭주하는 것처럼 온몸이 덜덜 떨린다.

여자가 자세를 바로잡고는 뱅그르르 돌더니 또다시 손으로는 허공을, 발로는 땅바닥을 쳐댄다. 그녀의 몸짓과 그것을 따르는 눈길들은 그녀를 감싸며 함께 춤을 추는 구불구불한 베일 같다.

'그녀는 정말 발을 헛디뎠을까?' 여왕은 생각한다.

여자가 춤을 춘 건 잠시였다. 다시 돌아온 그녀가 탁자에 걸터앉아 숨을 몰아쉬며 깔깔 웃고 있다. 한 남자가 그녀에게 술잔을 가져다준다. 그녀가 마시는 동안 그녀의 어깨를 꼭 껴안는다.

'그녀는 정말 춤을 췄을까?' 여왕은 스스로 묻는다.

이제 여왕은 여자가 움직일 때마다 까불어대며 그 가벼운 끝으로 여자의 피부를 간질이는 알록달록한 깃털을 쳐다본다. 여왕은 참을 수가 없다. 손을 내밀어 잠시 맥을 놓고 있는 깃털을 살짝 건드린다.

"어쩜 이렇게 예쁠까." 여왕이 속삭인다.

여자는 놀란 새처럼 목을 뒤로 쑥 뺀다. 하지만 여왕은 그것을 보지 못한다.

"이 신발이 포석을 얼마나 신명 나게 차대던지." 여왕이 혼잣말처럼 중얼거리고는 허리를 숙여 한 손으로 재빨리 탁자 아래에서 흔들거리는 신발을 만진다.

"보라고 그런 거예요!" 여자가 마치 도끼를 휘두르듯 말을 내뱉는다. 하지만 여왕은 그것을 알아차리지 못한다.

"그리고 가슴도. 당신이 춤을 출 때 얼마나 출렁이던지!" 푹 빠져든 여왕에게는 자신이 하는 말이 들리지도 않는다.

"그것도 일부러 그런 거예요." 여자가 말한다.

"그럼 당신의 남자친구는?"

"이 여자, 아무래도 미친 것 같아." 여자가 아주 큰 소리로 말한다.

여자가 거친 몸짓으로 홱 돌아서서 남자의 팔을 잡고, 둘은 군중 속으로 사라진다. 그러고는 광장이 비워진다.

여왕이 외따로 서서 고개를 든다. 골목들 너머 저 멀리 궁궐의 벽이 달 아래 시커먼 방책처럼 보인다. 그쪽으로는 일종의 가파른 지평뿐, 불빛이 없다. 여왕이 그곳에 거주한다는 걸 누가 알겠는가?

광장에서 젊은 종업원 둘이 탁자들을 가게로 들이고 있다. 여왕은 분명히 느꼈다. 그렇다, 그들은 그녀가 그들을 도와주기를, 그들과 함께 마지막 벤치에 앉아 마지막 잔을 마셔주기를 원한다. 하지만 그녀는 그곳을 떠난다.

"왜 가시죠, 왜?" 올가미처럼 활기찬 그들의 목소리가 외친다.

여왕은 거리를 내달린다. 문을 지나고, 안뜰을 지나고, 복도로 들어선다. 그녀가 너무나 잘 아는, 인적 없는 그 큰 복도에는 소리 하나, 움직임 하나 없다. 일정한 거리를 두고 뚫린 창들을 통해 차가운 달빛이 내려와 바닥에 선명한 장방형 무늬를 그린다. 조각상들은 언제나 그렇듯 확고하게 정해진 모습으로 거기 서 있다. 여왕이 서서히 달리기를 멈추고 숨을 가다듬는다. 그러고는 긴 회랑 한가운데 주저앉는다.

지금은 어둠에 싸여 있지만, 벽에 걸린 그림들은 군주, 입법자, 장군, 연대기 작가, 왕국의 강과 산과 평야, 전투와 대공사들을 그린 것으로, 그녀가 익히 아는 것들이다.

여왕은 이제 춤을 추다 발을 헛디딘 여자와 그녀의 알록달록한 깃털을 생각하지 않는다. 그녀는 아침 일찍부터 그녀를 기다리는 집사와 대신들을 생각한다. 평화가 차갑고 아주 단단한 금속 틀처럼 그녀의 마음을 억누른다.

"여왕님, 안 주무세요?"

적막에 잠긴 궁궐에서 소리가 들려온다. 들릴 듯 말 듯한 소리다. 날아가버린 어떤 음의 영혼 같다.

"소리가 들려." 여왕이 마치 달빛을 바른 것 같은 창백한 얼굴로 커다란 침대에 앉아 말한다.

"아무도 움직이지 않아요. 다시 주무세요. 늘 그렇듯, 내일 대신들이 여왕님을 왕좌실에서 알현할 수 있게."

"회랑에서 소리가 들려." 여왕이 말한다.

"다시 주무세요, 아무 소리도 안 들리니까요. 들리지 않는 소리는 꿈에 지나지 않아요."

"난 들려. 방금 다른 소리가 났어. 첫 번째 소리하고 비슷해." 여왕이 말한다.

"그건 궁궐의 어두운 복도를 이리저리 헤매는 악몽이에요. 다시 주무세요. 안 그러면 그게 당신을 덮칠 거예요."

"세 번째 소리가 또 들려. 처음 들린 두 소리와 아주 똑같아."

"그건 궁궐 위의 안개처럼 둥둥 떠다니는 광기예요. 다시 주무세요. 안 그러면 그것이 당신에게 내려앉을 거고, 그러면 당신은 습기를 잔뜩 머금은 바위처럼 무너져 내릴 거예요."

그러나 이미 늦었다. 궁궐의 배 속에서 묵직한 소리가 반복된다. 다른 추락, 또 다른 추락이 일정한 간격을 두고, 대(大) 회랑의 벽에 걸린 그림들처럼 일정한 간격을 두고 이어진다.

추락하며 나는 묵직한 소리가 회랑에 걸린 그림 수만큼 들려오더니, 이번에는 무덤과 영묘를 지배하는 적막, 그 적막의 무거운 질료로 이뤄진 느리고, 거의 감지할 수 없는 발소리들이 중앙 층계를 통해 올라온다.

여왕은 두 손으로 배를 움켜쥔다. 그녀는 다가오는 소리를 듣는다. 형언할 수 없는 적막의 질료로 재단된 그 발소리들은 그녀의 배 속에서 더더욱 형언할 수 없는, 알아들을 수 없는 메아리들을, 시퍼렇게 질린 내장의 질료가 내는 끔찍한 소리들을 불러일으킨다. 여왕은 자신의 내장으로 듣는다. 궁궐은 지난 숱한 전쟁의 유령들이 짓밟아대는, 인간의 점막으로 펼쳐놓은 내면의 전장이다.

이제 그들이 하나씩 문의 검은 구멍에서 모습을 드러낸다. 군주들, 장군들, 입법자들, 연대기 작가들, 그들이 여왕의 침대를 에워싼다. 넓은 침실에 우글우글 모여 서로 밀쳐대며 꾸역꾸역 자리를 잡더니 더는 움직이지 않는다. 달 앞에서 미끄러지는 구름이 때로는 한 얼굴을, 때로는 다른 얼굴을 환히 밝힌다. 달그림자가 그렇게 그들의 초상만큼이나 굳은 표정으로 일렬로 서서 꼼짝 않고 일제히 여왕을 쳐다보는 얼굴들 위를 지나간다.

이제 그들이 한 발에서 다른 발로 중심을 옮겨가며 약간씩 움직이기 시작하더니, 약간 더 세게, 점점 더 세게, 미라의 힘으로 할 수 있는 만큼 세게 발을 굴러댄다. 여왕은 내부에서 울려대는, 갈가리 찢긴 북의 가죽 같은 배를 움켜쥔 채 몸을 웅크린다.

불분명하게 맴돌던 먹구름들이 마침내 궁궐 위에 모였다. 그림자가 한 열에서 다른 열로 펼쳐지더니 모든 얼굴을 덮어버렸다. 창백한 달무리가, 그것이 흰히 밝히던 화장한 눈들과 함께 사라지고 칠흑 같은 어둠이 찾아든다. 지붕과 안뜰 위로, 창 가장자리에 비가 억수같이 쏟아진다. 빗물이 배수용 홈을 타고 줄줄 흘러내린다. 돌풍이 불어 빗물이 창문 아래 바닥에 웅크리고 있는 여왕에게까지 들이친다. 그녀 곁에는 흘러내린 그녀의 화려한 망토가 구겨지고 빗물에 젖은 채 너부러져 있다.

"여왕님, 왜 그렇게 떠세요?"

"남편을 봤어." 여왕이 말한다.

"그래서 그렇게 떠는 거예요?"

"그는 목을 앞으로 쑥 뽑고 이것보다 더 큰 궁궐을 찾아서 가고 있었어."

"그 얘기는 벌써 했어요."

"그는 너무 빨리 가고, 목을 너무 뽑아서 지평선을 보지 못했어. 검은 잉크 같은 공간 속으로 떨어질 것 같았어……."

"어쩌면 떨어지지 않았을지도 모르잖아요?"

"그는 마주치는 사람들, 바로 곁을 지나가는 사람들도 보지 못했어. 그의 팔을 스치다시피 한 나조차도……."

"여왕님, 또 떨고 계시네요."

"다른 남편을 봤어."

"그렇겠죠. 그는 이 궁궐에 있으니까."

"이 궁궐에 있었지. 아주 먼 복도 끝에 있는 원형의 좁은 방에. 그는 왕좌실로 다시 올라가기 위해 중앙계단을 찾고 있었어."

"그래서요?"

"궁신들의 무리가 막았지. 그는 그들이 친 두꺼운 벽을 가를 수 없었어. 궁신들이 모두 그보다 커서 단 한 개의 계단도 볼 수가 없었어. 그가 앞으로 나아가려 하면 궁신들의 소매가 그의 얼굴을 덮쳐 숨조차 쉴 수 없었지."

"여왕님, 너무 작은 그 남자의 운명이 당신과 무슨 상관이죠?"

"그는 왕이었어."

"한때 왕이었던 그 작은 남자도, 목을 쭉 뽑고 더 큰 궁궐을 찾아다니는 그 남자도 더는 당신의 남편이 아니에요."

"그래." 여왕이 말한다.

"하나는 자기 길을 훤히 밝히는 눈부신 신기루를 마음속의 배우자로 삼고, 또 하나는 엉덩이가 빵빵한 궁녀하고 자요."

"그래. 그런데 그래도 떨려."

"창문을 닫아요. 그 화려한 망토를 벗어 던지고 이불을 당겨 덮어요. 여왕들을 얼어붙게 하는 건 있지도 않은 남편들이 아니라 한기니까요."

여왕은 올가미와 유사한 목소리를 가진 젊은 남자를 불러들였다. 그녀가 그를 서재로 맞아들인다. 그 방은 온통 책으로 뒤덮여 있어서 고집불통의 이마처럼 모질고 딱딱한 벽이 보이지 않는다. 초상화와 가구 역시 없다. 바닥에는 양탄자 대신 아주 오래되어 광택이 나는 떡갈나무 마루판의 긴 널이 깔려 있다.

"당신이 날 부를 줄 알았어요." 문이 열리자 자신을 기다리는 여자를 알아본 젊은 남자가 말한다.

"들어와요." 여왕이 말한다.

하지만 젊은 남자는 문턱에 서서 움직이지 않는다.

"돌아가고 싶어요?" 여왕이 슬픈 표정으로 말한다.

"덧신." 젊은 남자가 말한다.

"뭐라고요?"

"우리 엄마 집은 마룻바닥이 이렇게 반짝이지 않아요. 모직 덧신을 신어야겠어요. 마룻바닥이 더러워질까봐 함부로 발을 들여놓지 못하겠어요."

"아, 모직 덧신." 여왕이 말한다.

그녀는 궁궐에서는 매일 하녀들이 마룻바닥을 닦고 문지르고 기름칠을 한다고 말하려다 이렇게 말하고 만다.

"걱정하지 말아요. 내가 내일 청소할 테니까."

젊은 남자가 발꿈치를 들고 족쇄가 채워진 말처럼 걸어 들어온다. 그러고는 주변의 책들을 보고 깜짝 놀란 얼굴로 그 자리에서 굳어버린다.

"여기가 어딘지 알아요?" 빗물에 젖은 커다란 망토를 벗어버리고 온 여왕이 묻는다.

"아주 박식하고, 아주 깔끔한 부인 댁이죠." 그녀에게 다가가 목에 대고 입을 맞추며 젊은 남자가 말한다. "그것 말고는 아무것도 몰라요."

여왕은 남자가 목에 입을 맞추는데도 움직이지 않았다. 그녀는 하녀들이 서로 머리를 매만져주며 수다를 떨 때 하는 말을 자신에게 되뇐다. '우리는 함께 술을 마셨어. 그런 다음에 내가 치마를 벗었고, 나중에는 함께 담배를 피웠지.'

"술 한잔할래요?" 여왕이 말한다.

젊은 남자는 책이 빼곡히 꽂힌 선반들을 좌에서 우로, 위에서 아래로 훑어보며 천천히 마신다. 여왕은 잔을 입술로 가져가는 남자의 팔, 그리고 목의 투박하고 둥근 굴곡을 바라본다. 잔이 비자, 그가 잔을 조심스레 바닥에 내려놓는다. 그때 하녀들의 수다를 떠올린 여왕이 긴 치마를 벗는다.

"침대는 없어요?" 젊은 남자가 묻는다.

"내 침대는 너무 좁아요. 하지만 이 치마는 넓고 두꺼워요."

젊은 남자는 반짝이는 마룻바닥에 깔린 커다란 치마 위에서 여왕 안으로 들어갔다. 여왕은 자신의 치마 위에 누워 대신과 집사들을 생각한다. 자신의 두 남편을 생각한다. 그녀는 좌우로 펼쳐진, 몹시 딱딱한 베개 같은 마룻바닥을, 무거운 짐 때문에 양들처럼 공황상태에 빠져 천장으로 달아나고 싶어 하는 것처럼 보이는 선반들 위에 거꾸로 꽂힌 책들을 본다. 그녀가 웃는다.

"당신은 두 번 다시 날 원치 않을 거예요." 젊은 남자가 물러나며 말한다.

"뭐라고요?" 여왕이 소스라치듯 놀라며 묻는다.

"내가 너무 빨랐어요. 그래서 당신이 날 비웃었고."

여왕은 아주 오래된 장면 하나를 떠올린다. 그녀는 버드나무와 자작나무가 서 있는 강가까지 완만하게 뻗어 내려가는 잔디밭에 앉아 있다. 그녀의 시원한 모슬린 드레스가 반짝이는 풀 위에 펼쳐져 있고, 그녀는 공주라는 신분에 어울리게 장식 밑단과 주름진 천 가운데 앉아 쉬고 있다. 그런데 갑자기 그 고장에서 가끔 일어나듯 회오리바람이 몰아쳤고, 낙엽이 비처럼 그녀 주위에 쏟아졌다. 그 잎들은 여름이라 한창 푸릇푸릇한 나무들에서도, 구름 한 점 없이 맑은 푸른 하늘에서도, 그 풍경 어디에서도 올 수 없는 것이었다. 힘세고 야성적인 어떤 금은세공사가 금속을 두들겨 만든 것처럼 갈색 톤의 금색을 띤 그 잎들은 갑자기 요동치는 모슬린 드레스에 휘감긴 채 그 작은 돌풍 속에 붙들린 공주 주변을 삐걱거리며 빙빙 돌았다. 주변의 풍경은 꼼짝도 하지 않았다. 나무 위의 녹색 잎들은 조금도 움직이지 않았고, 풀은 잔디밭의 평화로운 일렁임에 따라 계속 햇빛을 반사하며 반짝였다.

"난 널 비웃지 않았어." 여왕이 말한다.

"하지만 날 사랑하지도 않았죠." 젊은 남자가 말한다.

여왕은 기억에 남은 그 부동의 상태를 다시 경험한다. 그녀는 석상처럼 꼼짝도 하지 않는다. 팔 앞에 어떠한 몸짓도, 발 앞에 어떠한 걸음도, 혀 위에 어떠한 말도 나서지 않는다. 아주 작은 것일지라도 수로가 없으면, 응당 그래야 하듯 삶을 부드럽게 혹은 격렬하게 흐르게 할 수로가 없으면 삶이 멈춰 딱딱하게 굳어버릴 수도 있을까? 여왕은 죽음보다 더 받아들이기 힘든 그 부동성의 매끄러운 표면, 그 끔찍한 표면이 어떻게 해체되었는지, 그곳에 고랑이 파여 그들을 어떻게 데려갔는지 기억하지 못한다. 그런데 이제 이곳의 그들은 뭔가를 열심히 찾고 있다. 책들을 뽑아서 바닥에 내던지고, 줄지어 선 긴 책꽂이들 뒤로 얼굴을 들이밀고, 높은 사다리들 위로 올라가고, 바닥과 천장 사이에서 서로를 불러댄다. 그들은 꼼꼼하게, 열의를 가지고, 얼이 빠져, 슬픔에 젖은 채 찾는다. 창문 커튼을 하나하나 들춰보며 찾는다. 심지어 창으로 내다보이는 풍경 속에서도, 큰 나무 아래 우거진 수풀처럼 갑자기 모든 것이 뒤엉키는 기억 속에서도 찾는다.

한참 동안 찾다가 피곤해진 그들이 반짝이는 마룻바닥 위에 여전히 펼쳐져 있는 여왕의 커다란 치마 위에 앉는다.

"아, 내가 왜 웃었는지 알았어요." 여왕이 갑자기 말한다.

"당신이 웃었나요?" 젊은 남자가 말한다.

"담배 때문이었어요." 여왕이 말한다.

"덧신처럼 담배도 어디 뒀는지 잊어버렸나요?" 젊은 남자가 말한다.

"아뇨, 내 커다란 치마 속에 뒀어요. 틀림없이 우리가 깔아 뭉갰을 거예요."

"보여줘요." 젊은 남자가 말한다.

여왕이 치마 주머니에서 납작해진 담배들을 꺼낸다. 그들은 그 작은 원기둥들이 어느 정도 원래 모습을 되찾을 때까지 오랫동안 톡톡 치고 바로 세우고 매끄럽게 다듬는다. 그러고 나자 연기가, 치마 위로 두 줄기 연기가 피어오른다. 치마 위에 책상

다리를 하고 앉은 여왕의 맨다리 사이에 젊은 남자의 맨발이 놓여 있다.

"하하, 어떻게 이런 일이!" 젊은 남자가 담배를 뻑뻑 빨며 말한다.

"하하, 어떻게 이런 일이!" 여왕도 똑같이 하며 말한다.

담배를 다 피우고 나자 여왕이 치마를 입고, 젊은 남자가 신발을 신는다. 젊은 남자가 여왕의 목에 입을 맞춘다.

"바이, 바이, 또 올게요." 그가 이렇게 말하고는 가버린다.

혼자 남은 여왕은 담뱃재를 치우고 책들을 줍고 바닥을 쓴다. 하녀들이 걸레질이라도 한 것처럼 마룻바닥이 다시 반짝거리자, 그녀는 하던 일을 멈추고 빗자루에 기대어 앞으로는 결코 완전히 이전처럼 보이지 않을 책꽂이들을 바라본다.

"어때요, 여왕님, 풀의 부드러움을 찾았나요?"

"풀의 부드러움……. 아니, 그건 풀의 부드러움은 아니었어." 여왕이 대답한다.

"그럼 벽들은, 벽의 딱딱함은 이제 잊었나요?"

"아니, 나는 벽들이 여전히 거기 있다는 걸 알아."

"별들의 아득함은 좀 달라졌나요? 잉크색 하늘 깊은 곳에서 반짝이는 별들을 바라보면 여전히 배 속에서 현기증을 느끼나요?"

"별들은 여전히 멀리 있어." 여왕이 말한다. 어찌나 깊은 생각에 잠겼는지 그녀의 얼굴이 책의 페이지처럼 줄들로 관통된다. "매서운 바람이 불고, 정원 안쪽의 나무들은 온통 시커멓고, 그 아래 잿빛 무덤들에서는 유령이라도 튀어나올 것 같은 오늘

밤, 내가 저 큰 창문을 열고 별을 쳐다보면 그 현기증은 틀림없
이 여전할 거야."

"뭘, 어떻게 했길래요, 여왕님?"

"아무래도…… 궁궐의 한 젊은 남자와 사랑을 한 것 같아."
여왕이 말한다. 아주 빨리 넘긴 긴 이야기의 페이지들에서처럼
그녀의 얼굴에 줄들이 마구 늘어난다.

"그다음에는?"

"그다음은 없어. 그게 다야." 여왕이 말한다.

"그런데 그게 풀, 벽, 별들과 무슨 상관이 있죠?"

"아무 상관도 없어." 여왕이 말한다. 그녀의 표정이 갑자기
굳는다.

그렇다면 여왕에게 비밀이 있다는 걸 누가 알지? 그녀는 자
신의 방으로 돌아가 하녀들의 말을 귀 기울여 듣고 언제나 그랬
듯 우아하게 대답한다. 하지만 그녀는 아무에게도 자신의 비밀
을 보여주지 않는다. 그렇게 해서 그것은 거짓이 된다. 여왕에
게는 비밀이 있다. 혼자 있을 때, 그녀는 비밀이 만들어내는 거
짓 때문에 깜짝 놀란다.

여왕의 머릿속에는 다른 많은 비밀이 있다. 대신과 집사들
만 아는 아주 큰 것들도 있고, 그녀의 남편들이 반대편 끝을 쥐
고 있을, 실처럼 길고 가는 것들도 있다. 분명 눈부셨을 테지만
많은 궁신이 손을 댄 탓에 곳곳이 바래버린 중간 것들도 있고,
하녀들이 수시로 입에 담아서 잔뜩 때가 낀 비단과 유사한 작은
것들도 있고, 행인들이 지나가며 훅훅 불어대는, 여왕 또한 지
나갈 때, 그녀의 눈이 방황할 때 그녀가 모으는 거품처럼 가벼

운 것들도 있다.

여왕이 지금 품고 있는 비밀은 그중 어느 것과도 닮지 않았다.

그것은 큰 치마에 묻은 얼룩이고, 허리에 남은 묵직한 통증이고, 목구멍 깊숙한 곳에서 끈질기게 이는 웃음의 잔물결이다. "술 한 잔과 담배 한 대!", 침대의 자색 닫집 아래 홀로 남은 여왕은 끊임없이 되뇐다.

아무도 알지 못하는 비밀은 거짓이 아니다. 하지만 그것을 아는, 그녀에게 그것에 대해 말하는 누군가가 있다. 그 사람은 대체 누구일까? 대신들도 집사들도 궁신들도 아니고, 그녀가 여왕이라는 것도, 자신이 여왕의 비밀 속 젊은 남자라는 것도, 아마 자신이 자기 자신의 비밀 속 젊은 남자라는 사실조차도 모를 그 젊은 남자도 물론 아니다.

거짓 때문에, 여왕은 이제 누군가가 있다는 것을, 그게 바로 그녀 자신이고, 그녀 자신이 둘이라는 것을 안다.

그렇게 밤의 첫 시간이 지나간다. 여왕은 말똥말똥하게 깨어서 자신의 비밀스러운 생각, 자신의 보물에 대항해 굳건히 버틴다.

궁궐의 거울들은 물론 이미지를 비춰준다. 거울들은 번쩍이는 왕관, 크고 화려한 망토, 그리고 그들이 여왕에게 보여줄 의무가 있는 모든 것을 비춰준다. 대신들과 궁궐에 사는 다른 거주자들의 눈도 여왕의 이미지들을 비춰준다. 때로는 더 선명하게, 때로는 더 흐리게.

비밀은 이미지를 비춰주지 않는다. 하지만 여왕은 자신의 커다란 치마와 그 치마를 벗었던 여자를 본다. 술을 마시는 젊은 남자와, 술을 마시는 젊은 남자의 둥글고 투박한 목을 바라보는 여자를 본다. 이 모든 것에 더해서, 그녀는 그녀처럼 허리를 숙여 비밀을 들여다보는, 비밀을 알지만 발설하지는 않을 여자, 거짓을 간직하고 있는 여자를 느낀다. 이 모든 것이 그녀 주위에 거대한 집단 같은 것을 만들어낸다. 고독한 침대 닫집 아래, 움푹 파인 침대가 벌들이 끊임없이 움직여대지만 쥐죽은 듯 고요한 벌통이라도 되는 것처럼, 놀랐지만 차분한 여왕이 마침내 잠이 든다.

그 작은 비밀은 아주 오랫동안 버텼다. 하지만 어느 날 아침, 여왕은 그가 떠나리라는 것을, 그와 함께 거짓도, 거짓과 함께 거짓을 품고 있던 여자도 떠나리라는 것을 알았다. 그 후로 여왕은 치마 위에서도, 허리에서도, 목구멍에서도, "술 한 잔과 담배 한 대"라는 말에서도 비밀을 발견하지 못했다. 그녀는 철저히 버림받았다는 느낌에 시달렸고, 또다시 풀이 부드럽기를, 벽들이 구부러지기를, 별들이 다가오기를 갈망했다. 그날 밤, 그녀는 꿈을 꾸었다.

"좋아요, 여왕님, 그토록 원하시니 얘기해봐요."
"그건 내 꿈이 아니었어."
"그럼 누구의 꿈이었죠?"
"다른 사람들의 꿈. 나는 그들의 꿈속에 있었어."
"누가 꿈을 꿨죠?"
"내 남편."
"남편, 또!"
"하지만 그가 거기 있었어. 난 그의 꿈속에 있었어."
"그는 지평선 저쪽에서 공간의 검은 잉크 속으로 떨어지지 않았나요?"

"그는 떨어지지 않았어. 그는 왕국에서 왕국으로 전전했고, 마침내 가장 큰 왕국, 이미 거의 끝나가는 그의 생애 내내 맹목적일 만큼 줄기차게 찾아다녔던 왕국으로 들어갔어. 그런데 고통이 하얀 수의처럼 그를 에워쌌어. 문득 돌아선 그가 한없이 줄어든 길, 아주 어두운 길 저 끝에서 좁고 어두운 궁궐에 갇혀 있는 아주 작은 여왕을 보았거든."

"당신은 누구 때문에 고통스러웠죠?"

"난 그 때문에 고통스러웠어."

"아주 멀리 두 검은 벽 사이에 있는 그 작디작은 그림자 때문에?"

"맞아, 그 때문에. 난 거기 있던 여자가 정상적인 크기고, 궁궐도 다른 것보다 유달리 작지 않다는 걸 잘 알고 있었어."

"정말이지 당신의 안경은 빨리도 상황에 대처하는군요, 여왕님."

"또 다른 꿈……."

"아마도 당신의 또 다른 남편 꿈이겠죠?"

"그는 근심 어린 표정으로 궁신 무리 속을 나아가고 있었는데, 걸음을 내디딜 때마다 그의 아내의 뾰족한 옆구리가 그에게 부딪혔어……."

"그의 아내의 옆구리는 둥글어요."

"그녀의 옆구리는 뾰족했어. 꿈속에서 여왕은 고개를 숙이고 두 손을 뒤집어 무릎 위에 올려놓은 채 왕좌에 앉아 있었어."

"당신은 누구 때문에 고통스러워했죠?"

"나는 그 꿈에서 여왕의 고개를 다시 세우고, 웃게 하고, 작은 신호로 보이게 그녀의 손을 들어 올리고 싶었어. 그런데 그 여왕은 꼼짝도 하지 않았어. 나는 의자 가장자리에 힘없이 늘어져 있는 그녀의 다리 사이에서 아주 기분 나쁜 희끄무레한 굴곡을 봤어."

"허벅지? 가는 끈? 괄태충의 번들거리는 흔적?"

"그건 미처 여미지 못한 속옷이었어. 제대로 펴지도 않은 걸레들이 담긴, 부글부글 끓는 대야에 휙 던져 넣은 걸레 같았어."

"도대체 무슨 이야기를 하는 건가요, 여왕님."

"그게 다가 아니야."

"또 당신 남편들 얘기?"

"아니, 그들 얘긴 끝났어."

"그럼 다른 사람들 얘기?"

"아마도."

"계속해보세요."

"뭘?"

"당신 이야기요. 밤의 미궁 속에서 보낸 당신의 어두운 시간에 대한 이야기."

"여왕은 군중의 꿈속에 있었어. 그녀는 어디에나 있었어. 회랑에 걸린 초상화들의 작은 균열 속으로 마치 아지랑이처럼 스며들고, 궁신들과 궁궐에 거주하는 다른 사람들의 꿈속을 파고들었어. 아무도 신경 쓰지 않는 틈을 통해 그녀는 갑자기 거기 있었어. 다른 사람들이 보지 못한 벽들을 스치기도 하고, 알려지지 않은 복도들을 미끄러지기도 하고, 이 모퉁이 혹은 저 모퉁이에 증기처럼 서 있기도 하고, 광장 저 끝에서, 혹은 커튼처럼 거기 늘어져 있어서 마치 윤곽이 없는 커다란 달처럼 가까이에서 나타나기도 했어."

"그녀는 뭘 하고 있었죠?"

"난 그녀의 그림자밖에 못 봤어. 단도로 잽싸게 꿈꾸는 자들의 심장을 찔러 찢어놓는 것하고."

"누가 찔렸는데요?"

"여왕의 그림자가 지나가면서."

"그럼 당신은요?"

"난 그림자와 여왕 꿈을 꾸는 사람들 사이에 소금을 뿌리고 싶었어. 그런데 내 힘이 그런 장소에는 미치지 않았지."

"여왕은 젊은 남자의 꿈속에도 있었나요?"

"아니."

"없었어요?"

"그녀는 거기 없었어. 절대 없었어."

"그녀가 거기 없었다고 꿈을 꾼 사람은 누구죠?"

"무슨 말인지 모르겠어. 머리가 아파."

"그것이 당신 꿈에 부재했던 젊은 남자의 꿈이었나요, 아니면 그의 꿈이 분명히 당신 꿈속에 있었는데, 여왕 없이 빈 채로, 윤곽도 없이 떠다녔나요?"

"젊은 남자와 꿈은 같은 장소들을 맴돌지 않아."

"머리는 어때요?"

"잠시 아팠던 거야."

"지난밤에 당신은 여행을 너무 많이 했어요."

"맞아, 맞아. 그런데 그렇게 피곤하지는 않아." 여왕이 말한다.

잠에서 깨어났을 때, 서로 다른 수많은 몸을, 가끔은 여러 개를 한꺼번에 짐처럼 지고 그 꿈들 속을 헤매느라 끊임없이 경기를 일으켜 사지가 떨어져 나가는 것 같았는데도, 두통으로 머리가 지끈거리는데도, 모든 방향으로, 많은 경우 방향을 잃은 불쌍한 전갈처럼 제자리에서 몸을 뒤집어가며 셀 수 없이 많은 노력을 기울였는데도 여왕은 거의 피곤하지 않았고 아주 기분이 좋았다.

근육통은 마구 쑤셔대는 방해자로 나타나지 않고 오히려 견디기 힘들긴 해도 멀리 떨어져 있는 고통의 정중한 대사들처럼 거기 있었고, 뻣뻣한 천들의 움직임 속에서 그녀를 호위했다. 그것은 여왕의 마음에 쏙 들었다. 보이지 않는 그 호위 속에서 자신이 완전히 별개의 세계에 있다고 느꼈기 때문이다.

그런데 놀라울 정도로 기분 나쁘지 않은 그 순간에 마침 허리를 숙인 여왕이 땅에 떨어져 있는 알록달록한 작은 깃털을 발견했다. 그녀에게 그 깃털을 줍는 건 쉽지 않은 일이었다. 팔을 조금만 격하게 움직여도 깃털은 좀 더 먼 곳으로 훌쩍 날아가버렸다. 전혀 그럴 거라고 예상치 못했던 여왕은 하마터면 앞으로 고꾸라질 뻔했다. 그녀는 가까스로 몸을 추슬렀지만, 그 바람에 깃털이 또다시 날아갔다.

깃털은 너무나 가벼워서 그야말로 아무것도 아닌 것으로도 날아올랐다. 어찌 된 일인지 깨달은 여왕이 팔은 더 조심스럽게, 등은 더 유연하게 움직였지만, 이번에는 그녀의 치마가 깃털을 쫓아버렸다. 부드러운 천이 거품 이는 파도처럼 바닥 위를 달려가면, 깃털도 똑같은 움직임으로 앞으로 내달렸다. 파도가 멈추면, 깃털도 거의 동시에 멈췄다. 하지만 일 미터 정도 떨어진 곳에. 난감해진 여왕 역시 멈춰 섰다.

여왕은 커다란 치마의 훅을 끌러 바닥에 완전히 떨어질 때까지 숨을 참아가며 작은 한숨보다 더 큰 소리가 나지 않게 살며시 내려놓았다. 깃털이 살짝 떠오르나 싶더니 거의 그 자리에 다시 내려앉았다.

그러자 여왕은 땅에 겨우 닿을 만한 길이에 주름도 몇 개밖에 안 되는 속치마 차림으로 냅다 달려들었다. 물론 깃털도 날아갔지만 더 멀지 않은 곳에, 훨씬 덜 먼 곳에 다시 내려앉았다.

이제 여왕은 속치마와 그 속에 입는 속치마, 또 그 속에 입는 속치마까지 벗어버렸다. 그녀는 점점 더 작아지는 속치마를 벗어 대 회랑의 번쩍이는 타일 위에 내던지며 달려갔고, 날아오른 깃털은 점점 더 가까운 곳에 내려앉았다.

그렇게 회랑 끝, 정원으로 통하는 초승달 모양의 층계 앞에 도달했을 때 여왕은 실오라기 하나 걸치고 있지 않았지만, 마침내 깃털을 손에 쥐었다.

정원사는 여왕이 기침하기 전에 궁궐의 모든 화분에 신선한 꽃들이 활짝 피어 있게 하는 것이 소임이었다. 그는 일찌감치 정원에 나와 있다가 어떤 여자가 벌거벗은 채 깃털에 대고 뭐라고 중얼거리는 것을 보고는 길을 잃은 미친 여자가 또 궁궐 정원에 난입한 모양이라고 생각했다.

하지만 그는 미친 여자들을 내쫓지 않는 정원사였다. 식물들과 오래 지내다보니 햇빛을 찾거나 그로부터 자신을 보호하는 데에, 또 자신이 있는 자리에서 공기를 취하는 데에 셀 수 없이 많은 방법이 있다는 것을 배웠기 때문이었다.

"깃털이 참 예쁘네요." 그가 다가가며 말한다.

"이걸 따라잡느라 얼마나 힘들었는지 몰라요." 젖가슴이 요동칠 만큼 가쁜 숨을 몰아쉬며 여왕이 말한다.

"왜요?" 정원사가 말한다.

"자꾸 달아나서요." 여왕이 말한다.

"아, 내가 갈퀴로 긁어모을 때 낙엽처럼." 남자가 말한다.

"빨리 이해하네요." 여왕이 말한다.

자신이 그녀에게 점수를 땄다는 걸 알아차린 정원사는 그것을 이용해 궁궐에 바칠 꽃들을 손질하고 잘라낸 꽃들을 버릴 때 쓰는 커다란 천으로 미친 여자를 감싸주었다.

여왕은 그가 무엇을 하는지 똑똑히 보았고, 어쨌든 그녀가 있는 별개의 세계 속에서 깃털에 이끌려 처음으로 온 오솔길을 떠나지 않는 게, 뒤돌아보지도 옆을 기웃거리지도 않고 그냥 코앞에 닥친 일에 만족하는 게 낫겠다고 판단했다.

"왜 이러는 거죠?" 그녀가 대답을 듣기 위해 정원사에게 묻는다.

"깃털을 보호하려고요." 그 능숙한 남자가 대답한다.

"하지만 깃털은 내가 아주 잘 보호하고 있는걸요." 여왕이 말한다.

"물론 그렇죠. 하지만 벌거벗고 있으니 다른 눈들이 볼 수도 있고, 탐낼 수도 있고, 비에 젖을 수도 있고, 어떤 손이 집어서 쓰레기통에 버릴 수도 있잖아요."

"그렇군요." 모든 것을 이해하는 여왕이 말한다.

여왕은 정원사의 손에 이끌려 큰 정원과 작은 정원 여러 곳을 거쳐 철길 위쪽 토끼 우리가 내다보이는 작은 오두막까지 갔다.

여왕은 오랫동안 정원사 곁에 머물렀다. 그는 그녀를 잘 대해줬고, 그녀에게는 오로지 한 가지, 회랑이나 정원 쪽에 가서 돌아다니지 말 것을 요구했다. 그는 그것을 막기 위해 그녀에게 꽃 담는 자루 외에 다른 옷은 주지 않았다. 그는 여자의 교태를 이해하는 남자였기 때문에, 그녀가 그 자루를 꾸미게 내버려 뒀다. 그날 저녁, 조잡하게 재단한 소매에서 너무나 순진무구하게 드러난, 아래쪽은 희고 위쪽은 그을린 그녀의 팔을 본 정원사의 마음은 봄바람처럼 부드러워졌다.

"꽃자루를 진짜 드레스로 만들었군요." 그가 감격해 말했다.

다른 날에는 이렇게도 말했다.

"궁궐의 여자들이 아무리 요란하게 치장한 드레스를 입어도 낡은 천을 걸친 당신만큼 아름답진 않아요."

하지만 여왕은 연고도 비단옷도 화장품도 없는 상태에서 자신의 연약한 피부가 여왕으로 보낸 긴 세월 동안 쌓인 온갖 근심 걱정을 얼마나 여실히 드러내는지 잘 알고 있었다. 그래서 그녀는 정원사의 말을 어떻게 받아들여야 할지 알 수 없었다.

또 다른 날, 정원사가 그녀에게 말했다.

"당신이 떠나버릴까봐 이토록 두렵지만 않다면 난 당신을 위해 궁궐로 드레스들을 가지러 갈 거예요."

"아, 당신의 꽃자루를 입고 있는 내가 못생겼다고 생각하는군요." 여왕이 말했다.

"아뇨. 난 그저 당신이 슬퍼 보여서 뭔가를 해주고 싶어요."

그 후로 여왕은 슬픔에 잠겨 있지 않았다. 그녀는 풀이 우거진 방치된 레일 사이를 산책했다. 저녁 햇빛은 부드러웠고, 멀리 궁궐의 창문들에서 운모의 반사광이 반짝였다. 저 멀리 지평선의 만곡부에 있는 궁궐은 돌과 유리의 정글과 유사한 전면들의 뒤엉킴에 지나지 않았다.

태양이 마지막으로 불타올랐다. 마치 잔뜩 쌓아놓은 보석 사이로 피, 눈, 금을 줄줄 흘리며 끝없는 공간에서 잠시 솟아올랐다가 이내 다시 그 안으로 뛰어드는, 다이아몬드 비닐로 뒤덮인 전설적인 동물 같았다.

그러고는 모든 것이 천천히 퇴색되어갔다. 실처럼 늘어지는 줄무늬 몇 개가 궁궐 전면의 곧은 선에 매달렸고, 푸르스름한 광채의 긴 베일이 주조물 같은 유리창들의 흐름 위에서 잠시 지체했다. 금방이라도 사라질 것 같은 그 색깔은 여왕의 피부 위에도 내려앉은 것 같았다. 그녀는 만질 수 없는 그 색깔의 한 자락을 어깨에 두른 스카프처럼 느꼈고, 멀리 궁궐의 불투명한 유리창들 위에서 떠다니는 다른 자락에서 눈을 떼지 못했다.

그녀는 풀 위에 누워 정원사를 기다렸다. 마침내 도착한 그도 밤이 완성되는 것을 바라보기 위해 그녀 곁에 누웠다. 그때 그녀는 창백하고 푸르스름한 반사광을 포기할 수 있었다. 그것이 잘못 본 것, 잘못 이해한 것인 양 사라지게 놔둘 수 있었다.

궁궐은 검고 거대한 덩어리로 딱딱하게 굳어 있었다. 하지만 아래쪽 골짜기의 풀은 아직 따뜻했다.

"난 아주 오랫동안 이 풀을 찾아다녔어요." 어느 날 저녁, 서로 그리 떨어지지 않은 곳에 나란히 누워 머나먼 석양을 다시 한 번 바라보았을 때 여왕이 말한다.

"어떻게 그럴 수 있죠? 궁궐에 멋진 잔디밭들이 있잖아요." 정원사가 놀라워하며 말한다.

"하지만 거기는 누울 수가 없어요." 여왕이 말한다.

"그래도 귀부인들은 거기 앉잖아요. 난 그들이 깃털을 활짝 펼치고 있는 커다란 새들처럼 거기 앉아 있는 걸 봤어요."

"귀부인들은 그러지만 미친 여자들은 안 그래요."

정원사가 잠시 입을 다물고 있다가 말한다.

"당신은 미친 여자가 아니에요."

여왕이 갑자기 벌떡 일어나더니 거친 천으로 만든 옷을 벗어버리고 눈처럼 흰 맨몸을 드러낸 채 풀 위에 눕는다. 그녀의 두 눈이 어디에 머물러야 할지 모르는 짐승들처럼 바삐 움직인다. 그녀가 곁눈질로 정원사를 쳐다본다. 그녀의 심장이 마구 두근거린다.

그는 그녀에게 옷을 집어 던지고, 그 옷을 마치 강압복처럼 그녀에게 거칠게 입히고, 발로 차고 주먹으로 어깨를 후려쳐가며 그녀를 궁궐로 내몰까? 빽빽 고함을 질러가며, 발작을 일으킨 저녁의 어둠이, 부패의 차가운 냄새를 풍기는 치명적인 밤의 어둠이 몸을 뒤틀어댈, 지워지지 않는 메아리의 폭풍으로, 그 날카로운 메아리들로 가득 채워질 골짜기에서 고함을 질러가며 시퍼렇게, 시뻘겋게 멍이 든 그녀를 쫓아버릴까?

정원사가 신발을 벗고 꺼칠꺼칠하고 두꺼운 양말까지 벗어버린다. 여왕은 젊고 힘찬 그의 발을 본다. 그가 옷을 하나도 남기지 않고 모두 벗어버리고는 여왕에게서 멀리 떨어지지 않은 곳에 아주 똑바르고 뻣뻣한 자세로 다시 눕는다.

이제 풀은 차갑다. 풀들이 땅에서 스며 나온 일종의 이슬처럼 날카로운 날로 등을 찔러댄다. 골짜기의 경사면들은 벽처럼 매끄럽고 검다.

"우리가 마치 무덤 속에 누워 있는 것 같아요." 눈물이 그렁그렁한 눈으로 여왕이 말한다.

정원사는 말을 하지도, 움직이지도 않는다.

"땅이 곤두서서 자신의 거친 풀로 물어뜯으려는 것 같아요." 여왕이 말한다.

잠시 후, 여왕이 다시 말한다.

"별들이 하늘의 석화된 몸에 들러붙어 우글대는 흉측한 구더기들 같아요." 그녀의 뺨에 눈물이 흐른다.

아무 대답도 없다. 바닥의 한기가 그녀의 사지로 올라오고, 생각들이 머릿속을 이리저리 떠돌며 커다란 미치광이 헝겊들처럼 춤을 춰댄다. 여왕은 사물들이 서로 분리되고, 자신이 곧 죽을 것 같다는 느낌이 든다.

그런데 정원사가, 그때까지 아무 말이 없어서 더는 곁에 있다고 느껴지지 않았던 정원사가, 아주 멀리 떨어져버렸다고, 어쩌면 영영 가버렸을지도 모른다고 여겼던 정원사가 입을 연다.

"몹시 사랑한 딸이 있었는데, 죽었어요." 그가 말한다.

"이렇게 젊어 보이는데 딸이 있었어요?" 여왕이 깜짝 놀라 묻는다.

"난 딸의 얼굴이 내 얼굴보다, 내 아버지의 얼굴보다 더 늙은 모습으로 변해가는 것을, 내 손 안에서 거의 문드러져 가는 것을 봤어요."

"언제요?" 여왕이 묻는다.

"오래전에. 하지만 그 아이는 내 꿈을 떠나지 않고 있어요. 아이이자 노파인 그 미친 얼굴도."

"지난밤에도 봤어요?"

"슬피 울면서 헤매고 있었어요. 궁궐의 벽들을 돌며 나를 불러댔지만 난 그 아이를 들어오게 할 수 없었어요."

"그 아이를 어디에 묻었어요?"

"저 골짜기에요."

"부인은요?"

"미쳐버렸어요."

"그녀를 위해 아무것도 해줄 수 없었나요?"

"품에 안아줄 수조차 없었죠."

"정원사의 아내와 딸." 여왕이 생각에 잠겨 말한다.

"당시에 난 정원사가 아니었어요." 정원사가 말한다.

"그럼 뭘 했는데요."

"공부를 했어요."

"그 후로는?"

"그 후로는 공부를 하지 않았어요."

"영영?"

"난 궁궐로 와서 내 공부와는 전혀 상관이 없는 이 일을 시작했어요. 이 일을 하면서 세월이 지나가는 걸 바라보죠. 세월이 날 내 기억 속의 얼굴들로부터 점점 멀리 데려가요. 세월은 늘 약간의 거리를 두고 말 없는 큰 무리처럼 지나가요. 나로부터 너무나 먼 곳으로."

여왕이 가만히 일어나서 거친 천으로 된 옷을 다시 입는다.

"가요, 이제 추워요." 그녀가 말한다.

정원사가 꼼짝도 하지 않았기 때문에 그녀가 그에게 옷들을 하나씩 건네주었다. 그가 말없이 고분고분 그것들을 입었고, 여왕의 가슴은 놀라움으로 가득했다.

그들은 다시 골짜기 위쪽, 토끼 우리 근처에 있는 오두막으로 갔다.

'아이였을까, 노파였을까?' 여왕은 걸으면서 속으로 생각했다. 그녀는 곁눈질로 그를 쳐다보았다. 표류하는 거대한 기체의 층들 속에서 구름이 순간적으로 너무나 선명한 옆모습을 통해 내놓는 것 말고는 어떠한 대답을 주지 않는 그의 얼굴을 보았다.

오두막에서 여왕은 정원사 위에 누웠다. 그의 두 팔 위에 자신의 두 팔을 뻗었고, 그의 두 다리를 자신의 두 다리로 감쌌다. 그의 얼굴은 그녀의 목에, 때로는 목의 이쪽, 때로는 목의 저쪽에 있었다.

"내가 당신을 잘 덮어주나요?" 여왕이 속삭였다.

그런 다음에는 정원사가 여왕 위에 누웠다. 그의 몸은 여왕의 몸보다 커서 이리저리 움직이지 않아도 충분히 감쌀 수 있었다.

"내가 당신을 잘 채워주나요?" 그가 말했다.

그들이 집을 비운 사이 적막이 다시 돌아와 온 집 안을 차지했다. 온 대지를 에워싸고, 밀려드는 파도가 되어 경비가 허술한 만(灣) 속으로 파고드는 아주 커다란 적막, 별들로부터 내려와서 늘 저만치 물러선 채 몸을 던져 부딪히고 싶어도 매번 슬그머니 피해서 사람을 슬프고 얼빠지게 만드는, 그 보이지 않는 거대한 벽을 이루는 적막의 형제, 그것의 진군이었다.

여왕도 정원사도 적막을 깨지 않았다. 그들의 몸은 강하지 않아서 대결을 원치 않았고 그것과 견줄 수도 없었다.

야생의 적막 언저리에서, 그들에게는 따라야 할 길이, 다른 질료로 된 길이 있었다.

정원사가 여왕을 덮었고, 이어 여왕이 정원사를 덮었다. 그들은 밤새 그렇게 그들 둘의 몸 사이에 누운 가냘픈 형태, 그것의 열기, 어둠 속에서 잔가지들이 부러지며 나는 아주 작은 소리, 덤불 위에서 잎들이 무언가에 스쳐 파르르 떠는 소리를 닮은 그것의 속삭임을 지켰다.

어느 날, 여왕이 자신의 자루 옷 위에 알록달록한 깃털을 달았다. 정원사는 약간 구겨진 채 거친 천 위에 서툴게 달린 깃털을 보았다. 그가 궁궐로 가서 부드러운 천 드레스를 가져와서는 여왕 앞에 내려놓았다.

"난 이것과 비슷한 깃털을 꽂고 있던 여자를 찾아야만 해요." 여왕이 말한다.

"난 공부를 다시 시작할 생각이에요. 저녁마다, 일을 마친 후에."

여왕은 오두막과 골짜기, 몸에 닿으면 때로는 차갑고 때로는 따뜻한 풀을 떠났다.

그녀는 모르는 여자의 귀에 매달려 요동친 깃털을 찾아 이 거리 저 거리를 걷는다. 그날 저녁, 그녀는 벤치, 탁자, 군중이 있는 광장에 도착한다.

그녀는 부들부들 떤다. 너무나 미세해 무엇인지 알 수 없는 것들, 모래무지들이 다리를 스쳐 지나가는 것만큼이나 지각하기 어려운 수많은 것들이 그녀를 들쑤신다.

여왕은 대신이나 집사들이 늘어놓는 아주 큰 근심밖에 몰랐다. 그녀의 두 남편이 그녀에게 내놓는 것 역시 왕의 근심이었으니 무척 컸다. 여왕은 왕국 전체에서 그 큰 근심을 보았다. 그것이 거울에 반사되고, 그림에 그려지고, 연대기에 이야기되고, 궁신에 의해 전해지고, 메아리쳐 이곳저곳으로 퍼지는 바람에 그녀는 그것이 이야기들보다 먼저인지, 아니면 이야기들을 베끼며 뒤따르는 것인지 더는 알 수가 없었다.

오늘 저녁 그녀를 들쑤시는 것은 무엇일까? 아주 작은 근심, 두려움이다. 여왕은 궁궐 주변의 거리를 돌아다니는 수많은 여자 중에서 자신이 찾고 있는 그 여자를 알아보지 못할까봐 두려워하고 있다. 아닌 게 아니라 여왕이 아는 여자라고는 궁신의 부인과 하녀들뿐이다.

"그 여자들을 안다고요? 확실해요?"

"아니, 아니, 난 그 부인들의 드레스, 하녀들의 드레스밖에 몰라. 난 그녀들을 몰라, 그녀들조차 몰라." 여왕이 말한다. 그녀의 생각들이 채찍질을 당한 짐승들처럼 펄쩍펄쩍 뛰어다닌다.

"그런데도 수천 명의 여자 중에서 당신이 알아볼 수 있는, 드레스조차 입지 않은 여자를 찾겠다고요?"

"하지만 깃털은 매달고 있을 거야." 여왕이 말한다.

"매달고 있지 않으면?"

"매달고 있지 않으면…… 매달고 있지 않으면, 이게 그녀의 것이기 때문이겠지." 여왕이 망설이며 말한다.

"그렇다면?"

"그렇다면 그건 그녀가 대 회랑에, 내가 지나다니는 길목에 이 깃털을 놔뒀다는 뜻이겠지." 여왕이 의기양양해져서 말한다.

"하지만 이제 그녀에게 깃털이 없다면 그녀는 당신이 눈길조차 주지 않았던 다른 모든 여자와 다르지 않을 거예요. 그러니 당신은 그녀를 알아보지 못할 거예요."

"그녀가 나한테 깃털을 줬을지도 모르는데, 나는 그 탓에 그녀를 알아보지 못하다니." 여왕이 절망에 빠져 말한다.

"혹시 그녀가 깃털을 매달고 있다면?"

"그러면 내가 그녀를 알아보겠지." 여왕이 다시 쾌활한 어투로 말한다.

"하지만 그렇다면, 그녀가 귀에 깃털을 매달고 있다면, 당신에게 있는 깃털은 뭐죠?"

"나에게 있는 깃털?"

"지금 당신 옷에 있는 거요."

"그 경우에 이 깃털은 그녀의 것이 아니겠지." 여왕이 괴로워하며 말한다. "그녀가 이것을 내가 지나다니는 길목에 놓아두지도 않았을 테고. 그렇다면 그 여자를 뭐하러 찾느냐고?"

누가 말하고, 누가 대답하는 걸까? 여왕은 알지 못한다. 누군가 말을 하고, 누군가 대답을 한다는 것조차 알지 못한다. 그녀는 아무도 알지 못하는 영역에서 불어오는 바람에 날리는 깃털처럼 광장을 오락가락한다.

그녀는 멀리 사람들이 앉아 뭔가를 마시는 탁자들 사이에서 바삐 움직이는 젊은 남자를 알아본다. 여왕은 잠시 걸음을 멈춘다. 그녀는 갑자기 욕망을 불러일으키는, 열정적으로 뛰어들고 싶은 이야기를 떠올린다. 오래된 마룻바닥, 은은하게 빛을 발하는 떡갈나무 마룻바닥과 문틀 속에 서서 기다리는 젊은 남자의 또렷하고 아름다운 그림자를 본다. 그 이야기가 그녀를 둘러싸고 마구 두근거린다. 그녀 역시 두근거린다. 하지만 그들은 서로를 찾지 못한다. 곧 실망한 이야기가 서서히 멀어지더니 이리저리 쉬지 않고 날아다니는 무한히 작은 이야기들의 소용돌이 속에서 해체된다.

여왕은 따르도록 명확하게 그어진 길도, 바라볼 금빛 액자도 보여주지 않는 군중 속에서 뱅뱅 돈다. 궁궐의 큰 복도들, 회랑의 벽 위에 줄지어 걸린 초상화들은 어디로 가버렸을까? 여왕은 누군가가 그 복도를 걸었다는 것을, 누군가가 그 그림들 앞을 지나갔다는 것을, 지금 누군가가 그것을 기억한다는 것을 잘 알고 있다. 그녀는 그 누군가가 그녀 자신이라는 사실에 놀란다.

곧 그 놀라움 역시 또 다른 길 위에서 미끄러진다. 아마도 그들은, 여왕과 그녀의 놀라움은 언젠가 다시 마주칠 것이다. 그 사이, 그녀는 유리와 강철의 절벽들에 자리를 내주기 위해 인도 곳곳이 뒤로 물러나고 집들이 철거된 작고 오래된 길들을 걷는다. 그녀가 부재하는 동안 길들 전체가 지워졌고 많은 것이 변해버렸다.

'그러니까 오로지 여왕의 눈길만이 그것들을 있었던 그대로 품고 있었어!' 그녀는 이렇게 생각하며 불안해한다. 여왕인 그녀의 눈길이 없다면, 왕국의 사물들은 쉬지 않고 늘어나고 줄어들고 사라지거나 다른 것이 되어버리지 않을까? 그녀 자신조차 여왕이라는 이름이 없다면 끊임없이 예측할 수 없는 변신을 거듭해가는 그 풍경 속에서 무엇을 할 수 있을까?

자, 이제 그녀는 하나같이 투명한 그 절벽 중 하나의 앞을 막 지나가고 있다. 남자와 여자들이 빛이 포로처럼 갇힌 탁자들 위에서 작고 검은 뭔가를 움직여대고 있다. 그러다 문득 여왕은 그토록 찾아 헤매던 여자를 본다. 그녀는 깃털을 가지고 있다. 아니, 안 가지고 있다. 아니, 가지고 있긴 한데 같은 것이 아니다. 여왕은 이제 아무것도 확신할 수가 없다. 그녀의 것은 녹색, 노란색, 분홍색인데, 여자의 귀에 매달려 있는 것은 푸른색, 오렌지색, 보라색이다. 처음에 봤던 깃털은 무슨 색이었더라?

창유리에 얼굴을, 유리의 장벽에 옆구리를 갖다 댄 여왕은 다시 한번 부동성을 경험한다. 그녀 앞에 여왕인 여자가 알아볼 수 있는 것이라곤 아무것도 없다. 그녀의 깃털이 바닥에 떨어졌다. 유리 너머에서 흔들거리는 깃털은 네온 불빛 때문에 더 요란스러워 보이는 싸구려에 지나지 않는다. 유리에 착 들러붙은 여왕은 걸음을 내디딜 어떠한 길도 보지 못한다. 뻣뻣하게 굳은 그녀의 무릎도, 구부린 팔꿈치도, 별 모양으로 펼친 손도, 유리에 짓눌린 이마도 더는 움직일 수가 없다. 유리가 곳곳에서 차가운 의지로 그녀를 압박해 마비시킨다.

여왕은 기억 하나를 떠올린다. 성의 탑 아래에 있는 깜깜한 지하 감옥에 포로들이 사람 크기보다 작은, 제각기 형태가 다른 우리에 갇혀 있다. 세월이 흐르고, 여름이 찾아온다. 간수들이 그 우리들을 궁궐의 잔디밭으로 옮겨 늘어놓고는 아주 조심스럽게 창살을 연다. 푸르른 잔디밭에 늘어놓은 우리들 위로 뙤약볕이 내리쬔다. 구경꾼의 접근을 막는 줄이 쳐 있다. 하지만 포로들은 창살이 아직 있는 것처럼 꼼짝도 하지 않는다. 그들의 몸은 우리 속에 갇힌 형태를 그대로 유지하고 있다. 구경꾼은 뒤틀린 사지 한가운데에서 툭 튀어나와 햇빛에 타들어가는 그들의 눈을 본다. 저녁이 되자, 각진 뼈대에 지나지 않는 그중 몇몇은 무너져 내려 창살을 쌓아놓은 작은 더미 옆에 또 다른 작은 더미를 형성한다.

창유리 너머의 여자가 고개를 들었다. 갑자기 부동성의 상태에서 벗어난 여왕이 흠칫 뒤로 물러났다. 그런데 여자가 웃으며 손으로 작은 신호를 보내고는 일어나서 인도로 나오더니 겁에 질려 있는 여왕에게 다가온다.

"나 먼저 가요. 어쩔 수 없죠." 여자가 말한다.

"남자친구는요?"

"화가 났어요."

"아, 근심이 있군요." 여왕이 말한다.

"내가 바람을 피웠어요." 여자가 말한다.

"바람을 피워요?"

"예, 내 애인하고요. 저기, 창 너머에 있는 저 사람."

"그를 사랑하나요?"

"누구요, 내 애인요?"

"아뇨, 남자친구요."

"물론 사랑하죠." 여자가 대답한다.

"그럼 왜?"

"불안하게 만들려고요."

"남자친구를요?"

"아뇨. 애인을요."

"하지만 정반대로 그를 기분 좋게 해주고 있는 거 아닌가요?"

"아뇨, 왜냐하면 내가 오늘 저녁에 그를 속이고 바람을 피울 거거든요."

"누구랑요?"

"내 남자친구하고요."

"그가 불행해질 거예요."

"누가요, 내 애인요?"

"아뇨, 남자친구요."

"상관없어요. 그도 나를 속이고 바람을 피울 테니까요."

"당신이 그에게로 돌아가는데, 왜요?"

"두려움을 떨치려고요."

"누구하고요?" 여왕이 묻는다.

"아마도 당신하고." 여자가 말한다.

"당신이 힘들어질 거예요."

"난 그를 죽여버릴 거예요." 여자가 말한다.

"뭐라고요?" 도무지 이해를 할 수 없는 여왕이 말한다.

"난 그를 죽여버릴 거예요." 여자가 깔깔대며 말한다.

여자가 아롱거리는 옷을 걸친 마네킹들이 줄줄이 서 있는 진열창 앞에 멈춰 선다. 마네킹 중 하나가 지팡이를 손에 쥐고 있다. 둥그스름한 위쪽 끝은 조각이 되어 있고, 아래쪽 끝에는 단단하고 뾰족한 쇠침이 달린 반들반들한 지팡이다.

"안 돼요!" 지팡이를 본 여왕이 말한다.

"아뇨, 돼요." 여자가 말한다.

"안 돼요, 안 돼." 여왕이 격렬하게 몸을 떨며 말한다.

"저거 그 사람한테 아주 잘 어울릴 거예요."

"지팡이가요?"

"아뇨, 저 셔츠요."

"당신 애인한테?"

"아뇨, 내 남자친구한테. 그는 저렇게 아롱거리는 셔츠를 아주 좋아해요."

"아, 남자친구한테 아롱거리는 셔츠를 선물하려는 거로군요." 여왕이 말한다.

"정말 멋질 거예요." 여자가 기쁨에 들떠 말한다.

"그래요." 여왕이 말한다.

"당신도 봐야 하는데."

"그래요." 여왕이 말한다.

여왕의 머릿속에서 벅적거리던 의문들이 낡은 근심들처럼 사라져버렸다. 이제 그들 둘은 금빛으로 물든 나뭇잎들이 바닥에 널려 있는 한 공원의 벤치에 앉아 있다. 석양에 물든 산책로 저쪽, 자기처럼 섬세한 분홍빛 광채 속에서 어린이용 회전목마가 돌아가고 있다. 그들은 매점에서 산 샌드위치를 먹으며 아주 붉은 포도주를 병째 들고 마신다. 여왕은 머리가 빙빙 도는 것을 느낀다. 그녀도 그녀 자신에 대해 얘기하고 싶다.

"나는 여왕이었어요." 그녀가 말한다.

여자가 깔깔 웃기 시작한다.

"나도요."

"당신도요?"

"난 이 도시의 뷰티 퀸이었어요."

"지금은요?" 여왕이 묻는다.

"지금? 지금은 지켜봐요. 미장원도 가고, 안마 시술소에도 가고…… 참, 춤도 배우러 다녀요."

"대단하네요." 지치지 않고 귀를 기울이며 여왕이 말한다.

"내 애인도 왕이었어요."

"그건 불가능해요!" 그 남자가 자신의 남편 중 하나였다면 알아보았을 거라고 생각한 여왕이 말한다.

"지팡이의 왕." 여자가 말한다.

"지팡이요?"

"사탕수수요.* 자기 나라에서 쫓겨나는 바람에 모든 걸 잃었죠."

"그랬군요. 나도 모든 걸 잃은 남자를 알았어요. 하지만 그는 왕이 아니었어요." 당황한 여왕이 말한다.

"그런데 당신은 무슨 퀸이었어요?" 여자가 묻는다.

"그게……."

"그게?"

"나는 왕국의 퀸이었어요."

"그런 게 어디 있어요. 말도 안 돼." 여자가 말한다.

"말도 안 되다뇨?" 여왕이 묻는다.

"당신 좀 이상하군요." 여자가 잠시 입을 다물고 있다가 말

---

* 프랑스어로 지팡이는 canne이고, 사탕수수는 canne à sucre이다.

한다.

"지난번에 당신은 내가 미쳤다고 했어요." 여왕도 잠시 뜸을 들이다가 말한다.

"당신이 해대는 칭찬이 짜증 났어요." 여자가 말한다.

"당신이 너무 멋져 보였거든요." 여왕이 말한다.

"당신은 날 비웃었어요." 여자가 말한다.

"내가 왜 당신을 비웃었겠어요?"

"내가 예전에 뷰티 퀸이었으니까. 내가 춤을 추다가 발을 헛디뎠으니까."

"그렇다고 어떻게 내가 비웃을 수 있겠어요?" 슬픔에 빠져 괴로워하며 여왕이 묻는다.

그날 저녁, 여자는 남자친구에게 돌아갔고, 여왕은 호텔 방을 잡았다. 여왕은 좁은 침대에 앉아 생각을 해보려고 애쓴다. 그녀는 자신이 오래전부터 생각을 하지 않았다는 느낌이 든다. 아니면 그녀의 생각이 너무 변해서 그녀가 그것을 이제는 알아보지 못하는 것일까?

대신과 집사들이 왔을 때, 그녀는 자신이 생각한다는 걸 알고 있었다. 생각들이 화려한 드레스를 입은 자신의 머리에서 내려와 대신과 집사들의 생각을 맞이했었다. 그 모든 생각이 함께 어울려 박식하고 위풍당당한 춤을 췄었다.

생각하는 것은 궁궐의 큰 복도들을 나아가는 것과 같았다. 저녁마다 여왕은 뺨에서 지워진 분홍색, 눈을 떠나버린 푸른색과 검은색, 심장을 파고드는 한기, 아주 멀리, 저 아래쪽 집들의 안뜰에서 무슨 일이 벌어지는지 바라보기 위해 창가로 갔을 때

느껴지는 고통을 통해 자신이 여왕으로서 또 하루를 보냈다는 것을 알았다.

"여왕님, 그 젊은 남자와 있을 때도 생각을 했었나요?"

"생각하지 않았어."

"그럼 당신의 내부에서 무슨 일이 일어났죠?"

"이것저것 지나갔어. 술잔, 내 치마, 담배, 모직 덧신, 내 눈 앞에 어마어마하게 커 보였던 젊은 남자의 얼굴, 좌우로 펼쳐진 꺼칠꺼칠한 베개 같던 마룻바닥, 빠르고 구불구불한 것들도 있었는데, 어떻게 묘사를 해야 할지 모르겠어."

"정원사하고 있을 때는요? 그때는 생각을 했나요?"

"너무나 뜨거워서 생각을 녹여버리는 풀도 있었고, 너무나 차가워서 생각을 얼어붙게 만드는 풀도 있었어. 안개처럼 생각을 흡수해버리는 적막도 있었고, 거친 피륙처럼, 가끔은 좋은 마사지 글러브처럼 생각을 문질러대는 내 옷의 투박한 천도 있었어. 미친 여자도 있었고, 그 앞에서는 모든 생각이 비틀대다가 쓰러져버리는 죽은 아이도 있었어."

"그럼 정원사는요, 여왕님?"

"그는 자주 멍한 눈으로 앞만 바라보며 꼼짝 않고 앉아 있었어."

"당신은요?"

"나도 그처럼 하고 있었어."

"멍한 눈길을 하고 꼼짝 않은 채 앉아 있었나요?"

"맞아."

"그건 생각하는 자세가 아닌가요?"

"어쩌면."

"그 자세로 무엇을 생각했나요?"

"우리가 그 자세로 거기 있다는 생각."

"그럼 그 여자하고 있을 때는, 여왕님, 분명히 생각을 했겠죠?"

"생각들이 전개되어야 할 곳에 가벼운 혼란, 정지 상태로 떠 있는 먼지들, 불티들, 따닥따닥 소리들밖에 없었어. 그녀가 하는 말들이 거품으로 변하더니 내 안으로 들어와서 터졌고, 난 취해갔어. 취하는 게 생각하는 건가?"

"그건 지금 당장 당신이 결정할 수 있어요. 당신이 원하기만 한다면요, 여왕님."

"깃털도 있었어."

"그래서요?"

"그건 생각처럼 폭압적이었어. 거의 실체도 없는 것이, 강한 동시에 가벼운 것이 분절되어 움직였어. 늘 내 앞에서."

"그럼 그건 생각이었어요."

"생각이 아닌 동시에 생각이었지."

"그게 무슨 말이에요?"

"깃털은 생각이었어."

"그리고요?"

"생각은 깃털이었어."

"이미 말했잖아요."

"아냐." 여왕이 말한다.

"맞아요."

"그만!" 여왕이 너무 크게 소리를 질러 호텔에 있는 사람 모두가 그 소리를 들었다.

호텔 지배인이 그녀의 방까지 올라와 문을 열고는 좁은 침대, 장롱, 커튼, 안락의자를 둘러본다. 이윽고 그가 말한다.

"부인, 누가 당신에게 말을 거는지는 모르겠지만 너무 시끄럽게 구시네요. 저희 호텔에 묵게 할 수 없으니 나가주세요."

"묵게 해주세요." 여왕이 말한다.

"유령한테 그렇게 크게 소리를 질러대시니 그 유령한테 그의 집으로 데려가달라고 하세요. 우리 호텔은 마녀는 사절입니다." 호텔 지배인이 화를 내며 말했다.

여왕은 그를 설득할 수 없으리라는 것을 안다. 아무리 그래도 대신, 집사, 궁신, 심지어 궁궐 하인들에게도 말을 할 줄 아는 그녀가 일개 호텔 지배인에게 말을 못 할까?

"나는 여왕이에요." 그녀가 속삭이듯 말한다.

"난 호텔 지배인이오. 썩 나가시오."

그 남자에게 '여왕'이라는 말은 그 좁은 침대, 그 위에 구겨져 있는 옷, 그가 듣는 애원의 목소리, 그가 보는 불안한 눈에서 멈춘다. 그에게 '여왕'이라는 말은 크고 작은 정원, 초상화들이 걸린 대 회랑, 궁신, 대신, 집사, 남편 왕들이 있는 방들, 그리고 궁궐의 어마어마하게 크고 어두운 꿈들로 이어지는 긴 복도를 열어놓지 않는다.

그런데 여왕이 궁궐을 떠났을까, 아니면 궁궐이 그녀를 떠났을까?

그녀는 이런저런 막연한 후회에 젖어 거리를 돌아다니며 자신의 궁궐을 찾는다. 밤늦은 시각, 멀리, 여러 건물의 전면들이 높고 어두컴컴한 장벽을 이루고 있다. 하지만 다가가면 다가갈

수록, 그 장벽이 뒤로 물러나 스르르 사라지는 것 같다. 그런데 문득 돌아보면 그 장벽은 이미 수많은 건물 전면들과 함께 뒤쪽에, 그녀가 지나온 곳에 있다.

그녀는 결코 얘기를 나눌 수 없는 벽들, 모나고 돌출되고 교차하는 부분으로 그녀를 밀어붙이는 벽들과 다시 마주쳤다. 여왕은 자신이 수수께끼 같은 시간의 영역에 들어섰다는 것을, 앞으로는 결코 자신이 명령을 내려 복종하게 한다고, 말을 해서 듣게 한다고 믿을 수 없으리라는 것을, 풍경들이 겹쳐놓은 여러 개의 광고판처럼 끊임없이 미끄러져 사라지고 나타나길 반복하리라는 것을, 아는 것과 그렇지 않은 것이 서로 뒤섞이리라는 것을 느낀다.

그녀는 벤치에 앉았다. 그녀는 어느 날 그녀 안으로 들어왔다가 떠나버린 작은 비밀을 떠올린다. 훨씬 커다란 또 다른 비밀, 탄성을 지닌 거대한 스펀지와 유사한 또 다른 비밀이 지금 그녀 위쪽에 있다. 그것이 벤치 위에서, 이슬의 가벼운 회색 망토로 뒤덮인 땅바닥 위에서, 그 너머 똑같은 별들이 반짝이는 나무들 꼭대기까지 연장된다. 그녀가 일어서면, 그것 역시 때로는 부채꼴로 아주 넓게 펼쳐지고, 때로는 그녀 주변으로 움츠러들어 밀폐되는 섬세한 날개들의 파닥임처럼 일어날 것이다. 여왕은 그 비밀에 대해 보이지 않는 날개들의 움직임 외에는 아무것도 알지 못할 것이다.

가로등 아래에서 이리저리 오락가락하던 한 남자가 다가왔다. 그가 여왕 뒤로 와서 섰지만, 여왕은 그를 보지 못했다.

"나 불렀어요?" 남자가 묻는다.

"난 아무 말도 안 했는데." 여왕이 깜짝 놀라 말한다.

그녀가 돌아본다. 두 사람이 마주 본다.

"어디선가 뵌 적이 있는 것 같은데." 남자가 말한다.

"나도요." 여왕이 말한다.

"아주 오래전이었어요. 당신이 어느 날 떠나버렸죠." 남자가 말한다.

"당신도. 당신도 어느 날 떠나버렸죠."

"기억이 잘 안 나요. 난 근심이 많거든요." 남자가 말한다.

"어떤 근심?"

"내 아내." 남자가 말한다.

"그리고 왕국도?"

"왕국이 달라졌어요." 남자가 말한다.

"여기서 뭘 찾고 있었어요?"

"한 여자요."

예전에 왕국이 그들을 둘러싸고 있었을 때 권좌에서 그랬듯, 남자가 여왕 곁에 앉았다. 여왕은 그 남자에게 주변에서 느껴지는 비밀을 이야기해주고 싶다. 그러나 이름도 형태도 없는 그 비밀이 그녀의 입술 위에 내려앉자, 깜짝 놀란 여왕은 말해질 수 없는 것들의 무게를 느낀다.

그들이 앉아 있는 벤치는 말만으로도 침몰할 수 있는 연약한 지푸라기에 지나지 않는다. 그녀는 그들이 발을 슬쩍 내려놓기만 해도 바닥이 미끄러지며 그들을 멀리 떨어뜨려 놓으리라는 것을 알고 있다.

그 순간이 그 자신의 끝에 도달했을 때, 이미 동이 텄고, 여왕은 잠시 잠을 잤으며, 남자는 이미 거기 없었다. 이제는 일거리를 찾는 일에 몰두해야만 했다.

하늘은 약간 흐리고 밤공기는 아직 차다. 청소부가 방금 비운 쓰레기통들이 길을 따라 경계석처럼 똑바로 서 있다. 여왕은 하룻밤의 꿈들만큼 가슴을 에는 지나간 그 모든 나날에 약간 지쳤다. 하지만 아침의 신선한 공기 속에서 웅성거림이 심장의 부드러운 두근거림처럼 굴러간다. 여왕은 자신의 내부에서 미소를 느낀다. 그녀는 도시에서 문이 열리자마자 커피를 한 잔 마시러 갈 카페를, 유리로 된 거대한 건물에서 자신이 치르게 될 면접을, 그들이 그녀에게 줄 일자리를, 그리고 곧 찾아올 저녁을 생각한다.

'분명해, 이게 내 삶이야.' 그녀는 속으로 이렇게 말한다.

작품 해설

여성, 빼앗긴 동화를 되찾다

이소연 (문학평론가)

동화를 빼앗긴 아이

내가 어렸을 때 열광적으로 읽었던 동화들은 지금 돌이켜보면 상처투성이였다. 그 책들은 아직 세상 경험이 적은 아이가 읽기에는 채 다듬어지지 않은 악덕과 폭력, 관능과 치정의 이야기로 가득했다. 부모가 머리맡에서 읽어주는 동화를 들으며 평온하게 잠드는 아이의 모습은 낯선 외국 영화에나 등장하는 것이었다. 사실 옛이야기에는 아이들을 악몽으로 이끌 만한 잔혹한 장면들이 가득 담겨 있다. 동화 속 인물들은 그들을 둘러싼 세계의 냉혹함에 의해 일상적으로 위협받기 일쑤지만 동시에 그 작품이 쓰였던 시대의 편견에 의해서도 폄훼되어온 불쌍한 사람들이었다.

그래서 나는 아이들을 위한 책을 고르기 전에 잠시 생각에 잠긴다. 이 이야기들은 아이들에게 성 역할에 대한 고정관념과 편견을 심어주지 않는가? 외모의 아름다움, 혈연관계에 의해 주어진 신분을 지나치게 과대평가하지 않는가? 왕족과 귀족 등 특권계층을 옹호하는 봉건제도를 합리화하지 않는가? 인종과 장애에 대한 편견을 심어주지 않는가? 이성애와 일부일처제(심지어는 일부다처제)를 당연시하고 있지 않은가? 이런 질문들은 분명 옛날 구전되던 이야기에 적용하기에는 지나치게 가혹한 감이 있다. 하지만 아이들에게 이런 시대 상황을 감안해서 이야기를 이해하라고 요구하는 것도 무리이긴 매한가지다.

서재에서 한 권 두 권 가려낸 책을 슬그머니 뒤집어놓는다고 해결될 문제가 아니란 걸 알게 된 지금, 나는 직접 경험은 물론 독서를 통해 얻은 상처들이 가득한 어른으로 자라났다. 세상에는 여전히 내가 노력해서 얻은 것이 아닌 외모와 신분으로 차별하는 사람들이 가득하고, 가족 간에도 질투와 시기심으로 인해 갈등이 벌어지며, 여성을 열등한 존재로 여기는 고약한 문화가 남아 있다는 것을 안다. 그러나 그러한 상처는 책에서 배운 것과는 비교도 안 될 만큼 더 악독하고 사악한 세상에 맞부딪힐 때 이겨내게 하는 힘이 되었다. 환상에 잠기기를 좋아하고, (급기야 문학을 업으로 삼을 만큼) 스토리텔링에 열중하는 내 성향은 이런 불완전하고 복잡한 동화들을 통해 얻어진 것이다.

그러나 스스로 그 동화의 약점과 결핍을 깨닫게 된 지금, 나는 예전처럼 이야기를 고분고분 받아먹을 수 없게 되었다. 돌이켜보면 나는 어렸을 때 동화를 읽으며 한 번도 나 자신을 그 안에 이입시켜본 적이 없는 것 같다. 그 책들은 내 것이 아닌 남의 이야기만 담고 있었다. 고귀한 태생을 갖고 태어난 유럽의 공주들은 나와 단 한 가지도 닮은 점이 없었다. 연애의 주인공보다는 모험을 통해 자신의 운명을 개척하는 주인공들을 좋아했던 내게 성적 매력을 이용해 남성들에게 의존하기 일쑤인 공주님들은 전혀 마음에 차지 않았다. 나는 수차례 동화책들을 뒤져 나와 비슷하거나 마음에 끌리는 캐릭터를 찾았지만 그 시도는 거의 실패로 끝났다. 이 상처투성이 이야기들은 나를 소외시켰고 결과적으로 세상에서 좋아하는 이상적인 여성이 결코 될 수 없으리라는 열패감을 내 마음에 심어주었다. 나는 그렇게 동화를 빼앗긴 채 자라나 성인이 되었다.

'나'의 이야기를 찾아 떠나는 여정

어른이 되어 발견한 문학들은 '나의' 동화를 갖지 못한 채 자란 내 목마름을 얼마간 달래주었다. 특히 과거의 고전을 '다시 쓰기(rewriting, retelling)' 하는 것이 포스트모더니즘의 중요한 기법으로 대두되면서 과거의 텍스트들이 현대 독자의 정치적 눈높이에 맞춰 수정되는 일이 점차 이루어졌다. 비로소 나 자신을 이야기 속에 이입시킬 수 있게 되니 얼마나 신이 나는지! 아마도 나와 같은 불만을 지닌 독자라면 프랑스의 여성 작가, 피에레트 플뢰티오의 이름을 반드시 기억해두어야 할 것이다. 이번에 새롭게 한국에 번역된 소설집 『여왕의 변신』은 샤를 페로가 쓴 동화들을 페미니즘 관점으로 다시 쓰기 한 일곱 편의 단편들을 담고 있다. 이 가운데는 「신데렐라」, 「엄지동자」, 「푸른 수염」 같이 잘 알려진 동화를 현대 독자의 시각에 맞게 통쾌하게 전복한 소설들도 포함되어 있다. 그러나 이 단편들이 단순히 옛날에 쓰인 동화를 현대 정서에 맞춰 고쳐 쓰는 수준에 머물렀다면 나와 독자들에게 이렇게 큰 독서의 쾌감을 안겨주지는 못했을 것이다.

피에레트 플뢰티오가 쓴 이야기들은 특정한 시간대에 고여 있는 동화를 과거로부터 현대로 끌어낸다. 그리고 21세기에 맞는 새로운 이야기로서 '재창조'된다. 작가는 식인귀로 몰리던 왕비와 가부장제의 저주에 걸려 잠들어 있던 공주들을 꺼내어 우리가 살고 있는 지금-여기로 데려와 우리의 일원으로 포함시킨다. 그들의 이야기가 과거에 머물지 않고 현대로 이어지게끔 하는 것이다. 이를 통해 그의 이야기는 현대를 살아가고 있는 나와 우리의 불안, 공포, 환상을 담고 있는 동화로 다시 태어난다. 자신의 동화를 갖지 못한 '나'는 플뢰티오의 이야기를 읽으면서 예전의 동화로부터 받지 못했던 '위로하기'와 '인도하기'를 비로소 경험하게 된다. 단편 모음집인 『여왕의 변신』이 페로 동화를 다시 쓴 여섯 개의 소설들로 전개되다가 마지막 장에선 완전히 새롭게 창작된 이야기인 「여왕의 궁궐」로 끝맺는다는 점도 주목해야 한다. 이 책은 동화 다시 쓰기에서 시작된 작업이 자신의 '현재'를 살고 있는 독특한 '나'의 이야기로 승화되어 가는 과정을 보여주는 기나긴 여정이라고 할 수 있다.

다행스럽게도 동화 속 인물들도 나만큼 나이를 먹었다. 플뢰티오의 소설은 젊음을 뽐내는 왕자와 공주보다는 인생의 쓴맛 신맛을 모두 경험한 중년 여성들을 주인공으로 자주 등장시킨다. 나는 드디어 나를 소외시키지도 않고, 저 멀리 밀어내지도 않는 이야기를 갖게 된 것이다. 나의 의식과 무의식이 함께 받아들여 즐길 만한 '나의' 동화를.

동화 속 인물을 현실에 데려오다

「식인귀의 아내」는 페로가 쓴 동화인 '엄지 동자'를 다시 쓴 단편이다. 원작에서는 부모에게 버림받은 아이인 엄지 동자가 나머지 여섯 형들을 데리고 식인귀의 집에 갔다가 그의 기지로 도망쳐 나오는 이야기를 담고 있다. 작가는 엄지 동자에게 결정적인 도움을 제공한 식인귀의 아내가 원작에는 겨우 몇 줄밖에 언급되지 않는 것에 대해 불만을 토로한다. 사람들은 이제껏 그녀를 엄지 동자의 모험을 성사사키기 위한 장치로만 여겼을 뿐, 아무도 나름의 사연과 감정을 지닌 인간으로서 바라보지 않았던 것이다. 작가는 새로 쓴 이야기를 통해 그녀의 이야기를 복원한다. 그에 따르면 식인귀의 아내 역시 한때 버려진 아이였으며 식인귀의 아내가 된 지금도 성적 착취를 비롯한 끔찍한 폭력에 시달려온 참혹한 피해자였던 것이다.

이 단편이 특히 독자를 매혹하는 부분은 식인거인에 의해 착취당해 심신이 쇠약해질 대로 약해진 주인공이 엄지 동자와 만나 쾌락에 눈 뜨는 장면이다. 식인귀가 힘, 권력을 통해 지배하는 남성적 폭력을 상징하는 존재라면 작고 부드러운 신체를 지닌 엄지 동자는 그 반대편에 있다. 식인귀에게 먹잇감이 될 뻔했던 두 약자의 결합은 상대에 의해 지배당하지 않고 주체성을 지키는 상태에서 성적 교감을 나누는 과정을 보여준다. 여성의 육체 깊숙한 곳에서 우러나는 관능을 드러내는 장면에서 작가는 탐미적인 상상력을 마음껏 뽐낸다.

「신데렐로」는 제목에서 알 수 있듯이 '신데렐라'에서 여성 주인공을 남성으로, 왕자를 공주로 성 역할을 바꿔 쓴 이야기다. 그렇지만 이 소설의 전반부만 읽고 흔한 성 역할 바꾸기 정도로 생각하면 뒷장으로 갈수록 얼얼해지는 느낌을 받을 것이다. 이 작품은 동화를 통해 전복할 수 없는 이데올로기는 없다는 것을 증명하기라도 하듯 엄청난 화력을 자랑한다. 동화의 단골 설정인 봉건제도와 왕정(王政) 체제, 이분법에 갇힌 권선징악적 도덕관, 일부다처제와 에이지즘(agism)에 갇힌 천편일률적인 연애담, 가부장제에 의해 강요된 성 역할(여기에는 여성에 대한 억압뿐만 아니라 남성성에 대한 강요인 맨박스(man box)도 포함된다) 등등. 이 소설은 동화에서 비판의 대상이 되는 거의 모든 이데올로기들을 모아 하나씩 격파해나가는 '정치적 올바름'의 중간 결산물이라고 해도 과언이 아니다.

　심지어 동화의 주인공인 신데렐로도 마냥 순진하거나 선하게 그려지는 것과는 거리가 멀다. 어쨌든 그는 신데렐라와는 달리 '남성'이라는 유리한 위치에 있지 않은가! 그가 남성다움을 뽐내는 의상과 젊은이 특유의 야심을 버리고 주인공다운 캐릭터로 성장하는 계기는 역시 사랑에서 온다. 그러고 보면 이 소설에서 가장 매력적인 인물은 신데렐로보다 훨씬 나이 많고 지혜로운 여성인 왕비가 아닐 수 없다. 왕비의 출현과 함께 신데렐로는 타이틀롤의 특권마저 내려놓고 그녀를 돕는 평범한 조력자이자 중년 여성이 꿈꾸는 '젊은 남자' 애인의 자리로 슬그머니 물러서게 된다. (이 책에는 중년 여성인 왕비와 사랑을 나누는 연하의 애인인 '젊은 남자'들이 심심치 않게 등장한다.)

작가도 미리 알렸듯이, 이 책에는 '잠자는 숲속의 미녀'를 다시 쓴 작품이 두 편이나 실려 있다. (아마도 작가는 이 동화에 대해 특별한 애증을 품었던 듯하다.) 「도대체 사랑은 언제 하나」는 그 가운데 첫 번째 작품이다. 그러나 원작은 모티프만 제공할 뿐, 이야기의 대부분은 작가가 창작한 전혀 다른 사건들로 채워져 있다. 소설 전반부에는 여느 동화가 그렇듯이 사랑에 빠진 커플이 등장한다. 그러나 두 남녀는 궁중 대소사를 비롯해 왕과 왕비에게 부여된 업무를 이행하느라 정사(情事)를 벌이기 직전에 번번이 가로막히는 불행을 겪는다. 경황이 없는 와중에 왕비는 왕자들을 출산하지만 왕은 전쟁에 몰두하느라 가족을 돌보지 못한다. 왕비의 임종을 위해 겨우 찾아온 왕이 왕비를 만나는 순간, 마지막 딸이 갑작스럽게 왕비의 몸 밖으로 튀어나온다. 왕비는 이 충격으로 죽음의 위기에서 벗어나게 된다.

　　이 소설은 이때부터 잠깐 원작의 줄거리를 따라간다. 왕실은 공주의 탄생을 축하하는 세례식을 열고, 요정들을 포함한 귀빈들을 초대하고, 화난 마녀가 갑자기 나타나 갓 태어난 공주에게 저주를 내리고……. 음산한 저주의 드라마가 막 시작되려는 순간 이제까지 병상에 누워 있던 왕비가 벌떡 일어나 용감하게 국면을 전환시킨다. "당신의 예언은 옛날 거예요. 내가 백 년 동안 잤으니 그걸로 됐어요. 가세요, 당신하고는 더 이상 볼일이 없으니." 왕비의 선언에 의해 이야기는 순식간에 동화에서 리얼리즘 소설의 한 토막으로 돌아온다. 작가는 이 귀여운 이야기를 통해 우리가 사는 세계를 마술, 그리고 마술에서 깨어난 현실이라는 궤도 위에 올려놓는다.

「빨간 바지, 푸른 수염, 그리고 주석」에는 '빨간 두건'을 패러디한 '빨간 바지'와 연쇄 살인마의 원형격인 '푸른 수염'이 등장한다. 빨간 바지는 원작에 등장하는 소녀보다 훨씬 씩씩하고 강인한 성격으로 바뀌었으며 푸른 수염 역시 마법에 의해 저주받은 불행한 사람으로 그려진다. 빨간 바지는 어머니와 할머니가 준 신물들을 사용해서 사나운 늑대들을 물리칠 뿐만 아니라 그들을 거느리고 다니기까지 한다. 내가 어린 시절 빨간 바지를 만났더라면 훨씬 긍정적이고 두려움 없는 아이로 자라났을지 모른다. 그는 아내들을 차례로 죽이는 연쇄 살인마인 푸른 수염을 대할 때도 거리낌이 없다. 이 단편에서 백미는 빨간 바지가 풀어준 전 아내들이 서로를 반려자로 선택하면서 "여자들을 행복하게 해주기 위해 남자 따위는 전혀 필요 없다"고 선언하는 순간이다.

작가가 본격적으로 불을 붙인 여성 해방의 에너지는 「일곱 여자 거인」에서 화사한 모습으로 개화한다. 이 이야기는 책에서 유일하게 페로 동화가 아닌 '백설공주'를 고쳐 쓴 작품이다. 아마도 작가는 대대손손 마녀의 대명사가 되어 온 새 왕비가 계속 눈에 밟혔던 모양이다. 이 소설에 등장하는 새 왕비의 캐릭터는 우리가 알고 있던 '마녀'와는 전혀 다르다. 그저 과거 봉건 시대에 요구되었던 여성상과 '다른' 모습을 갖고 있을 뿐이다. 궁궐 안에 들어오기 전, 그녀는 긴 드레스보다는 짧게 자른 머리에 기사 복장 같은 바지 같은 활동적인 옷차림을, 외모 꾸미기보다는 독서와 학문을 추구하던 멋진 여성이었다. 그러나 자신들이 기대하던 왕비의 이상형과 전혀 다른 모습의 새 왕비를 왕국의 사람들은 순순히 받아들이지 않는다. 그녀가 성에 들어

와서 받는 주변으로부터의 시선과 압력은 소설 속에서 '일곱 개의 거울'로 상징된다. 거울들은 그녀가 자신을 버리고, 시대가 요구하는 수동적이고 연약한 여성상을 갖도록 그녀를 세뇌한다. 최근 유행하는 용어로 표현하면 거울은 여성에게 가해지는 '가스라이팅' 정도로 해석할 수 있을 것이다. 그로 인해 몸과 마음을 해친 채 궁궐에서 쫓겨난 그녀를 반갑게 맞아준 것은 여섯 명의 여자 거인들이었다. 일곱 거울이 요구하는 모습과 정확히 반대의 외모, 성격을 지닌 그들과 함께 지내며 왕비는 생동감 넘치는 학자였던 자신의 원래 모습을 되찾는다. 그리고 일곱 번째 여자 거인이 되어 일행과 합류해 자신을 억압했던 남성 중심적 사회를 통쾌하게 무너뜨린다.

「잠자는 숲속의 왕비」는 역시 식인귀로 몰려 궁궐에서 더 이상 살 수 없게 된 또 한 사람의 왕비에 대한 이야기다. 이 소설은 '잠자는 숲속의 미녀'라는 제목에서 '잠자는'이 꾸미는 대상이 '숲'인지, 아니면 '미녀'인지에 대해 지금도 계속되고 있는 세간의 논쟁을 반영하고 있다. 이 이야기 속에서 잠자는 대상은 왕이 맞아들인 새 왕비를 가리키기도 하고, 동시에 궁궐을 나온 왕비가 위험을 무릅쓰고 들어가는 숲을 지칭하기도 한다. 어쨌든 이 이야기의 주인공은 '전' 왕비이기 때문에 소설의 주된 골자는 그녀가 '잠자는 숲'에 도착한 후 그 속에 들어가서 겪는 모험을 따라가고 있다.

이 소설을 읽는 독자는 이 책 전체의 흐름에 골을 내는 중요한 징후를 발견하고 깜짝 놀랄지도 모른다. 바로 소설을 쓰고 있는 작가의 자의식이 '나'라는 대명사로 스스로를 지칭하며 이야기에 개입한다는 점이다. 물론 일인칭 서술자인 '나'가 곧바로 작가의 의식으로 연결된다고 추리하는 데는 성급한 면이 있다. 그러나 "그런데 바람과 함께 이토록 크게 소리를 질러대는 나는 누구지? 일들이 이렇게 흘러가지 않는다는 걸 내가 모른단 말인가?"(197쪽)라는 반문은 서술자가 바로 이 작품을 이끌어가는 의식이자 앞으로 일어날 모든 사건을 관장하는 창작자 자신의 정신을 반영한 것임을 드러낸다.

> 오 왕비여, 나는 또 다른 성벽 속에서 당신을 찾을 수 있을까? 거기에 당신의 위대한 모험, 당신이 나에게 열어줄 모든 길, 당신이 나에게 보여줄 모든 것이 있을까? 내가 사무치게 필요로 하는 왕비여, 나는 당신을 어디서 찾을 수 있을까?(197쪽)

서술자의 모습으로 모습을 드러내는 작가는 자신의 마음대로 왕비의 운명이 결정되지 않는 것에 절규한다. 이 소설이야말로 작가가 서문에서 "동화라는 아주 오래된 텍스트는 마술적인 재료다. 그것은 나의 부추김과 노력에도 늘 내가 원하는 대로 나아가지는 않았다"(8쪽)라고 토로하게 만든 바로 그 이야기인 것이다. 그리고 이 책은 길고 긴 이야기의 여정을 거쳐 자신이 창조한 인물을 무력하게 마주보고 있는 자신을 발견하는 작가의 발걸음을 따라 끝을 맺으려 한다.

마법이 풀린 후 쓰는 '내 이야기'

『여왕의 변신』에 수록된 마지막 단편 「여왕의 궁궐」에서 작가는 페로 동화 어디에도 등장하지 않는 새로운 인물을 창조한다. 작가 스스로 "그녀는 아주 멀리서 오지만 아주 가까이에 있다"고 소개한 이 인물을 먼저 잠깐 소개하고자 한다. 그는 왕국을 다스리는 여왕의 신분을 갖고 있지만 밤이면 궁궐을 몰래 빠져나와 이곳저곳을 떠돈다. 그녀가 사는 궁궐은 근엄한 표정의 장군, 신하, 군주들의 유령이 떠도는 음침한 장소다. 여왕은 그곳에서 자신을 짓누르는 압박을 견디지 못하고 도망치지만 어느 곳에서도 정착하지 못하고 갈수록 험난한 역경에 빠져든다. 그 과정에서 그녀는 여왕의 신분을 나타내는 옷, 장신구 같은 것이 하나씩 벗겨지고 평범한 여성과 다름없는 모습으로 바뀐다. 소설의 마지막 장면은 먹고살기 위해 일자리를 찾겠다고 결심하는 보통 사람의 삶을 보여주며 막을 내린다.

간단한 줄거리로 요약할 수 있음에도 불구하고 이 소설은 쉽게 읽히지 않는다. 동화 다시 쓰기에 어울리는 사실적인 서술보다는 주인공의 내면을 따라가는 의식의 흐름 기법에 의존하기 때문이다. 이 소설은 선형적 순서나 논리적 인과관계에 얽매이지 않는 자유로운 정동(affect)의 흐름이 넘실거린다. 이러한 기법을 통해 이 소설은 이른바 '여성적 글쓰기'라고 부르는 상태에 접근한다. 결국 작가 플뢰티오가 책의 표제로 삼았던 '변신'은 한 여성이 환상과 미망에서 벗어나 지금-여기에서 영위하는 자신의 삶 한가운데로 돌아오는 정신적 모험을 표현한 말이었던 것이다. 그리고 이 과정과 더불어 작가는 동화 속 인물에 투영했던 또 하나의 자아를 받아들여 자신의 내면에 통합하는 정신적 여정을 완성한다.

어쩌면 이 책은 여성이 주인공으로 등장하는 새로운 『율리

시즈』라고 할 수 있을 것이다. 여왕은 율리시즈처럼 자신의 궁궐을 떠나 여기저기, 이 남자 저 남자 사이를 떠돌면서 내적인 모험을 경험한다. 그리고 마침내 그녀는 과거에 겪었던 아프고도 신산했던 경험들이 딱지가 떨어져나가듯 '이야기'의 형태로 석화되어 한 꺼풀씩 떨어져나가는 것을 느낀다. 그것이 바로 그녀를 속박했던 마법이 풀리는 순간이다.

훌륭한 소설은 모든 독자에게 마치 글쓴이가 자신에게 말을 걸고 있는 듯한 느낌을 주기 마련이다. 이 소설은 중년의 고비를 넘긴 '나'에게 여성으로서 속박받았던 과거를 떨치고 현실에서 실질적인 변화를 감행하라는 촉구로 읽혔다. 아마도 이 소설은 더 어린 여성 독자들, 젊은 남성들, 중장년층의 남성 독자 역시 각각 다른 방식으로 '나'를 발견할 수 있는 통로를 열어줄 것이다. 작가가 의도했던 것은 동화 속 인물들을 재탄생시키는 것이었지만, 글 쓰는 작업은 결국 작가 자신을 가장 많이 바꾸기 마련이다. 그다음 차례를 이어받아, 변신의 릴레이를 계속 이어나갈 사람은 다름 아닌 독자다. 과거에 주입받았던 자아상을 벗어던지고 현실 속에서 다시 태어날 준비가 된 사람은 누구나 새 이야기의 주인공이 될 수 있다. 이 책은 독자들로 하여금 자기 자신의 자리로 돌아와서 따뜻한 커피 한 잔을 마신 후 열정적으로 삶에 임하도록 도와준다. 그때의 나는 이미 이 책을 읽기 전의 내가 아닌 것이다. 작가는 한때 여왕이었던 여인의 입을 빌려 우리에게 속삭인다. '분명해, 이게 내 삶이야.'(263쪽)

옮긴이의 말

    돌이켜보면, 피에레트 플뢰티오는 역자에게는, 뭐랄까, 소년 시절에 홀로 흠모했던 이웃집 누나 같은 작가다. 마음에 품었던 연정은 나이가 들면서 시나브로 사라졌지만, 문득 생각이 날 때마다 어떻게 지내는지 근황이 궁금해지는 그런 존재. 왜냐하면 역자가 번역을 업으로 삼기도 전에(25년이 넘었다!) 처음 우리말로 옮긴 프랑스 소설이 그녀의 페미나상 수상작 『우리는 영원하다』였기 때문이다. 개인용 PC가 드물었던 시절, 거의 천 페이지에 달하는 원문을 200자 원고지에 한 장 한 장 수필로 옮겼는데, 형편없는 번역 때문이었는지, 근친상간의 주제 때문이었는지, 아니면 엄청난 분량 때문이었는지, 아무튼 그 소설은 결국 출간되지 않았다. 그 후로 번역가의 길을 걸으면서 우연히 작가의 이름을 마주칠 때마다 신작을 검색해보고, 작가의 작품이 아직 우리 독자들에게 소개되지 않는 것을 아쉬워하며 언젠가 내가 해야지, 내가 해야지…… 하는 사이에 훌쩍 세월이 흘러버렸다. 역자가 대학에서 문학과 번역 강의를 하면서 주 텍스트로 『여왕의 변신』을 택한 것도, 레모 출판사의 윤석헌 대표가 출간하고 싶은 책이 있느냐고 물었을 때 대뜸 이 단편집을 제안한 것도 아마 이 아쉬움 때문이었을 듯싶다.

그런데 번역을 모두 마치고 나니, 단지 아쉬움 때문만은 아니었다는 생각이 든다. 역자가 이 단편집을 읽으면서 우선 느낀 것은 재미였다. 익히 알고 있는 동화를 다른 관점에서 뒤집어놓는 전복의 쾌감, 작가가 이야기에 끼어들어 너스레를 떨며 펼쳐놓는 유머와 해학이 주는 웃음…… 그런데 한참 시간이 흐른 후에도, 입꼬리에 매달렸던 웃음기가 모두 잦아들고 난 후에도, 오래오래, 끈질기고 집요하게 남아 있는 뭔가가 있었다. 아주 작은 소리, 이야기 속 인물들이 귀 기울이는 소리("무슨 소리가 들려."), 잔가지, 낙엽, 풀, 바람, 강물, 심지어 고요가 전하는 소리, 그리고 질문…… 이를테면, "어둠 속에서, 때로는 가깝게 또 때로는 멀게, 그 거대한 식물의 그물망 속에서 출구를 찾아 헤매는 것 같은, 가늘고 집요한 소리", "너무나 희미해 소리의 유령에 지나지 않는, 저 너머 세상에서 들려오는 것 같은 소리", 폭력적이고 동물적인, 혹은 무심하고 적대적인 세상에서 사력을 다해 자신의 길을, 자신의 삶으로 이르는 길을 찾아 헤매는 작고 여린 식물적 존재들이 내는 (목)소리, 그 소리의 잔상이 이명처럼 역자의 귓가에 계속 남아 있었다는 것을 나중에야 깨닫는다. 아마도 역자가 우리 독자들에게 전해주고 싶었던 것은 그 소리였던 것 같다.

오래 붙들고 다듬는다고 해서 좋은 번역이 나온다는 보장은 없지만, 이제 2년 동안 강의를 해가면서 아주 천천히 한 번역의 결과물을 내놓는다. 나름 공을 들이긴 했지만, 각자 자기 몫의 이야기를 찾아가야 하는 「여왕의 궁궐」과 「잠자는 숲속의 왕비」는 우리말로 옮기기가 워낙 까다로워서 책으로 묶어내는 지금에 와서도 크게 자신이 없다. 역자가 어쩔 수 없이 마침표를

찍은 바로 그 지점에서, 독자들이 역자의 작은 한숨 소리에 귀 기울이며 다시 시작해주기를 바란다.

2020년 여름
이상해

추천사

우리는 유년기 독서를 통해 동화의 주인공들과 만나고 '이야기와 나'의 관계를 다진다. 고생 끝에 낙이 오리라는 근거없는 낙관, 결국 선량함이 우리를 구원하리라는 순진한 믿음 같은 것들. 피에레트 플뢰티오의 표현을 빌리면 그것은 '위로하기'와 '인도하기'의 기능이다. 위로하고 인도한다는 가치는 때로 '달래기'의 역할을 하는데, 현실이 아닌 책에서 모험할 수 있었던 소녀들에게 구원이 결혼으로 고난에서 탈출한다는 식의 신화를 주입하기도 했다. 그러니 '동화 다시 쓰기' 작업이 현대에 이르러 많은 여성 작가들의 숙원사업이 된 것은 놀랄 일이 아니다. 그리운 마음으로 동화를 다시 읽어보면 '어라?' 싶은 순간이 여럿이다. 여성의 역할과 태도에 대한 구세계적 고정관념이 전시되어 있기 때문이다. 피에레트 플뢰티오는 『여왕의 변신』에서 샤를 페로의 동화를 중심으로 우리에게 익숙한 동화를 재해석한다.

나는 이 책에 수록된 「식인귀의 아내」를 좋아한다. 첫 두 문장을 특히. "식인귀의 아내는 살코기 요리하는 걸 좋아하지 않는다. 하지만 그녀는 그 사실을 알지 못한다." 남자를 돌보는 '여자의 일'이라는 것은 적성이나 기호를 따지지 않는다. 그저 해야 하는 일로 주어졌을 뿐이다. 삶을 떨쳐버릴 수 없으므로, 아무것도 믿지 않고 바라지 않고 살아간다.

이 책에 실린 이야기들은 때로 동화 몇 편의 혼합형으로, 때로는 원작보다 더 큰 분노를 일으키기도 한다. 이 책에서 주목해야 할 것은 동화의 은유를 통해 피에레트 플뢰티오가 답습하는 대신 창조하는 세계 그 자체다.

(이다혜, 『출근길의 주문』작가 , 씨네 21 기자)

여왕의 변신

초판 1쇄 발행 2020년 8월 20일
개정 1판 발행 2021년 4월 12일

지은이 피에레트 플뢰티오
옮긴이 이상해
펴낸이 윤석헌
펴낸곳 레모

편집 김수현
디자인 신명렬
제작처 영신사

출판등록 2017년 7월 19일 제 2017-000151 호
주소 서울시 서초구 서초대로 33길 99, 201호
전자우편 editions.lesmots@gmail.com
인스타그램 @ed_lesmots

ISBN 979-11-965952-9-6 [03860]